예/술/가/들/의

불멸의
사랑

예/술/가/들/의

불멸의 사랑

디트마르 그리저 글 | 이수영 옮김

푸르메

예술가들의 불멸의 사랑

1판 1쇄 인쇄 2011년 3월 4일

1판 1쇄 발행 2011년 3월 10일

지은이 | 디트마르 그리저

옮긴이 | 이수영

펴낸이 | 김이금

펴낸곳 | 도서출판 푸르메

등록 | 2006년 3월 22일(제318-2006-33호)

주소 | 서울시 마포구 연남동 568-39 컬러빌딩 301호(우 121-869)

전화 | 02-334-4285~6

팩스 | 02-334-4284

전자우편 | prume88@hanmail.net

인쇄·제본 | 한영문화사

ISBN 978-89-92650-36-6 03850

* 책값은 뒤표지에 표시되어 있습니다.

———— ✦ ————

더 이상 사랑하지 않고 더 이상 방황하지 않는 사람은

죽은 것이나 다름없다.

—요한 볼프강 폰 괴테

서문

세상이 점점 메말라간다는 비관적인 구호와는 반대로 파트너 간의 애정과 사랑의 강도는 끊임없이 커지는 것일까? 오늘날에는 예전보다 더 많은 사랑을 나누고 있는 걸까? 사랑은 언제나 자신들만의 내밀한 공간을 원하는 젊은이들만의 특권은 아니다. 나이 든 사람들도 사랑에 대한 권리, 심지어는 섹스에 대한 요구를 주장한다. 고대 로마의 시인 베르길리우스는 『목가집 Bucolica 』에서 "사랑은 모든 것을 뛰어넘는다"고 노래했다. 사랑은 나이도 뛰어넘을까? 끊임없는 사랑으로 솔선수범을 보였고, 마리엔바트에서 휴양을 하는 동안에도 자신보다 55세나 어린 울리케 폰 레베초의 사랑을 열망했던 괴테는 거기서 한걸음 더 나아가 이렇게 썼다. "더 이상 사랑하지 않고 더 이상 방황하지 않는 사람은 죽은 것이나 다름없다."

특히 강렬한 카리스마를 타고난 덕분에 말년에 이르러서도 사랑을 받았던 위대한 예술가들은 그런 능력이 없는 많은 사람들에게 '마지막 사랑'의 기적을 실천해 보였고, 그것이 결코 공허한 망상이 아님을 보여주었다. 레오나르도 다 빈치, 렘브란트, 하이네, 입센, 리하르트 바그너, 에밀 졸라 등이 거기에 대한 인상적인 예다. 근대의 예술가들 중에서는 모딜리아니, 클림트, 슈니츨러, 카프카, 바인헤버, 팔라다 등을 만날 수 있다. 모차르트의 미망인 콘스탄체와 미국 영화배우 프레드 애스테어, 가수 에디트 피아프 등도 사랑의 신 에로스가 제2의 삶을 선사한 선택받은 사람들에 속한다.

물론 나이 든 사람과의 관계를 시작한 젊은 상대의 '희생'이 언제나 보답을 받았던 것은 아니다. 가령 웨일스 출신의 여성화가 그웬 존은 자신보다 36세나 많은 오귀스트 로댕의 모델이 되었는데, 이 늙은 조각가에 대한 파멸적이고도 굴종적인 사랑으로 인해 자신의 재능을 제대로 펴 보지도 못하고 깊은 절망 속에서 살아야 했다. 스웨덴으로 망명한 작가 쿠르트 투홀스키는 스위스 출신의 여의사 헤트비히 뮐러와 자신의 가정부였던 게르투르데 마이어 사이를 오가는 이중적인 감정을 경험했지만, 죽기 직전에 쓴 유언장에서는 이 두 여인 중 어느 한 사람이 아니라 자신의 전 부인이었던 마리 게롤트를 단독 상속인으로 결정했다.

'황혼의 사랑'을 말할 때 빈의 모자 디자이너인 에밀리에 트람푸시를 언급하지 않을 수 없을 것이다. 안나 슈트라임과 결혼한 요한 슈트라우스 1세는 그녀에 대한 사랑 때문에 가정을 버렸고, 그녀는 자신보다 열 살이나 많은 그에게 자식을 일곱이나 더 낳아주었다. 또 오스트리아의 대*상인 율리우스 마이늘과 그보다 40세나 어렸던 일본 여성 미치코 타나카, 빈 사교계의 귀부인이었던 베르타 추커칸들과 프랑스 정치인 조르주 클레망소와의 깊은 관계, 화가 리하르트 게르스틀과 아르놀트 쇤베르크의 아내인 마틸데와의 '광적인 사랑'을 떠올리지 않을 수 없다. 첼로의 거장 파블로 카잘스는 78세에 신부 가족의 극심한 반대에도 불구하고 18세의 어린 제자 마르타 몬타네즈와의 결혼에 성공했다. 리하르트 바그너의 손자 빌란트는 소프라노 안야 질라와 격정적인 사랑에 빠졌고, 나치 시대의 홀로코스트를 기록한 일기로 유명해진 드레스덴 출신의 학자 빅토르 클렘퍼러는 자신보다 45세나 어린 여대생 하트비히 키르히너와 결혼했다. 연기자 겸 가수인 요하네스 헤스터는 88세에 새파랗게 젊은 동료 연기자 지모네 레텔과 결혼했고, 할리우드 연기자 레온 아스킨은 말년에 고향 빈으로 돌아와 95세의 나이에 새로 결혼했다.

이런 사례들을 비판적인 관심 속에서 뒤쫓는 대중들은 서로 다른 반응을 보인다. 한쪽에서는 완전한 몰이해와 노골적인 혐오감을 보이며 거리를 취하는 반면, 다른 쪽에서는 사랑하는 두 사람의 뒤늦은 만남을 거의 기적에 가까운 은총으로 받아들이면서 자신들에게도 언젠가는 그런 일이 일어날 수 있기를 갈망한다.

그러나 이 책에서는 그 두 가지 입장 중 어느 하나도 만날 수 없을 것이다. 필자는 필자에게 주어진 출처들을 토대로 엄밀하게 객관적인 태도를 견지할 것이다. 1990년에 세상을 떠난 작가이자 비평가인 죄루지 세베스첸은 이전에 비슷한 주제를 다룬 필자의 저서를 평하면서 '감정의 문화사' 라는 멋들어진 표현을 사용했다. 필자의 새로운 저서도 아직 발전되지 않은 이 분야에 조금이나마 보탬이 되기를 바란다.

디트마르 그리저

차례

서문   007

1

"난 영원히 불행할 겁니다……"

— ❧ —

레오나르도 다 빈치와 프란체스코 멜치

이제 불안정한 시대는 다 지나갔다. 64세의 레오나르도 다 빈치는 1년 전에 프랑스 왕위에 오른 발루아 왕가의 젊은 왕 프랑수아 1세의 부름을 받고 감사하는 마음으로 프랑스로 향했다. 수십 년 동안 피렌체와 밀라노, 베네치아, 파르마, 파비아, 만토바, 로마를 끊임없이 오가며 불안정한 방랑 시대를 보내야 했던 세기의 천재는 완전히 기진맥진한 상태였다. 그는 이제 매년 700에큐씩 지급되는 연금을 통해 경제적으로도 보장된 여유 시간을 기대하고 있었다. 그렇다고 그 대가로 어떤 반대급부를 요구하는 것도 아니었다. 그가 〈최후의 만찬〉을 그린 지는 19년이 지났고, 〈성 안나와 성 모자와 어린양〉이 나온 지는 14년, 〈모나리자〉를 완성한 지는 11년이 지났다.

그는 이제 자신의 철학적 연구에만 전념하고, 수천 페이지에 달하는 기록을 정리하고, 후원자인 왕에게 다방면의 지식(이것이 왕의 유일한 요구였다)을 전달하는 일만 하고 싶었다. 그 외에도 마침내 증오하는 경쟁자 미켈란젤로로부터 벗어나게 된다는 사실도 다 빈치가 이탈리아를 떠나겠다는 결정을 쉽게 내릴 수 있었던 한 요인이었다.

배포가 큰 후원자인 프랑수아 1세가 그에게 내준 집은 루아르 강 왼쪽 강변에 위치한 앙부아즈 근처의 작은 성 클루였다. 프랑수아 1세도 때때로 이 성에 머무는 것을 좋아했다. 2층으로 된 성은 담으로 둘러싸여 있어서 이웃 농부들의 무분별한 시선을 막아주었고, 흰색이 감도는 사암석으로 만든 벽돌 건물이었다. 가구가 편안하게 비치된 저택의 방들은 널찍했고, 높은 창의 유리는 방안으로 쏟아져 들어오는 빛에 온화한 색조를 부여했다. 날이 추운 계절에는 벽난로가 다 빈치의 작업실에 필요한 온기를 제공했다.

1516년 말에 밀라노를 떠나 투르, 생 제르베, 그르노블, 리옹, 부르주를 여행하던 다 빈치는 혼자가 아니었다. 그가 총애하는 제자 프란체스코 멜치와 하인 바티스타라, 그리고 오랫동안 그의 살림을 맡아왔던 마음씨 착한 늙은 마투리네도 함께 클루 성으로 이사 왔다. 당시 다 빈치가 관계하던 사람들 중에서 가장 중요한 인물은 23세의 제자 프란체스코였다. 레오나르도 다 빈치는 밀라노 근처 바프리오 다다에 살던 멜치 가문을 방문했다가 소년이었던 프란체스코를 처음 만났다. 당시 멜치 가문은 롬바르디아 지방에서 가장 명망 있는 귀족 가문들 중 하나였다.

수려한 외모에 재능 있는 이 젊은이가 40세나 많은 다 빈치의 문하에 들어간 것은 결코 특별한 일이 아니었다. 그의 주변에는 항상 그를 따르는 제자들이 몰려들었고, 그는 그들의 부모에게서 사례비를 받고 그들에게 스케치와 그림 그리기, 대상을 형상화하는 기법 등을 가르쳤다. 또한 기숙사 관리인처럼 그들을 보살피고, 부양하고, 의복을 제공하고, 병이 들었을 때는 간호를 하기도 했다.

그러나 부유한 가정에서 태어나 돈벌이가 잘되는 화가로서의 경력에 의존할 필요가 없었던 프란체스코 멜치의 경우는 그 이상이었다. 그는 스승을 사랑했고, 스승도 그를 사랑했다. 특히 여러 가지 노인성 장애들이 처음으로 나타나기 시작한 이 무렵부터는 평생 동안 여인의 사랑을 단 한 번도 갈구하지 않았던 위대하고 고독한 이 화가에게 프란체스코의 자상한 성품은 그 무엇보다 소중한 버팀목이었다. 스승이 죽은 뒤 고통스런 상실감을 끝내 극복할 수 없었던 프란체스코도 나중에 솔직하게 고백했다. "내 육신이 살아 있는 동안 나는 영원히 불행할 겁니다."

레오나르도 다 빈치는 자신이 총애하는 제자들을 그들의 재능뿐 아니라 외모까지 보면서 선택했다. 다만 이들과의 관계에서 성적인 요소가 어느 정도나 개입되었는가 하는 물음에 대해서는 추측에 의존할 수밖에 없다. 이 주제를 독자적으로 연구했던 지그문트 프로이트도 결론을 내리면서는 극도로 조심스러웠다. 프로이트에게는 다 빈치의 성적 충동이 동성을 향한다는 점에는 의심의 여지가 없

었다. 그러나 실제 행동과 관련해서는 "그의 리비도의 상당 부분이 압도적인 연구 충동에 의해" 가려졌다고 보았다. 그래서 그것을 "관념적인", 또는 "승화된 동성애"라고 말했다.

프로이트는 계속해서 '무절제한 관능적 욕구가 침울한 금욕과 싸우는 시기에도' 레오나르도 다 빈치는 분명 금욕을 선택했을 거라고 주장했다. 그 근거로 언젠가 다 빈치가 했던 것으로 알려진 더없이 단호한 말을 제시했다. "성행위와 그것과 결합된 모든 것은 너무나 혐오스러워서 예부터 내려오는 풍습이 없다면, 그나마 예쁘장한 얼굴들과 관능적인 충동이 존재하지 않는다면, 인간은 곧 멸종하게 될 것이다." 제자들에게 삶의 지혜를 가르쳤던 다 빈치는 거기서 한 발 더 나아가 그 누구에게도 구속되지 않고 완전히 자유롭게 살라고 충고했다. "화가는 고독해야 한다. 너는 혼자일 때 비로소 온전한 너 자신이 된다. 네가 단 한 사람의 동반자와 함께 있는 경우라도 너는 반만 너 자신일 뿐이고, 너의 교제가 무분별하게 너를 요구하면 할수록 너 자신은 점점 더 줄어든다." 그가 성이라는 주제에 대해 언급한 "정신의 열정이 관능적 쾌락을 몰아낸다"는 말은 매우 급진적일 뿐 아니라 비현실적이기도 하다.

이 자리에서 레오나르도 다 빈치가 24세였을 때, 그를 급작스럽게 정상적인 바른 생활에서 벗어나게 할 뻔한 사건을 언급할 필요가 있을 듯하다. 이 사건에서 받은 충격은 그의 성생활 전반에 결정적인 영향을 주어 이후 성생활을 완전히 포기하게 하는 결과를 초래했다. 때는 다 빈치 자신이 아직 피렌체에서 안드레아 델 베로키오 문하에서 그림을 배우던 1476년 초였다.

예술애호가였던 르네상스의 군주 로렌조 메디치는 플라톤 아카데미를 신설해 인문주의적 성향의 문인들과 학자들을 주변으로 끌어 모았다. 그런데 그가 통치하던 피렌체에서는 고대 그리스와 로마의 재발견이라는 특징 속에서 시민적 입장에서, 무엇보다 교회의 입장에서 일반적으로 파문을 당하고 법적으로 박해를 받게 될 성적 취향이 점차 확산되고 있었다. 바로 소년에 대한 동성애를 뜻하는 소도미아sodomia였다. 이것만을 감시하기 위해 특별히 풍기단속 경찰이 투입되었고, 이들은 팔라초 베키오에 마련된 편지함에 그런 종류의 '윤리적 죄악'을 신고하는 익명의 고소장을 즉시 조사해 '추악한 범죄자'를 법정에 세우는 과제를 철두철미하게 수행했다. 1476년 4월 8일에 접수된 한 고소장은 피렌체에서 활동하는 여러 화가들의 모델이었던 17세의 야코포 살타렐리라는 소년의 행실을 비난하는 내용이었고, 이 소년이 화가들 중 몇몇과 '음탕한 짓'을 저질렀다고 고소했다. 그런데 그 화가들 중에 레오나르도 다 빈치도 포함되어 있었다. 혐의가 있는 화가들은 모두 체포되어 곤혹스런 심문을 받았고, 2개월간의 고통스런 '대기 시간'이 끝나고 소송이 진행되었다. 절망에 빠진 레오나르도 다 빈치는 피렌체의 영향력 있는 인사의 청원서를 받아 자신의 무죄 주장을 뒷받침하려 했고, 실제로 그는 석방되었다. 그러나 그 충격은 가시지 않았다. 그의 육체적 욕구는 마비된 듯했고, 이후에 맺게 된 모든 인간관계도 이 사건의 영향을 받았다.

다 빈치의 사생활은 약 14년 뒤에 다시 한번 세간의 입에 오르내리게 되는데, 이번에는 지아코모 살라이라는 소년 때문이었다. 그가 조수이자 제자, 모델로 받아들인 살라이는 가난한 집안에서 태어난 천덕꾸러기 고아였다. 그러나 나무랄 데 없는 몸매와 균형 잡힌 얼굴, 숱이 많은 금발의 곱슬머리 때문에 화가의 모델로는 이상적인 소년이었다. 다 빈치는 그럴싸한 옷을 입고 멋 부리기를 좋아하는 이 제자 때문에 돈이 많이 들어야 했고, 그의 요구가 점점 많아지는 것도 묵묵히 받아들였으며, 그가 값비싼 군것질거리를 사려고 자신의 물건을 훔쳐서 저당을 잡히는 일까지 모두 감수했다. 살라이는 혼자 4인분을 먹어 치웠고, 스승의 포도주를 몰래 훔쳐 마셨으며, 거짓말을 능수능란하게 했다. 한번은 레오나르도의 자필 서명이 들어간 종이 뒷면에 그려진 음탕한 그림으로 인해 스승의 이름에 먹

칠을 한 적도 있었다. 그림 속 인물은 의심할 여지없이 지아코모 살라이였고, 다 빈치의 또 다른 제자들 중 하나가 그린 것이었다.

이 모든 일들은 이미 수십 년 전의 일이었고, 레오나르도 다 빈치는 이탈리아를 영원히 등지고 프랑스에 안주했다. 지아코모 살라이와도 이미 오래 전에 헤어졌지만 그를 위해 밀라노에 있던 자신의 땅에 집을 지어주었고, 그곳의 포도밭도 그에서 물려준 뒤였다.

다 빈치가 지금 총애하는 제자는 밀라노의 귀족 가문 출신인 프란체스코 멜치였다. 그는 살라이와는 완전히 다른 인물이었다. 모든 출처에 따르면 앙부아즈로 이주할 당시 23세였던 프란체스코 멜치는 고귀한 품성을 지닌 젊은이였다. 부유한 집안에서 태어난 까닭에 물질적인 이익에는 전혀 관심이 없었고, 여러 가지 질환에 시달리던 늙은 스승을 헌신적으로 보살피고 돌보았다. 그림 솜씨에서도 스승을 실망시키지 않았다. 지아코모 살라이가 별다른 가치 없는 복사본 몇 개를 남긴 것에 반해 프란체스코 멜치는 자신만의 재능을 발전시켰다. 비록 철저하게 레오나르도 풍의 그림이긴 하지만 오늘날까지 밀라노 암브로지아나 미술관이나 상트페테르부르크 에르미타슈 미술관 등 유명 미술관의 소장품으로 남은 몇 개의 작품을 완성했다.

레오나르도 다 빈치가 마지막 거주지인 클루 성에서 사랑하는 제자 프란체스코 멜치와 함께 보낸 시기는 3년이었다. 다 빈치는 손에 마비가 오기 시작하면서 그림은 거의 그리지 않았고, 그동안 틈틈

이 기록했던 방대한 저술을 다시 한번 제대로 연구하는 일에 전념했다. 또한 뛰어난 자연과학자이자 수학자, 건축가, 해부학자, 천문학자였던 그는 후원자인 프랑수아 1세를 위해서 초기의 수많은 발명들에 더해 여러 개의 지류 구조를 가진 운하 시스템과 소방 시설, 증기 배출관, 심지어는 조립식 건물 등을 구상했다. 왕의 궁정 축제를 위해 무대를 설계하고 가장무도회를 위한 의상도 만들었다. 급격하게 나빠지는 시력에도 불구하고 그 모든 일들을 수행하기 위해 안경을 꼈을 뿐 아니라 작업실의 자연 채광을 높이기 위해 독창적인 석유램프까지 개발했다.

67세 생일을 보내고 며칠이 지난 뒤인 1519년 4월 23일, 다 빈치는 왕의 공증인 기욤 부로를 불러 여러 성직자들이 배석한 가운데 자신의 유언을 받아 적게 했다. 그는 먼저 그가 죽은 뒤 여러 교회에서 3번의 대규모 미사와 30번의 소규모 미사를 올려 달라고 했다. 햇불을 든 거지 60명이 그의 관을 수행해야 하고, 이 거지들에게는 충분한 대가를 지불하라고 했다. 또 마을 구빈원의 도움이 필요한 사람들에게 상당한 액수의 돈을 나누어주었고, 인근 지방에 있는 모든 교회에도 초를 기부했다. 그는 말년을 함께 보낸 동반자 프란체스코 멜치를 유언집행인이자 단독 상속인으로 임명했고, 충실한 사람들 중에서도 가장 충실한 동반자였던 그에게 자신의 예술적, 학문적 유작 전체를 남겼다. 실제로 그 모든 일을 관리하는 데 그보다 더 적합한 인물은 없었다.

프란체스코 멜치는 스승의 양식에 따라 그림을 그렸다.
멜치가 그린 성모상 중 하나이다.

　다 빈치는 죽기 직전 그 사이 26세가 된 프란체스코의 팔에 의지
한 채 종부 성사를 받았고, 죽음은 1519년 5월 2일에 찾아왔다. 장
례식은 즉시 거행되었다. 세기의 천재였던 레오나르도 다 빈치의
시신은 앙부아즈 성에 있는 생플로랑탱 궁정 교회에 안치되었는데,
이 교회는 나중에 종교 전쟁의 여파 속에서 파괴되어 철거되었다.

　프랑스 왕으로부터 계속 녹을 받으면서 스승이 죽은 곳에서 몇
개월을 더 보내던 단독상속인 프란체스코 멜치는 1519년 가을에야
고향 이탈리아로 출발했고, 밀라노 근처에 있는 자신의 생가에서
스승의 귀중한 그림과 스케치, 저술들을 정리하고 분류하는 작업을
시작했다. 대부분의 작업은 원고를 선별해서 보관하는 데 할애되었
는데, 다 빈치는 무려 1만 3천 페이지에 달하는 빽빽하게 써내려간

원고를 남겼다. 충실한 동반자였던 프란체스코는 자신에게 맡겨진 임무를 헌신적으로 수행했다.

프란체스코가 방향을 일러주는 스승의 가르침 없이 자신의 걸작을 그리기까지는 꽤 오랜 시간이 지나야 했던 듯하다. 그는 우상이었던 스승보다 50년을 더 살았고, 1570년에 77세의 나이로 세상을 떠났다. 다 빈치가 죽은 뒤 프란체스코가 그린 그림들 중에서는 앵무새를 들고 있는 소녀의 초상화가 유일하게 전해지고 있다. 이 그림은 1525년에 그린 것으로 현재 가족들의 소장품으로 남아 있다. 언젠가 세상 어딘가에서 프란체스코 레오나르도, 또는 레오나르도 프란체스코가 그린 또 다른 그림이 등장할지도 모른다는 기대는 영원히 이루어지지 않을 듯하다.

2

"더없이 놀라운 존재"

—— ❧ ——

프란츠 카프카와 도라 디아만트

수년 전부터 카프카는 유목민처럼 떠돌아다니는 삶을 살고 있었는데, 이는 원기와 건강을 회복하기 위해 끊임없이 새로운 희망의 땅을 찾아나서려는 시도 때문만은 아니었다. 부모의 집, 특히 그토록 증오하던 아버지(프라하 전체를 포함해)로부터 벗어나겠다는 생각이 그를 이리저리 몰아낸 것이다. 1923년 여름에는 발트 해가 그를 유혹했다.

로스톡에서 북동쪽으로 25킬로미터 가량 떨어진 곳에 위치한 온천지 뮈리츠는 카프카와 두 번이나 약혼했던 펠리체 바우어가 추천한 곳이었다. 그녀가 베를린 유대인 요양소의 여름 캠프가 있던 그곳에서 잠시 일하고 있을 때였다. 마르틴 부버와 막스 브로트는 많은 사람들이 찾던 이 휴양 시설의 후원자들 중 한 사람이었고, 카프카 자신도 몇 년 전에 책을 기부하는 것으로 호의를 표시한 적이 있었다. 이곳은 특히 베를린 유대인 공동체의 어린이들이 요양을 하는 곳이었다.

막 40세에 접어든 카프카는 누이 엘리와 조카 펠릭스, 게르티와 함께 '행복의 기원'이라는 여관에 나란히 묵고 있었는데, 여름 요양소인 '아이들의 행복'에서는 약 50걸음쯤 떨어진 곳에 있었다. 그는 발코니에서 놀이에 열중하고 있는 아이들의 모습을 관찰할 수 있었다. 아이들이 부르는 흥겨운 노래를 들었고, 해변으로 가는 아이들의 모습을 보았다.

평소에는 밖에서 들리는 작은 소리조차 싫어했던 그였지만 이번에는 조금도 방해를 받는다고 느끼지 않았고, 심지어는 행복과 비슷한 느낌을 받기도 했다. 바다가 가까이 있는 것도 결핵 환자인 그의 기분을 좋게 했다. 그는 이곳에 도착하자마자 가까운 친구에게 보낸 한 편지에서 자신이 보지 못했던 지난 10년 동안 바다가 "훨씬 더 아름답고, 다채롭고, 생기 있고, 젊어졌다"고 썼다. 중병에 걸린 카프카는 자신의 '이동 가능성'을 시험하기 위해 프라하에서 베를린까지의 여행을 감행하면서 조금씩 희망을 갖게 되었고, 이제 뮈리츠에서는 고통스런 두통과 끊임없이 병석에 누워 지내야 하는 상태에서 벗어날 수 있으리라는 기대감에 부풀었다.

카프카는 근처 어린이 요양소의 번잡함과 거리를 두기보다는 그 일상에 기꺼이 끼어들고 싶어했다. 그곳에서 개최한 연극 공연에도 참석했고, 유대인 공동체의 모든 종교 의식을 멀리했던 것에서 벗어나 평생 처음으로 다른 사람들과 함께 안식일 전야를 축하했다. 이처럼 카프카가 어린이 요양소에 특별한 관심을 갖게 된 것이 검은 머리에 매력적인 외모의 소유자인 20대 중반의 한 아가씨 때문이었을까? 그녀의 이름은 도라 디아만트였는데, 어린이 요양소의 자원봉사자 중 한 사람으로 손님들의 식사를 책임지고 있었다. 어느 날 저녁 '아이들의 행복' 요양소에 식사 초대를 받은 카프카는 주방 쪽을 바라보았고, 생선 비늘을 다듬고 있는 젊은 아가씨를 관찰하다가 그녀에게 처음으로 말을 건넸다. "이렇게 아름다운 손으로 그토록 잔인한 일을 하다니!" 이는 철저한 채식주의자였던 카프카가 살아 있는 피조물을 다루는 잔인한 행동에서 느낀 구역질을 '악행을 저지르는 여인'에 대한 개인적인 칭찬으로 상쇄하려고 한 말이었다.

도라 역시 오래전부터 이 비범한 이방인에게 관심을 갖고 있었다. 그가 조카들과 해변에서 놀고 있는 모습을 보았을 때는 돌아오는 길에 그를 뒤따르기도 했고 적당히 거리를 둔 채 그를 조용히 관찰하기까지 했다.

요양소에서 저녁식사를 할 때도 도라는 그에게서 잠시도 눈을 떼지 못했다. 그때 카프카와 한 테이블에 있던 남자아이들 중 하나가 갑자기 자리에서 일어나 밖으로 나가다가 넘어졌다. 카프카는 다정하게 말을 건네면서 소년을 칭찬했다. "다시 일어서는 것을 보니 아

주 제법이구나!" 그 광경을 지켜보던 도라는 놀라움을 감출 수가 없었다. 어쩜 저렇게 배려심 많고 다감한 남자가 다 있을까!

카프카는 약 한 달 정도 뮈리츠에 머물렀는데, 그 기간 동안 거의 매일 저녁 어린이 요양소에 들러 도라를 만났다. 그러는 동안 카프카 역시 이 매혹적인 미지의 여인이 누구인지, 어디 출신인지, 자신보다 15세 아래인 그녀가 삶에 대해, 그녀의 주변에 대해, 앞으로의 삶에 대해 어떤 생각을 하고 사는지 알게 되었다. 그는 뮈리츠에서 친구들에게 보낸 편지들 중 하나에서 그녀를 '더없이 놀라운 존재'라고 불렀다.

도라 디아만트는 폴란드 브르제진에서 태어났고, 그녀의 아버지는 랍비였다. 그러나 정통 하시디즘(신비주의적 경향을 지닌 유대교 경건주의 운동—옮긴이주)에 토대를 둔 엄격한 교육은 생기발랄한 젊은 아가

프란츠 카프카 ───────────

씨를 질식시켰다. 도라는 선망의 대상인 서유럽의 보다 자유로운
삶을 엿보게 해주는 보도에 매혹당해 고향을 떠났고, 처음에는 브
레슬라우에서 주방 보조로 일하다가 마침내 베를린에 있는 유대인
고아원의 재봉사 자리를 구했다. 그녀는 이시디어(유대계 독일어)와
히브리어에 유창했고, 카프카와는 독일어로 말했다. 그녀가 구약성서
의 구절을 읽어줄 때면, 계몽된 자유사상가였던 카프카에게까지 종교
적인 감정과 비슷한 감흥을 불러일으킬 정도였다. 그러나 무엇보다
발트 해에서 함께 보내게 될 얼마 남지 않은 시간 동안 서로 무척 다
른 두 사람 사이에 "예기치 못했던, 행복하고 긍정적인 전환점"이
무르익기 시작했다. 카프카는 훗날 친구 막스 브로트에게 그렇게 고
백했다. 프란츠 카프카와 도라 디아만트는 장차 함께 살 계획을 세
웠다. 장소는 카프카가 이미 오래전부터 마음에서 지워버린 프라하
나 "죽어가는 거인의 마을"로 비춰지는 빈이 아니라 베를린이었다.
　　그러나 우선은 프라하를 잠시 거쳐 누이 오틸라와 조카들이 살고
있는 보헤미아의 슐레지엔을 며칠 방문하는 일부터 해결해야 했다.

프란츠 카프카와 도라 디아만트

카프카는 도라와 떨어져 지내야 했던 이 7주 동안 그녀에게 35통의 편지를 보냈다. 사랑하는 두 사람은 9월 24일에야 드디어 만날 수 있었다. 그들은 미리 약속한 대로 베를린에서 만나 함께 방을 구하러 다녔고 살림을 합치기로 결정했다. 하루하루 근근이 연명하는 삶에 익숙하고, 여전히 카프카 부모의 경제적 지원에 의존해야 했던 두 사람은 월세도 간신히 마련했다. 베를린 슈테크리츠 구역 미크벨 거리 8번지에 있는 허름한 집이었지만 두 사람에게는 집의 위치가 아주 마음에 들었다. 카프카는 친구에게 보낸 편지에서 이렇게 썼다.

"내가 사는 거리는 거의 도시적인 냄새를 풍기는 마지막 거리일세. 그 뒤로는 모든 것이 정원과 단독주택들의 평화로 바뀐다네. 날이 따뜻한 저녁이면 다른 곳에서는 전혀 맛볼 수 없었던 진한 향기가 가득하다네."

방안 시설도 항상 추위에 떨고 불면증에 시달리는 54킬로그램의 깡마른 카프카에게 맞게 갖춰져 있었다.

"책상은 난로 옆에 있고, 석유램프도 잘 켜진다네."

석유램프라고? 1923년의 베를린에 아직 전기가 없었던 말인가?

전기는 물론 들어와 있었다. 그러나 카프카가 주로 밤에 책상에서 보내는 시간이 많았기 때문에 집주인은 그에게 높은 전기세를 물렸다. 그러자 도라가 석유램프를 구입한 것이다. 그럼에도 불구하고 주인은 겨우 6주 만에 방을 비워줄 것을 요구했다. 카프카는 소설 『작은 여인』에서 적대적이고 악의적인 집주인에게 앙갚음을 했다.

두 사람은 거기서 두 블록 떨어진 곳에 구한 두 번째 거처에서도 오래 머물지 못했다. 그루네발트 거리 13번지에서는 집주인과는 관계가 훨씬 좋은 편이었지만, 중앙난방식으로 이루어진 방 2칸짜리 집은 비용이 너무 많이 들었던 것이다. 그래서 1924년 1월에 결국 다시 이사를 하게 되었다. 카프카와 도라는 5년 전 세상을 떠난 서정시인 카를 부세의 미망인이 살고 있던 유겐트슈틸 양식의 집으로 이사 오면서 비로소 안정을 찾을 수 있었다. 첼렌도르프 구역의 하이데 거리 25번지에 위치한 이 집의 2층에는 결핵 환자인 카프카가 날씨가 좋을 때 햇볕을 쪼일 수 있는 베란다가 있었고, 집을 둘러싸고 있는 잘 가꾸어진 정원도 세입자들이 마음껏 이용할 수 있었다. 카프카는 1층에 있는 전화만큼은 전혀 사용하지 않았는데, 그는 벨 소리만 울려도 방해를 받았다. 그래서 전화를 받는 사람은 항상 도라였다.

음식은 간단한 알코올버너로 준비했고, 화폐 가치의 하락으로 외식은 거의 불가능했다. 어느 날은 카프카의 갑작스런 졸도로 의사를 불러야 했는데, 환자의 체온을 측정한 뒤 절대안정을 취하라고 처방한 의사에게 진료비조차 반으로 깎아 달라고 졸라야만 했다. 세탁비를 지불할 돈도 전혀 없었다. 또 우편 요금이 오르자 카프카는 서신 왕래를 편지 대신에 좀 더 저렴한 엽서로 제한했고, 구석까지 빽빽하게 채워 썼다. 연극 관람은 이미 오래전부터 꿈도 꿀 수 없는 일이었다. 단지 베를린 신문에 실린 광고에서 공연 계획을 보는 것으로 만족해야 했다.

매일 먹어야 할 양식은 가장 필요한 것만을 구입했고, 그 사이 값이 엄청 오른 버터는 프라하에서 보내주는 식료품 소포에 의존해야 했다. 카프카는 바구니와 우유통을 들고 시장에 가는 것을 전혀 꺼리지 않았다. 그곳에서 소박한 사람들과 만나 그들과 이야기하는 것을 무척 좋아했기 때문이다. 그는 그처럼 궁핍한 생활 속에서도 언제나 말끔하게 차려입는 것을 아주 중요하게 생각했다. 그래서 그동안 그가 일류 재단사가 만든 맞춤양복만 입었다는 것이 퍽 다행스러운 일이었다. 그런 옷들은 몇 년이 지나도 원래 형태를 그대로 유지하고 있었기 때문이다.

카프카는 항상 오전에 산책을 했다. 늘 혼자였고 중간에 떠오르는 착상을 재빨리 적기 위해서 메모장만 들고 다녔다. 글을 쓰는 것은 주로 저녁과 밤 시간이었다. 그럴 때면 말은 한마디도 하지 않았다. 마치 그 자리에 없는 사람 같았고, 식탁에서도 거의 아무것도 먹지 않았다. 오직 도라에게만 새로 탄생한 내용을 알려주었다. 그는 자신이 종이에 쓴 내용을 깊이 있는 분석이나 설명 없이 도라에게 읽어주었다. 그녀는 그 중 일부를 태워버렸는데, 그로 인해 나중에 세간의 비난을 받아야 했다. 도라 디아만트는 그러한 비난에 대해 카프카에게 글쓰기는 근본적으로 "자기해방의 한 수단"일 뿐이었다고 변명했다. 그러면서 이렇게 덧붙였다. "나는 그때 아주 젊었어요. 젊은 사람들은 현재에 살고, 경우에 따라서만 미래에 살 뿐이에요."

미래는 카프카와 도라가 나누는 대화의 중심 주제였다. 언젠가는 안정된 토대 위에서 살 수 있을까? 그녀가 요리를 하고 그는 음식을 나르는 조그만 가게를 열 수 있을까? 다만 그 장소는 인플레이션에 시달리는 베를린이 아니라 텔아비브가 되어야 했다. 그러나 함께 팔레스타인으로 이주하자는 두 사람의 계획은 단순한 '생각 놀이' 이상으로는 발전하지 않았다.

지금은 우선 현재의 상황에서 최선을 다하는 것이 중요했기 때문이다. 사랑하는 여인과 가장 좁은 공간에서 함께 사는 것이 카프카에게는 그 무엇보다도 소중하고, 한 번도 경험해보지 못했던 행복이었다. 그는 전혀 다른 문화권에서 태어나 도스토예프스키와 톨스토이의 작품을 읽으면서 성장한 15세 연하의 도라에게 독일 문학에 대한 관심을 일깨워주었고, 요한 페터 헤벨의 『작은 보석 상자』, E.T.A 호프만의 『고양이 무르』, 괴테의 『헤르만과 도르테아』, 클라이스트의 『O 후작 부인』과 안데르센과 그림 형제의 동화를 읽어주었다. 친구 막스 브로트와 동료 베르펠이 두 사람의 집을 방문했고, 〈문학 세계〉지를 발행하는 빌리 하스와 〈새로운 전망〉지를 발행하는 루돌프 카이저도 찾아왔다. 카프카는 유대인 학교에서 일주일에 두 번 탈무드에 관한 강의를 들었다. 그러나 그의 작품 『아카데미를 위한 보고』를 낭독하는 행사에는 고열 때문에 참석하지 못했다. 그는 연극배우 루트비히 하르트가 베를린 마이스터잘 극장에서 개최한 낭독의 밤에 자신을 대신해서 도라를 보냈다.

어느 날 조금 기운을 차린 카프카는 도라와 함께 베를린 공원을 산책하다가 실의에 빠져 울고 있는 어린 여자아이를 만났다. 그는 아이에게 그토록 슬퍼하는 이유를 물었다. 그러자 여자아이는 인형을 잃어버렸다고 대답했다. 어떻게든 여자아이를 돕고 싶었던 카프카는 적당한 이야기를 떠올렸다.

"그렇게 슬퍼하지 마렴. 네 인형은 막 여행을 떠난 거야. 인형이 나한테 편지를 보내서 그 사실을 알려주었단다."

그러자 아이는 미심쩍은 듯이 그를 쳐다보다가 불안해하면서 되물었다.

"그 편지 지금 갖고 있어요?"

"아니, 집에다 두고 나왔어. 내일 너한테 가져다줄게."

카프카와 도라는 아이와 헤어진 뒤 집으로 돌아왔고, 카프카는 잠시도 지체하지 않고 책상 앞에 앉아 아이에게 말한 편지를 써내려 가기 시작했다.

다음날 카프카는 다시 그 여자아이를 만났다. 아이는 벌써부터 공원에서 그를 기다리고 있었다. 아이가 아직 글을 읽지 못했기 때문에 카프카는 큰소리로 편지를 읽어주었다. 인형은 자기에게는 다른 분위기가 필요했고 잠시 다른 곳을 둘러보고 싶어서 몰래 떠났지만 변함없이 소녀를 사랑한다고 했고, 나중에 분명 다시 돌아올 거라고 했다. 그러면서 그 때까지는 소녀에게 매일매일 편지를 쓰겠다고 약속했다.

실제로 카프카는 자신이 했던 말의 영향을 생각해 여자아이와의 약속을 끝까지 철저하게 지켰다. 그는 3주 동안 매일 어린 여자 친구를 만났고, 인형이 자신에게 편지로 전해주는 온갖 모험들을 아이에게 성실하게 전달해주었다. 어린 소녀가 드디어 인형을 잃어버린 슬픔을 거의 극복한 것으로 보이자 카프카는 이제 최종적인 이별을 고할 때가 되었다고 판단했다. 그는 인형이 한 젊은 남자를 사랑하게 되어 곧 결혼을 하게 될 거라고 했다. 이제 인형은 사랑하는 사람 곁에서 지내야 하니까 인형을 용서해줘야 한다고…….

1924년 2월 21일, 카프카의 건강 상태는 급격히 악화되었다. 막스 브로트로부터 급한 소식을 들은 카프카의 숙부 지크프리트 뢰비 박사가 베를린에 도착했다. 그는 이글라우 지역에서 개업한 의사였다. 카프카는 휴가를 이용해 그를 여러 번 방문했었고, 1917년에 출간된 소설 『시골 의사』에서 그를 문학적으로 형상화했었다. 뢰비 박사는 고열과 심한 기침에 시달리는 조카에게 급히 요양원으로 가야 한다고 충고했다. 카프카는 어떤 식의 입원 치료도 싫다고 거부하다가 2주가 더 지난 뒤에야 비로소 사랑하는 여인과 함께 지내는 것을 포기할 마음을 먹게 되었다. 그는 3월 17일에 도라와 막스 브로트의 동행 하에 고향 프라하로 출발했고, 여기서 다시 처방이 내려졌다. 한때 스위스에 있는 요양지 다보스가 잠시 거론되다가 결국에는 니더외스터라이히 주의 오르트만에 있는 '비너발트' 요양원으로 결정되었다. 빈에서 남서쪽으로 45킬로미터 가량 떨어진 곳이었다.

두툼한 겨울옷을 입은 상태인데도 카프카의 몸무게는 겨우 49킬로그램에 불과했다. 후두가 심하게 부어올라 거의 아무것도 먹지 못했고, 말도 속삭이는 소리로 간신히 몇 마디를 할 뿐이었다. 도라는 4월 8일에 오르트만에 도착해 요양원 바로 근처에 숙소를 잡았

프란츠 카프카와 도라 디아만트

다. 카프카는 전문의의 최종 검사를 위해 빈의 라자레트 거리에 있
는 후두 전문병원으로 옮겨졌다. 환자를 빈으로 옮기는 데 지붕이
없는 무개차를 이용해야만 했기 때문에 도라는 병원에 도착할 때까
지 전 구간을 선 채로 이동했다. 중환자인 카프카를 자신의 몸으로
막아 차가운 바람으로부터 보호하려는 것이었다.

빈 후두 전문병원의 원장인 마르쿠스 하예크 교수는 카프카가 이
미 오래전부터 예상하고 있었던 대로 후두결핵이라는 진단을 내렸
다. 그러나 전문의의 강력한 만류에도 불구하고 카프카는 집에서
간병을 받겠다고 고집했다. 그렇다면 이제 어디로 가야 할까? 프라
하로? 세상 끝까지 간다고 해도 그곳만은 결코 아니었다! 카프카는
빈 시의 외곽 지대에 자리잡은 시설이 형편없는 값싼 사설 요양원
으로 가기로 결정했다. 그래도 숲 근처에 햇빛이 잘 드는 발코니가
딸린 방이 있었고, 무엇보다 도라가 항상 그의 곁에 있었다. 클로스
터노이부르크 키얼링에 있는 호프만 요양원이었다.

카프카는 사랑하는 도라가 요리해서 방으로 가져다주는 음식을
거의 입에 대지 못했다. 겁에 질린 그녀는 카프카와 가까운 친구였
던 베를린 의과대학생 로베르트 클롭슈톡에게 상황의 심각함을 알
리면서 자신을 도와달라고 부탁했다. 이에 클롭슈톡은 학업을 중단
한 뒤 5월 6일에 키얼링에 도착했다. 연인과 친구는 교대로 죽음에
임박한 카프카를 보살폈다. 그는 이제 메모지를 통해서만 두 사람
과 이야기를 주고받을 수 있었다.

건강 상태가 한때 호전되자 카프카는 행복에 겨워 눈물을 흘리면

서 도라의 목을 끌어안고는 그녀와 결혼하고 싶다는 뜻을 전했다. 실제로 그는 아버지에게 자신은 엄격한 의미에서 신심이 깊은 유대인은 아니지만 '후회하는' 유대인, '회개하는' 유대인이 되겠다는 내용의 편지를 보냈다. 그러나 폴란드에서 날아온 답장은 충격적이었다. 편지를 받은 아버지는 최고 랍비에게 자문을 구했는데, 그의 조언은 단호한 거절이었던 것이다. 그 불행한 편지가 도착하고 이틀 뒤인 5월 13일에 막스 브로트는 자신의 친구를 마지막으로 방문했다. 도라는 그를 구석으로 데려가더니 밤에 카프카의 침상을 지키고 있는데 올빼미가 창문 밖에서 지켜보는 것을 여러 번 보았다고 속삭였다. 죽음을 알리는 새를……

1924년 6월 3일 정오, 41번째 생일을 한 달 앞둔 프란츠 카프카가 눈을 감았다. 도라 디아만트와 로베르트 클롭슈톡이 그의 곁을 지켰다.

1924년 6월 11일에 프라하 슈트라슈니츠 유대인 공동묘지에서 카프카의 장례식이 열렸고, 백여 명의 조문객이 그의 관을 따랐다. 도라가 큰소리로 흐느끼면서 갓 만들어진 무덤 위로 쓰러졌다. 조문객들 중 한 사람이었던 한스 데메츠는 훗날 그날 있었던 가슴 아픈 사건을 이렇게 회고했다.

"그녀는 의식을 잃었다. 그러나 아무도 움직이지 않았다. 오히려 정반대였다. 카프카의 아버지가 몸을 돌려 장례식에 참석한 조문객들이 반대 방향으로 가도록 유도했다. 나는 당시에 쓰러진 그 여인을 누가 보살폈는지 지금도 알지 못한다. 다만 내가 그 가엾은 여인을 도와주지 못했다는 사실이 아직도 부끄러울 뿐이다."

로베르트 클롭슈톡은 친구 카프카의 아버지에게 보낸 편지에서 도라 디아만트를 아는 사람이라면 진정한 사랑이 무엇인지 알 수 있다고 썼다. 그의 이런 말이 헤르만 카프카에게 그녀에 대해 좋은 인상을 갖게 했는지는 알 길이 없다. 어쨌든 고집스럽고 완고한 이 남자도 도라 디아만트가 성사되지 못한 결혼과는 상관없이 프란츠 카프카의 적법한 아내로 인정받는 것까지 막을 수는 없었다. 카프카가 죽고 2년 뒤에 소설 『성』이 출간되자 그녀는 친구들에게 준 증정본에 도라 디아만트-카프카라는 이름으로 사인을 했고, 책의 출판업자에게 보내는 편지에는 도라 카프카라는 이름으로 서명을 했다. 나중에 편집인 루츠 라스크와 결혼을 했을 때도 그녀는 카프카의 기념사진을 항상 간직하고 다녔고, 1934년에 아이를 낳았을 때는 갓 태어난 딸에게 프란치스카라는 이름을 붙여 주었다.

1949년, 그 사이 50세가 된 도라 디아만트는 이스라엘로 이주하겠다는 생각을 품고 있었다. 막스 브로트와의 재회를 몹시 기대하고 있던 그녀는 그에게 이런 편지를 보냈다.

"이루 말할 수 없이 프란츠를 그리워하고 있어요. 그와 함께 보낸 시절에 대한 그리움이 밀려와 거기에 머물러 있다 보면 완전히 무력해져요. 프란츠의 꿈은 아이를 갖는 것과 팔레스타인으로 가는 것이었어요. 이제 난 프란츠 없이 아이를 갖게 되었고, 프란츠 없이 팔레스타인으로 가요. 하지만 그의 돈으로 그곳으로 가는 차표를 살 거예요. 최소한 그 정도는 할 수 있어요."

그러나 이 계획은 성사되지 못했다. 공산주의 계열의 신문인 〈붉은 깃발〉의 편집인 루츠 라스크와 결혼한 도라 디아만트는 유대인으로서 뿐만 아니라 정치적인 이유에서도 게슈타포의 감시망에 올랐고, 소비에트 연방으로 도주했다가 거기서 남편을 강제 노동수용소에 남겨둔 채 딸 프란치스카만 데리고 영국으로 망명했다. 처음에는 재봉사로 생계를 이어가다가 잠시 유대인 극장에서 일을 했으며, 한때는 모국어로 신문 기사를 쓰다가 나중에 런던의 이스트 엔드 지역에 조그만 레스토랑을 열었다. 그녀는 1952년 '평생의 연인'이었던 프란츠 카프카보다 12세 더 많은 53세로 세상을 떠났고, 런던 이스트 햄 지역에 있는 유대인 공동묘지에 묻혔다. 어머니의 이른 죽음을 극복하지 못하고 상실의 고통으로 말 그대로 굶어 죽을 지경이 된 프란치스카는 변변한 묘비 하나 세울 만한 돈도 없었다. 1999년에 이르러서야 인터넷을 통해 모인 친지들의 주관으로 카프카가 마지막으로 사랑했던 여인의 안식처에 도라 디아만트라는 이름을 새긴 묘비가 세워졌다.

프란츠 카프카와 도라 디아만트

3

죽음도 갈라놓지 못한 불멸의 사랑

———— ✵ ————

아메데오 모딜리아니와 잔 에뷔테른

모딜리아니가 죽고 얼마 지나지 않아 파리 예술가들의 단골 술집인 '로잘리의 집' 여주인은 한때 단골손님이었던 모딜리아니의 그림이 거액에 거래되었다는 소식을 듣자마자 지하실로 달려갔다. 그곳에 보관해놓은 보물들을 가져오기 위해서였다. 모딜리아니가 몇 년 동안 외상 술값 대신 맡긴 그림들이 거기에 한 무더기나 쌓여 있었던 것이다. 그러나 로잘리가 온갖 잡동사니들을 헤치고 그림을 쌓아놓은 곳으로 다가간 순간 부자가 될 거라는 꿈은 물거품처럼 사라졌다. 가치를 따질 수 없을 만큼 귀중한 그림들이 쥐들이 갉아먹은 흔적으로 완전히 못쓰게 된 것이다.

참으로 불운한 일이었다. 가난에 시달리던 많은 예술가들에게 최악의 상황을 면하게 해주었고, 반대로 돈 많은 손님들은 "모피 외투는 샹젤리제로 가야지!"라는 말로 가게에 들어오지 못하게 했던 로잘리는 진실로 그런 불로소득을 얻을 만한 자격이 충분한 사람이었는데 말이다. 그러나 모딜리아니의 그림으로 부를 획득한 사람들은 다른 데 있었다. 가령 모딜리아니가 죽었을 때 기쁨의 탄성을 질렀던 루이 리보드 같은 유형의 냉철하게 계산하는 화상들이었다. 그는 이렇게 소리쳤다. "호박이 넝쿨째 굴러 들어오다니! 난 한 끼 식사 값에 불과한 푼돈으로 그의 그림들을 살 수 있었거든. 물론 그것들을 전혀 대수롭지 않게 생각했지만 언젠가는 상당한 가치가 있을 거라는 사실도 알고 있었지."

이 남자의 말은 옳았다. 그의 유명한 동료 앙브로아즈 볼라르는 모딜리아니가 살아 있었을 때는 3백 프랑에도 사려 하지 않던 그림을 3만 프랑에 사려고 했지만 당연히 받아야 할 벌을 받았다. 그 사이 그림 값은 30만 프랑을 호가하고 있었다. 여성 누드화와 친구들을 그린 뛰어난 초상화, 가장 간결한 수단으로 순간을 포착한 스케치의 대가 모딜리아니가 천재들이 들끓는 예술의 도시 파리에서도 단연 최고의 자리에 오르게 된 것이다.

1906년 1월 말 아메데오 모딜리아니가 처음으로 파리에 등장했다. 이탈리아 태생의 모딜리아니는 6개월 전에 21세가 되었다. 파리의 예술계로 몰려오는 수많은 외국인들처럼 모딜리아니도 툴루즈 로트렉, 모네, 르누아르, 피사로, 마티스 같은 화가들을 통해 세계적인 명성을 얻은 몽마르트르의 갤러리로 진출하겠다는 꿈을 꾸고 있었다. 당시는 모딜리아니보다 3세 연상인 파블로 피카소를 중심으로 '젊은 야수파'가 태동하던 시기였다. 그러나 모딜리아니는 금주가였던 피카소와는 반대로 함께 술을 마시는 즐거움을 나눌 수 있었던 우트릴로 같은 괴팍한 화가들에 더 끌렸다.

남부 유럽 출신의 '아름다운 청년' 모딜리아니는 파리에 도착하자마자 고향처럼 편하게 느끼기 시작했다. 목탄 판매업을 하던 아버지가 파산한 이후 여섯 식구의 생계를 부양하기 위해 리보르노에 어학원을 차렸던 그의 어머니가 막내아들에게도 프랑스어를 가르친 덕분이었다. 그의 부모는 수 세대에 걸쳐 토스카나 지방에 정착해 살고 있던 세파르디(스페인계) 유대인 출신이었다.

1884년 7월 12일 이탈리아 리보르노에서 넷째 아들로 태어난 '데도(가족들이 부르는 애칭)'는 음악 수업까지 포함된 훌륭한 교육을 받았고, 단테, 페트라르카, 단눈치오의 작품은 그의 집안에서 가장 즐겨 읽은 문학작품들이었다. 미술 수업은 14세 때 처음으로 시작했지만 연이은 심각한 질병으로 수업을 중단해야 했다. 티푸스에 걸려 완전히 기력을 잃었고, 이후 폐에 생긴 문제는 평생 그를 놓아주지 않았다.

21세의 모딜리아니가 마들렌 광장 근처의 호텔에 잠시 머물다 보헤미안들의 세계인 몽마르트르에 정착했을 때, 파리에서 만난 그의 새로운 친구들은 그런 사실을 전혀 알지 못했다. 그들이 '모디'라는 애칭으로 부르게 될 모딜리아니는 여자들은 전형적인 '남국의 정열적인 애인'으로, 남자들은 언제든 온갖 정신 나간 행동까지 함께할 술친구로 생각하는 매력적이고 낭만적인 외모의 소유자였다. 언제나 여기저기 기운 흔적에 아래위가 달린 빛바랜 작업복을 입고 나타나는 피카소와는 달리, 모딜리아니는 지갑은 텅 비었어도 자연스런 우아함을 풍기는 옷차림을 하고 다녔다. 재능이 있다고 해서 그렇게 형편없이 입고 다녀도 좋다는 것은 아니라며 피카소를 경멸하는 투로 말하기도 했다. 그는 흰색과 파란색의 체크무늬가 들어간 셔츠를 매일 저녁 손수 빨았고, 코르덴 양복에 아주 작은 얼룩이 묻는 것도 그대로 두지 않았으며, 외출을 할 때는 대담하게 둘러매는 넥타이를 잊은 적이 결코 없었다.

모딜리아니의 연애에 대해서는 알려진 내용이 많지 않다. 아마도 몽마르트르에 살면서 모딜리아니 같은 화가들의 모델이 되었다가 일시적인 성행위의 상대가 되기도 하는 숱한 여성들을 만났을 것으로 짐작된다. 모딜리아니가 한 여인을 고정적으로 만나게 된 것은 파리에 정착한 지 8년째 접어든 해로, 그 사이 30세가 된 그가 몽마르트르에서 몽파르나스로 이사했을 때였다. 몽파르나스는 각 분야의 유명 인사들이 모이는 곳이었다. 작가들이 빈 찻잔을 앞에 두고 몇 시간을 보내도 어떤 웨이터도 감히 추가 주문을 하라고 독촉하거나 실제로 먹은 크로아상의 개수를 더 얹어서 계산하려고 하지 않는 곳이었다. 또 러시아 망명자들이 웅크리고 모여 앉아 끝없이 토론을 하고, 화가들은 자신들의 그림을 사줄 구매자를 찾으러 다니는 곳이기도 했다. 모딜리아니는 여기서 영국 여성인 베아트리체 해스팅을 만났고, 이후 두 사람은 줄곧 붙어 다녔다. 모딜리아니보다 다섯 살 많았던 그녀는 작가였고, 그녀의 문학적인 이름을 통해 알 수 있듯이 처음부터 열광적인 단테 숭배자가 되리라는 운명을 타고난 것처럼 보인다. 두 사람의 만남은 격정적인 연애로 이어졌다. 모딜리아니가 거만하게 입 꼬리가 올라간 당당한 그녀를 묘사한 그림들은 '외설적'이라고 판단한 경찰의 단호한 조치로 갤러리의 창가에서 치워졌다. 모딜리아니와의 연애가 끝나자 베아트리체는 당시의 2년을 결산하면서 이렇게 말했다.

"그는 복합적인 성격의 인물이었다. 돼지이면서 동시에 진주이기도 한……. 나는 1914년에 한 제과점에서 그를 만났다. 그는 대마초와 브랜디에 쩐 모습이었다. 추악하고, 거칠고, 탐욕스럽게 보였다. 그러다가 그를 카페 로통드에서 다시 만났다. 말끔하게 면도를 한 상태였고 아주 매력적으로 보였다. 그는 우아한 동작으로 모자를 벗었고, 얼굴을 붉히더니 자신을 따라와서 작품을 봐줄 수 있겠냐고 부탁했다. 나는 그와 함께 나갔다."

끊임없이 숙소를 바꾸는 것에 이골이 나 있던 모딜리아니는 이번에도 다시 거처를 옮겼다. 베아트리체가 몽파르나스 거리 11번지에 있던 자신의 집으로 그를 들어오게 한 것이다. 그녀 역시 삶을 즐기는 유형의 여성이었다. 그는 아침부터 크로아상을 커피가 아닌 압생트 술과 함께 마시는 일이 적지 않았고, 두 사람이 무분별하게 즐기는 강한 성분의 마약에 취한 채 자주 드나드는 술집에서 소란을 피우다 쫓겨나는 일도 다반사였다. 처음에는 황홀경에 취해 단눈치

오의 시를 낭송하는 것으로 시작해 격렬한 호언장담으로 상승하다가 알몸을 노출했다는 소문도 떠돌았다. 친구들은 '모디'의 건강 상태를 심각하게 염려하기 시작했다.

모딜리아니는 그 후 1년 이상을 혼자 지내다가 1917년 초에 기이한 행동을 일삼던 베아트리체 해스팅과는 전혀 다른 어린 아가씨를 대동하고 나타났다. 그러자 그의 친구들의 눈에도 희망의 빛이 감돌기 시작했다. 그녀의 이름은 잔 에뷔테른이었고 모딜리아니보다는 14세가 어렸다. 그들 그룹에서는 거의 만나기 어려운 순수하고 순결한 아가씨라는 인상을 풍겼고, 조용하고 내성적으로 보였다. 모딜리아니는 이 매력적인 아가씨를 진심으로 사랑하고 있다는 사실을 전혀 숨기지 않았다. 그의 친구들도 방탕한 알코올중독자이자 대마초 중독자인 모딜리아니를 완전한 파멸의 구렁텅이에 빠지지 않도록 구원할 수 있는 사람이 있다면, 그건 바로 그녀뿐이라고 생각했다.

모딜리아니의 삶으로 들어온 잔의 출현을 바로 곁에서 지켜본 사람들 중 하나인 오랜 친구 스타니슬라스 퓌메는 훗날 그녀에 대해 이렇게 진술했다.

"조심스럽고 조금은 느릿느릿한 그녀의 걸음걸이는 백조의 모습을 떠올렸다. 그녀의 모습은 전체적으로 이 위엄 있는 새와 비슷했다. 그녀의 고갯짓과 그녀의 움직임, 그녀의 태도와 긴 목, 그녀의 엉덩이……. 그녀는 베로나 녹색의 터번을 이마에 둘렀고, 두 갈래

"목숨까지 바친 그의 충실한 반려자"
잔 에뷔테른

로 길게 땋아 내린 머리는 무릎까지 내려왔다. 연한 청회색 옷을 입고 다채로운 색깔의 작은 모자를 쓰고 있었으며, 분가루나 화장기가 전혀 없는 안색은 장밋빛으로 반짝이는 부분이 있는가 하면 창백한 부분도 있었다. 물망초 꽃처럼 푸르른 밝은 눈동자는 진한 눈썹과 놀랍도록 아름다운 대조를 이루었다. 비잔틴 사람의 얼굴을 연상시키는 긴 코는 마치 원시적인 마돈나에게서 빌려온 듯 타원형의 얼굴과 조화를 이루었다. 입술은 오렌지색이었고, 두 팔은 가늘고 손은 아주 작았으며, 발목은 날씬했다. 이처럼 서로 상반되는 아름다움을 드러내는 그녀를 보고 있노라면 균형과 우아함을 간직한 암포라 꽃병이 떠올랐다."

　그녀의 모습을 담은 몇 안 되는 사진이 이런 인상을 뒷받침해주며, 동시에 모딜리아니의 친구들이 그녀에게 붙인 '코코넛'이라는 애칭의 유래도 설명해준다. 모딜리아니가 그린 16점의 유화를 보면 진한 밤색 머리카락으로 인해 더욱 두드러지는 그녀의 하얀 우윳빛 피부가 눈부시게 빛난다.

잔 에뷔테른은 1898년 4월 6일 프랑스 북부의 아라스 지방에서 태어났고, 나중에 가족과 함께 파리로 이주했다. 봉 마르셰 백화점의 향수 코너 담당자였던 아버지는 좋은 평판을 전부로 생각하는 사람이었다. 아미오 거리에 있던 고루한 소시민 가정에는 언제나 경건한 분위기와 향냄새가 풍겼다. 어머니와 딸이 부엌에서 감자 껍질을 벗고 있으면 아버지는 교화적인 내용의 책을 읽어주거나 묵상을 하게 했다. 잔 에뷔테른이 경건한 부모의 집을 벗어나 몽파르나스의 보헤미안들의 세계에 발을 들여놓을 때, 그나마 최소한의 이해를 구할 수 있었던 사람은 온화하고 관대했던 어머니였다. 편협한 신앙심을 가졌던 아버지에게는 아들 앙드레가 예술가의 직업을 선택해 화가가 되는 것을 지켜보아야 했던 것만도 대단한 인내심이 필요한 일이었다. 그는 딸이 음악 수업을 받는 것만 허용했다. 잔의 바이올린 연주 솜씨는 뛰어났고, 그녀가 가장 좋아하는 작곡가는 다행히 바흐였다. 잔은 어머니의 적극적인 변호 덕분에 그랑드 쇼미에르 거리에 있던 아카데미 콜라로시에서 미술 수업까지 받을 수 있었다. 어렸을 때부터 그림에 소질이 있었던 18세의 잔은 이제 패션 디자인에 관심을 쏟았다. 그녀는 독특한 옷에 열광했고 오리엔탈의 분위기가 풍기는 색채와 도안을 창안했다. 그녀가 입고 다니는 옷도 예외 없이 손수 만든 옷이었다.

잔의 남자관계는 함께 공부하는 친구들과의 부담 없는 만남으로 국한되었다. 자신에게 '맞는 사람'을 만나기 전까지는 일체의 성적인 접근을 허용하지 않으려 했던 것이다. 그 사람은 바로 1917년 사육제 때 몽파르나스에서 열린 예술가들의 무도회에서 만난 뛰어난 외모의 소유자 모딜리아니였다. 19세 생일을 앞두고 있던 잔은 그 사실을 분명히 느낄 수 있었다. 한편 당시 32세였던 모딜리아니는 손수 만든 무도회복으로 하얀색 러시아풍 블라우스에 바닥까지 끌리는 긴 검정색 치마를 입고 수줍게 앉아 있는 아름다운 아가씨를 눈여겨보았다. 그는 그녀에게 다가가 술을 마시면서 그녀의 모습을 연필로 스케치했고, 유화로 그릴 초상화의 모델이 되어 달라고 부탁하면서 자신이 묵고 있는 허름한 호텔로 함께 가자고 초대했다. 잔은 마치 최면에 걸린 사람처럼(나중에 나이로 볼 때도 서로 어울리지 않는 두 사람의 첫 만남은 이렇게 묘사되었다) 그를 따라나섰고, 그때까지 순결을 지키던 그녀는 그날 밤으로 그와 한 몸이 되었다.

다음 며칠 동안도 두 사람은 함께 지냈다. 잔이 저녁이면 집으로 돌아가 집에서 밤을 보냈기 때문에 그녀의 가족은 무슨 일이 일어나고 있는지 전혀 알지 못했다. 그래서 어느 날 두 사람의 연애가 발각되었을 때 그녀의 부모가 보인 행동은 그만큼 더 격렬했다. 어머니는 '타락한 딸'의 친구들 중 하나에게 모든 사실을 솔직하게 털어놓으라며 캐물었고, 환락의 세계에서나 시간을 보내는 아무짝에도 쓸모없는 바람둥이에게 딸을 잃었다는 사실에 더욱 충격을 받은 아버지는 교회에서 위안을 찾으려 했다.

아메데오 모딜리아니

잔은 부모의 집에서 쫓겨나기 전에 먼저 달아날 방법을 찾았다. 모딜리아니는 얼마 전 폴란드 출신의 화상인 레오폴드 즈보로브스키라는 후원자를 만났다. 그는 자신에게 맡겨진 모딜리아니의 작품들을 영향력 있는 사람들에게 보이고, 여러 갤러리에 이 젊은 천재의 작품에 관심을 갖도록 하고, 그를 위해 전시회를 조직하는 일에 모든 노력을 기울였다. 뿐만 아니라 곧 자신의 가장 친한 친구가 된 모딜리아니의 사적인 생활환경에도 강한 책임감을 느꼈다. 잔과의 연애가 알코올 중독과 마약 중독으로 건강을 해친 모딜리아니의 삶과 생존에 얼마나 중요한지를 인식한 즈보로브스키는 호텔을 전전하던 모딜리아니의 생활에 종지부를 찍게 해주었다. 그랑드 쇼미에르 거리 8번지에 두 사람을 위한 화실을 얻어 주었고, 그의 아내 안나까지 나서서 앞으로의 거처를 가정적인 분위기로 꾸미려고 애썼다. 모딜리아니의 화실에는 테이블 하나와 대나무 의자 몇 개, 소파와 오븐이 비치되었고, 필요한 조명을 위해 초와 석유램프가 준비되었으며, 모델들을 위한 배경으로 쓰일 벽에는 오렌지색과 빨간 색, 노란색 페인트가 칠해졌다.

지금까지 익숙하지 않았던 가정적인 분위기에서 시작된 새로운 삶은 모딜리아니의 창작에도 큰 도움이 되었다. 그는 쉬지 않고 그림을 그렸다. 그가 그림을 그리기 위해서 모델들을 집으로 데려오면 잔은 그를 방해하지 않으려고 옆방으로 물러나 옷을 만들거나 친구들에게 편지를 썼다. 모딜리아니의 질투 때문에 그가 동료들을 만나는 예술가들의 카페에 잔이 따라나서는 일은 거의 드물었고, 밤이 늦어서 그를 데리러 카페에 갈 때도 안으로 들어가지 않고 밖에서 그를 기다려야만 했다. 레스토랑에서 식사를 할 때 외상을 해야 할 경우도 많았지만 그것 때문에 두 사람의 한껏 고양된 감정이 사그라지지는 않았다. 두 사람이 함께 보낸 1917년 여름과 그 이후의 겨울은 행복한 나날이었고, 어쩌면 두 사람의 삶에서 가장 행복한 시기였을 것이다.

그러나 모딜리아니에 대한 잔의 맹목적인 헌신은 위험을 부르기도 했다. 그렇지 않아도 몸 상태가 좋지 않은 모딜리아니가 건강을 해치지 않도록 막을 능력이나 의지가 없었던 잔은 그의 모든 단점들을 무심하게 내버려두었다. 1918년 3월에는 의사의 간곡한 충고에 따라 몇 달간 지중해 연안 지대인 리비에라에서 휴양을 보내게 되었는데, 이때도 임신한 몸이었던 잔은 모딜리아니보다는 자기 자신의 상태에 더 신경을 써야 하는 상황이었다.

아메데오 모딜리아니와 잔 에뷔테른

잔은 1918년 11월 29일에 니스의 생 로슈 병원에서 딸을 낳았다. 모딜리아니는 잔의 임신에 대한 기쁨을 이미 여름부터 카페와 술집을 돌아다니면서 주변에 알렸고, 이제 아버지가 되었다는 사실을 더없이 즐겼다. 갓 태어난 딸은 엄마의 이름에 따라 세례를 받았지만 그는 이후 자신의 딸을 항상 '조반나'라고 불렀다. 가족을 데리고 이탈리아로 가서 고향 리보르노에 있는 사랑하는 어머니에게 손녀딸을 보여줄 날만을 손꼽아 기다리고 있었기 때문이다.

그러나 여기서도 문제가 생겼다. 신분증을 잃어버린 탓에 모딜리아니의 인적사항이 구청에 기록되어 있지 않았던 것이다. 그의 무질서한 생활을 생각한다면 그다지 놀랄 만한 일도 아니었다. 따라서 조반나의 출생신고서에 '아버지 미상'이라는 내용이 오르게 되었다. 모딜리아니는 모든 서류가 제대로 갖춰지는 대로 잔 에뷔테른과 결혼하겠다고 맹세했고, 증인들을 앞에 두고 자신의 맹세에 서명했다.

앞으로의 공동생활과 관련해서도 해결책을 마련하는 것이 시급했다. 모딜리아니가 늘 술에 취한 상태에서 어린 딸에게 다가가리라는 것이 쉽게 짐작되는 상황이었기 때문에 잔-조반나를 몽파르나스의 화실에서 키울 수는 없는 노릇이었다. 그래서 모딜리아니는 결국 가까운 베르사유의 고아원에서 일하는 한 여성에게 딸을 맡겨 대신 키우게 하고, 잔이 일주일에 한 번씩 아이를 보러 가기로 결정했다. 잔 에뷔테른의 부모는 어떤 식의 도움도 거절했다. 에뷔테른 집안에는 '죄인'과 '죄악의 결실'을 위한 자리는 전혀 없었고, 그로써 완전하고 궁극적인 결별이 이루어졌다.

잔-조반나가 한 살이 되었을 때 젊은 엄마는 다시 둘째 아이를 임신했다. 첫 아이를 출산한 이후로 몸이 허약해졌고, 살이 찌면서 몸이 조금씩 퍼지기 시작한 21세의 잔은 이제 술뿐 아니라 대마초와 코카인까지 손대는 모딜리아니를 제어할 기력이 없었다. 비록 모딜리아니가 화가로서 마침내 인정을 받기 시작하고, 총 300여 점의 유화들 중에서 가장 뛰어난 작품들이 탄생한 것도 이 시기였지만 그의 육체적인 붕괴는 계속 가속화되었다. 발작적인 기침과 토혈이 반복되었고, 포도주 한 잔만 마셔도 술이 취하는 상태가 되었다. 그는 혹독한 추위에도 외투와 숄도 걸치지 않은 채 거리를 비틀거리며 돌아다녔고, 행인들은 알 수 없는 혼잣말을 하면서 돌아다니는 그를 수군거리며 돌아보곤 했다. 그는 길에서 만나는 생면부지의 사람들에게 말을 걸었고, 공격적인 태도로 그들을 달아나게 했다. 면도를 하지 않고 외출을 하는 일이 점점 잦아졌고, 그토록 우아했던 그의 옷차림도 날이 갈수록 너저분해졌으며, 이도 빠지기 시작했다.

매서운 추위가 기승을 부리던 1919~20년 겨울, 땔감을 마련해주려고 그랑드 쇼미에르에 살던 모딜리아니를 방문한 친구들은 황폐해진 화실의 비참한 모습에 경악을 금치 못했다. 바닥에는 빈 통조림 깡통만 수북이 쌓여 있었다. 거의 언제나 빠듯한 돈으로 살아가던 모딜리아니와 잔은 얼마 전부터 유일한 식량으로 정어리 통조림만 먹고 지냈던 것이다. 방문객들의 신고를 받고 달려온 집 관리인은 다락방에 세 들어 사는 이들 두 사람에게 원기를 돋우는 야채수프를 끓여주었다. 두 사람은 그 사이 거의 집을 비우는 일이 없었

아메데오 모딜리아니와 잔 에뷔테른

고, 때로는 하루 종일 침대에 누운 채 지냈다.

1920년 1월 22일, 아메데오 모딜리아니는 응급차에 실려 한 자선 병원으로 호송되었다. 의사들은 그의 병명을 결핵성 뇌막염으로 진단했고 병상에 있던 친구들에게 더 이상 가망이 없다고 통보했다. 마지막 주사를 맞고 깊은 잠에 빠진 모딜리아니는 이틀 후 의식을 찾지 못한 채 35세의 나이로 숨을 거두었다.

반려자이자 아이의 엄마인 잔 에뷔테른은 모딜리아니 곁에서 임종을 지키지 못했다. 만삭의 몸이었던 그녀는 산부인과를 찾아가라는 조언을 받았고, 그곳에는 그녀를 위한 입원실도 이미 마련된 상태였다. 그러나 너무나 큰 고통에 온몸이 마비되고, 사랑하는 애인을 잃은 상실감에 아무 말도 하지 못하던 그녀가 내보인 유일한 반응은 자신을 맞이할 준비가 된 병원으로 가는 것을 고집스럽게 거부하는 것이었다. 깊은 절망에 빠진 그녀에게 한 가지만큼은 분명했다. 화실에서 자신의 영원한 사랑이었던 모딜리아니를 떠오르게 하는 그 어떤 그림이나 가구, 옷, 포도주병도 더 이상은 한 순간도 견딜 수 없다는 사실이었다. 잔은 꼭 필요한 물건만 골라서 화실을 나왔고 택시를 타고 세느 거리에 있는 조그만 싸구려 호텔로 갔다. 다음날 아침 그녀가 숙소를 나갔을 때 객실 청소부는 그녀의 베개 밑에서 단도를 발견했다. 이 칼은 나중에 그녀의 유품을 정리하던 중에 발견한 그림의 자살 장면에서 묘사된 것으로, 그녀가 죽기 얼마 전에 그렸을 것으로 추정된다. 그 그림은 자신의 심장을 칼로 찌르는 젊은 여인의 모습을 그리고 있다.

모든 상황이 극도로 위험해 보이는 마지막 순간에 이르러서야 잔 에뷔테른의 부모는 그들이 수개월 동안 '정신 나간' 딸에게 내린 추방령을 거두고 그녀를 도우려 했다. 심지어는 고집스럽고 독선적인 아버지조차 자선 병원에 안치된 애인의 시신을 보러 가는 딸을 동행했다. 잔은 죽은 애인에게 마지막으로 작별 인사를 고하고 싶었다. 그녀는 말없이 혼자 있고 싶다는 뜻을 아버지에게 전했다. 가장 가까운 친구들만이 그녀의 주위에 서서 가슴 아픈 이별 장면의 증인이 되었다. 잔은 시신 곁으로 다가가 모딜리아니의 얼굴에 자신의 얼굴을 갖다 댔다. 마치 죽은 사람의 눈에서 뭔가 읽으려는 듯이 오랫동안 그의 얼굴을 바라보더니 자신의 머리카락을 한 올 뽑아 그의 가슴에 올려놓았다. 그리고는 그의 얼굴에서 시선을 떼지 않으려는 듯 뒷걸음을 치면서 영안실을 나왔다. 그녀의 입에서는 단한 마디도, 한숨이나 탄식도 흘러나오지 않았다. 병원 입구에서 기다리던 아버지가 자신을 따라 집으로 가자고 했을 때도 말없이 고개만 끄덕이는 것으로 동의를 표시했다.

잔은 자신이 자란 아미오 거리의 옛 집으로 돌아갔고, 사랑하는 오빠 앙드레는 잠시도 동생의 곁을 떠나지 않았다. 그는 다음날 밤에도 끊임없이 잔의 곁을 지켰고 동생과 한 방에서 지냈다. 그가 새벽 4시 경에 지쳐서 잠이 들자 이미 오래 전부터 자살에 대한 생각으로 자신을 괴롭혀 오던 잔은 이 기회를 이용해 창문을 열었고, 바닥을 보지 않으려는 듯 몸을 뒤로 한 채 5층 창밖으로 몸을 던졌다. 앙드레 에뷔테른을 잠에서 깬 것이 그녀가 마지막 순간에 내뱉은 비명소리 때문이었는지, 아니면 보도에 떨어지는 순간에 울린 소리 때문이었는지는 알려지지 않았다. 어쨌든 그녀의 오빠는 즉시 무슨 일이 일어났는지를 깨달았다. 만삭의 죽은 몸뚱이를 가린 청소부가 이 처참한 사건의 유일한 목격자였다.

이중의 비극을 알리는 끔찍한 소식은 몽파르나스의 화실과 예술가들의 술집으로 순식간에 퍼져나갔다. 당연히 가장 가까웠던 친구들이 가장 큰 충격에 휩싸였다. 그들은 그처럼 잔인하게 헤어진 두 연인을 함께 묻어주어야 한다고 생각했다. 그러나 이번에도 에뷔테른 가족이 걸림돌이었다. 기독교도로 자란 딸을 유대인과 함께 묻는 것을 도저히 용납할 수 없다는 것이 이유였다.

1월 27일 이른 오후, 파블로 피카소, 페르낭 레제, 모리스 위트릴로의 어머니, 여성화가 쉬잔 발라동을 비롯해 천여 명의 조문객이 파리의 페르 라셰즈 공동묘지로 행하는 장례 행렬을 뒤따랐다. "그를 꽃으로 덮어주시오!" 모딜리아니의 형 엠마누엘레가 리보르노에서 보낸 전보의 내용이었다. 모딜리아니의 영전에 바쳐진 꽃이 얼마나 많았던지 친구들 중 몇몇이 그 중 일부를 따로 모아 하루 먼저 치러진 불쌍한 잔의 장례식에 보낼 정도였다. 물론 그녀에게 보낸 꽃은 에뷔테른 가족 모르게 전달되어야 했다. 에뷔테른 가족은 모딜리아니의 친구들이 파리 근교 바뉴 공동묘지에서 열린 딸의 장례식에 오지 못하게 하려고 오전 8시에 식을 거행했다. 그 후 몇 년이 지난 뒤에야 에뷔테른 가족은 딸의 시신을 이장하는 것에 동의했다. 그제야 아메데오 모딜리아니와 잔 에뷔테른은 마침내 하나가 되어 명사 공동묘지 페르 라셰즈의 유대인 묘역에 함께 잠들게 되었다. 묘비에는 두 사람의 비극적인 삶을 고스란히 표현하려는 의도가 반영되어 있다. 한쪽 묘비에는 "명성이 그에게 손짓을 할 때 죽음이 그를 찾아왔다"라고 쓰여 있고, 다른 쪽 묘비에는 "목숨까지 바친 그의 충실한 반려자"라는 글이 새겨져 있다. 묘비는 모딜리아니의 모국어인 이탈리아어로 씌어졌다.

아메데오 모딜리아니와 그의 마지막 사랑이었던 잔 사이에서 태어난 딸은 부모를 잃을 당시 나이가 겨우 14개월이었다. 하루아침에 고아가 된 두 사람의 딸은 모딜리아니의 부모가 이탈리아로 데려갔고, 그때까지 결혼을 하지 않았던 모딜리아니의 누이 마르카레타가 아이를 맡아 키웠다. 잔-조반나는 젊은 아가씨로 성장한 뒤에야 리보르노를 떠나 파리로 돌아왔고, 이탈리아 어문학을 전공한 뒤 비서, 전화교환원, 저널리스트, 미술비평가, 교사, 번역가 등 다양한 직종의 일을 두루 거쳤다. 그녀는 아버지에 대한 기억이 전혀 없었지만 그녀 나름의 방식으로 아버지에게 매달려 있었다. 모딜리아니의 전기를 썼고, 나중에는 아버지처럼 화가의 길로 들어섰으며, 그녀의 건강한 자의식은 무엇보다 모딜리아니의 생애와 작품들이 악용되는 것을 막았다. 그의 전기를 터무니없는 졸작으로 영화화하려는 양심 없는 작가들을 비롯해 위조된 그림으로 미술 시장을 교란하는 화상들도 있었고, 나아가서는 예전에 모딜리아니의 애인이었다고 밝히면서 경제적인 권리를 주장하려는 여자들도 많았다.

잔-조반니는 자신의 사생활만은 제대로 꾸려 나가지 못했다. 로마 의회의 의원이 된 모딜리아니의 형 엠마누엘레는 뒤늦게 정식 입양 절차를 추진해 잔을 공식적으로도 가족의 일원이 되도록 했고, 잔은 이후 프랑스 출신의 학자인 빅토르 네히트샤인과 결혼했다. 그런데 둘 사이에 태어난 두 딸들 중 하나가 중증장애아로 밝혀지자 그녀는 불행했던 자신의 아버지처럼 술에 빠지게 되었고, 1984년에 알코올 중독의 후유증으로 66세로 생을 마감했다.

4

"난 아무것도 후회하지 않아요"

— ❧ —

에디트 피아프와 테오 사라포

"샹송이라고요? 전 그들에게 전화번호부책 내용을 노래로 불러줄 수 있어요. 그래도 그들은 차이를 알아차리지 못할 거예요."

에디트 피아프는 냉소적인 의미로 이런 말을 한 것이 아니고 그렇다고 청중들을 웃음거리로 삼으려는 의도가 있었던 것도 아니다. 그보다는 단지 '맹목적인 숭배'라는 말로도 충분히 표현할 수 없는 상황을 나타내고자 했던 것이다.

'파리의 참새'라고 불렸던 피아프는 죽은 지 40년이나 지난 뒤에도 여전히 숭배의 대상이다. 프랑스의 유명 인사들이 묻히는 페레 라셰즈 공동묘지에 있는 그녀의 묘는 가장 많은 사람들의 발길이 이어지는 곳 중 하나이다. 그것은 피아프가 단순히 위대한 샹송 가수이기 때문만은 아니다. 그보다는 육체적으로는 이미 폐인이 된 상태에서도 무대에 올라 마이크를 잡기만 하면 수많은 사람을 열광적으로 매료시키는 영웅적인 삶의 힘을 보여주었기 때문이다. 그녀의 마지막 안식처에 놓인 수많은 편지와 꽃들은 뛰어난 예술가에 대한 변치 않는 흠모와 숭배를 보여주는 증거물들이다. 그러나 그보다는 질병과 실의에 빠진 사람들이 피아프의 묘지에서 조금이나마 위안을 받고자 하는 절박한 기도인 경우가 훨씬 많다. 많은 병자들이 찾는 순례 도시 루르드처럼 일종의 작은 루르드가 된 셈인데, 실제로 몇몇 사람이 이곳을 찾은 뒤 관절염과 류머티즘, 통풍을 고쳤다는 칭송을 얻고 있다.

꼭 기적을 믿는 사람은 아니더라도 에디트 피아프의 이름을 들으면서 한번쯤 생각해볼 문제가 있다. 1915년 12월 19일 파리 벨리빌 거리 72번지의 가난한 집에서 태어난 피아프는 8세 때 실명을 했는데, 리지외의 성 테레즈 성지를 순례한 뒤 갑자기 앞을 볼 수 있게 되었기 때문이다. 하지만 그 모든 것을 뛰어넘는 가장 큰 기적은 피아프가 때 이른 비극적인 죽음을 맞이하기 1년 전, 이미 죽음이 예시된 상태에서 자신보다 20세나 어린 아들 같은 남자와 결혼을 했다는 것이다.

때는 1961~62년 겨울이었다. 아주 작은 키에 부서질 듯 가냘픈 몸이지만 풍부한 성량을 가진 힘이 넘치는 가수 피아프는 오래 전부터 세계적인 스타였다. 그녀의 노래 〈나의 병사님〉, 〈밀로르〉, 〈아코

에디트 피아프 _____

디언 연주자〉, 〈장밋빛 인생〉, 〈파리의 하늘 아래〉, 〈나는 아무것도 후회하지 않아요〉는 이미 샹송의 전설이 되어 있었다. 파리의 란 대로에 있는 피아프의 호화 저택은 때때로 야영장 같았다. 엄청난 부자가 되었으면서도 외적인 화려함을 전혀 중시하지 않았기 때문이다.

어느 날 저녁 그녀의 집에 손님이 찾아왔다. 이제 46세가 된 피아프의 에이전트인 클로드 피구가 그녀의 상태가 궁금해 찾아온 것이고, 어쩌면 그녀와 새로운 계획을 세우려는 것이었는지 모른다. 피아프는 바로 직전에 숱한 위기들 중 하나를 간신히 넘긴 상태였다. 그 때문에 의사들은 기력이 많이 쇠약해진 상태에서 새로운 공연으로 또다시 몸을 축내면 안 된다고 충고했다. 어떤 때는 전화기를 드는 것조차 힘든 날들도 있었던 것이다.

이날 저녁에는 다행히 침대에서 일어날 수는 있었지만 이런 상태에서는 그녀와 무슨 일을 계획한다는 것이 불가능했다. 피아프는 클로드 피구가 데려온 젊은 청년과도 거의 말 한마디 나누지 못했다. 물론 청년 자신이 그럴 만한 기회를 만들지 않았다는 측면도 있었다. 큰 키에 검정색 옷을 입은 까만 머리의 청년은 살롱의 양탄자 바닥에 앉아 매혹당한 표정으로 집주인을 응시하기만 할 뿐 대화에는 거의 참여하지 않았다. 몇 시간 뒤 그가 작별 인사를 하자 에디트 피아프는 생각했다. '분위기를 이끌어가는 타입은 아니네.' 그녀는 청년의 이름이 테오파니스 람보우키스이고, 부모와 함께 파리 근교에 살고 있다는 사실도 곧바로 잊어버렸다.

그로부터 3개월 뒤, 이번에도 의사들의 충고를 귓전으로 흘려듣고 상태가 좋지 않은데도 불구하고 몸을 돌보지 않은 피아프는 심한 감기에 걸렸다. 호흡기에 문제가 생기면서 감기는 폐렴으로 진행되었고, 결국 뇌이에 있는 앙브로아즈 파레 병원에 입원하게 되었다.

가장 먼저 병문안을 온 사람들 중에는 말없이 그녀를 바라보기만 했던 청년도 있었다. 당시의 만남에서 그에게서 별다른 인상을 받지 못했던 탓에 피아프는 처음에 그를 전혀 알아보지 못했다. 그가 자신의 이름을 말한 뒤 병문안을 오는 사람들이 흔히 가져오는 꽃 대신에 작은 인형을 건네자 피아프의 얼굴에는 비로소 옅은 미소가 감돌았다.

"내가 인형을 가지고 놀 나이는 한참 지나지 않았나요?"

피아프는 반은 거절의 뜻으로, 반은 감동을 받은 얼굴로 말했다.

테오파니스 람보우키스는 그 말에 대한 대답을 충분히 생각하고 있었던 듯했다.

"마담, 이건 보통 인형이 아닙니다. 제 고향인 그리스에서 만든 인형이죠. 당신이 허락해주신다면 내일도 다시 찾아오겠습니다."

테오파니스는 약속을 지켰고, 매일 에디트 피아프의 병석을 찾아왔다. 소박한 옷차림으로 보아 돈이 많은 사람은 아니라는 점을 알 수 있었다. 그녀는 그에게 직업을 물었다. 그러자 그는 바로 대답하지 않고 잠시 생각하다가 입을 열었다.

"제가 당신의 머리를 손질해드리고 싶습니다."

"그럼 미용사란 말이군요?"

테오파니스는 얼굴이 빨개졌다. 부드러운 검은 눈동자의 잘생긴 청년은 마음속의 비밀을 들킨 순진한 소녀처럼 당황해하면서 진실을 털어놓았다. 에디트 피아프는 깜짝 놀랐다. 그녀의 머리카락은 최근 들어 형편없이 가늘어졌고, 반쯤 숱이 빠진 머리 위에 듬성듬성 나 있는 이끼처럼 곱슬거렸다. 이런 머리를 어떻게 손질한단 말인가?

그러나 테오파니스는 뜻을 굽히지 않았고, 자신이 가져온 미용도구를 꺼내 그녀의 머리를 다듬기 시작했다.

그는 다음번에는 책을 한보따리 가져왔다.

"책 읽는 거 좋아하세요?"

"물론이에요. 하지만 지금은 너무 힘들어요."

그러자 그는 그녀에게 책을 읽어주기 시작했다.

에디트 피아프가 병원에서 퇴원하자 숭배자 테오파니스는 그녀를 집으로 계속 찾아갔고, 대부분 그녀의 집에서 밤을 보냈다. 그러다가 얼마 후에는 정식으로 그녀의 집으로 들어가 함께 살기 시작했다. 그가 자신의 원래 직업을 그만두고 가수가 되고 싶다고 고백하자 그녀는 무척 기뻐했다. 자신의 혼란스런 삶에 그토록 많은 온기와 희망을 가져다준 이 젊은 남자를 위해 자신도 마침내 할 수 있는 일이 생겼던 것이다.

가장 먼저 그의 이름을 바꾸기로 했다. 테오파니스 람보우키스라는 이름은 별로 좋지 않았다. 너무 길고 복잡해서 기억하기가 어려웠던 것이다. 게다가 너무 생소하게 들렸다. "사람들은 당신이 그리스어로 노래한다고 생각할 거예요."

에디트 피아프는 곰곰이 생각하다가 문제를 해결했다. "테오파니스는 테오로 고치고, 람보우키스는 사라포라고 해요." 사라포는 그녀가 아테네 순회공연에서 우연히 들었던 몇 안 되는 그리스어 단어 중 하나와 비슷했고, 그 말은 '당신을 사랑합니다' 라는 뜻이었다.

이제는 언젠가 이 젊은이가 그녀와 함께 무대에 설 수 있을 정도로 그의 노래 솜씨를 키우는 문제만 남아 있었다. 그와 동시에 테오는 최근에 터무니없이 방치된 에디트 피아프의 외모를 가꾸는 데 신경 썼다. 그녀에게 의상을 바꾸어 보라고 권유했고, 질병과 중독으로 훼손된 그녀의 몸을 생각할 때 치마보다는 바지가 더 잘 어울린다는 세심한 배려의 말로 그녀를 설득했다. 그녀의 생활 습관도 조심스럽게 개입하기 시작해서 레드와인과 샴페인을 완전히 끊게 하지는 못했지만 적당한 양으로 줄일 수 있도록 했다.

1962년 7월 26일. 에디트와 테오가 만난 지 8개월이 지났고, 두 사람이 한 지붕 아래 살게 된 지는 6개월이 지난 때였다. 가수가 되는 것이 소원이었던 미용사 테오는 이제 결정적인 마지막 한 걸음을 내딛을 시점이 왔다고 생각했다. 그는 자신보다 20세나 연상인 에디트 피아프에게 자신의 아내가 되어달라고 말했다.

거기까지는 전혀 생각하지 못했던 에디트 피아프는 깜짝 놀랐다. 그래서 그녀가 보기에는 정신 나간 사람의 말처럼 들리는 그의 허튼소리를 말리려고 갖가지 방법을 동원했다.

"도대체 무슨 생각을 하는 거예요? 나는 이미 파란만장한 삶을 살아온 사람이고, 당신은 아직 살아야 할 날이 아주 많은 사람인데?"

그러나 이 극적인 순간을 약혼식처럼 생각했던 테오는 조금도 물러서지 않았고, 그녀의 모든 주장에 하나하나 반박했다. 그의 부모가 이런 결혼을 절대로 받아들이지 않을 거라는 말에도 그는 꿈쩍도 하지 않았다.

"내일 우리 부모님을 만나게 될 겁니다. 함께 점심식사를 하기로 했어요."

"절대 그럴 수 없어요. 난 너무 두려워요."

그날 밤 에디트 피아프는 밤새 잠을 이루지 못하고 생각에 잠겨 이리저리 뒤척였다. 모든 세상 사람들에게 놀림을 받는 어울리지 않은 기괴한 한 쌍의 모습이 계속 눈앞에 나타났다. 게다가 그녀는 아내가 될 만한 소질도 없었다. 지금까지 남자를 보살핀 적도 없었고, 집안 살림에 대해서도 아무것도 몰랐다. 그녀와 결혼하면 테오는 불행할 뿐이었다. 사랑? 물론 그녀는 표정만 보고도 자신이 무엇을 원하는지 아는 이 잘생긴 청년을 사랑했다. 에디트 피아프의 주변에 있는 몇몇 사람들은 대놓고 말은 하지 않아도 그의 진심을 의심했지만, 그녀는 테오의 마음이 진심이라고 확신했다.

다음날 아침 피아프는 최면에 걸린 사람처럼 자리에서 일어나 세수를 한 뒤 화장대 앞으로 갔다. 그 사이 방으로 들어온 테오가 그녀의 머리를 다듬어주었고, 그녀가 파란색 비단옷을 입는 것을 도와주었다. 파란색은 에디트의 행운의 색이었다. 그렇게 준비하는 동안 두 사람은 거의 아무 말도 하지 않았다. 그런 다음 두 사람은 에디트가 얼마 전부터 타고 다니던 하얀색 메르세데스에 탔고, 테오는 그녀에게 가족이 미용실을 운영하고 있는 파리 근교 라 프레트로 가는 길을 안내했다.

이날 미용실은 문이 닫혀 있었다. 테오의 부모가 두 누이와 거실에 둘러앉아 그의 약혼녀를 기다리고 있었다.

에디트와 테오는 손을 잡고 안으로 들어갔다. 서로 상냥한 미소를 지으면서 다정하게 인사를 나누었지만, 동시에 모두들 거북하고 어색해서 어쩔 줄 모르는 고통스런 분위기가 감돌았다. 이런 분위기를 깨고 처음으로 입을 연 사람은 테오의 누이 카타리나였다. 그녀는 전축을 틀면서 피아프에게 트위스트를 출 줄 아냐고 물었다. 피아프가 모른다고 대답하자 그녀가 말했다.

"그럼 제가 가르쳐드릴게요."

카타리나와 여동생은 장차 올케가 될 피아프의 손을 잡고 춤을 추기 시작했다.

그 사이 테오와 그의 부모는 집 뒤에 있는 정원으로 나가 이야기를 나누었다. 다시 집안으로 들어왔을 때 테오의 아버지는 오랜 침묵 끝에 피아프를 보면서 이렇게 말했다.

"테오가 당신과의 결혼을 허락해달라고 하더군요. 테오는 훌륭한 아들입니다. 또 자기가 무슨 일을 하려는지 충분히 알 만한 나이도 되었지요. 그러니 결정은 전적으로 테오에게 달려 있습니다. 그럼에도 불구하고 저 역시 당신을 우리 가족으로 환영할 수 있어서 무척 기쁘게 생각한다는 사실을 아셨으면 좋겠습니다."

에디트 피아프는 눈물을 참으려고 했다. 그런데 다음 순간 테오의 어머니가 그녀에게 다가와 고작 8개월 연하일 뿐인 그녀를 끌어안으면서 '어머니'라고 부르라고 말하자, 지금까지 억누르고 있던 울음이 터져나왔다. 서로 감동을 받은 그들은 다시 자리에 앉았고 처음에 그처럼 당혹스러웠던 분위기는 순식간에 기쁘고 흥겨운 분위기로 바뀌었다. 테오와 에디트가 집으로 돌아가려고 할 때 테오의 어머니는 미래의 며느리에게 정원에서 직접 키운 신선한 복숭아와 살구를 담은 바구니를 건네주었다. 그리고는 돌아가는 그들의 뒤에 대고 소리쳤다.

"우리 집은 오늘부터 당신의 집이에요!"

에디트 피아프와 테오 사라포

"내 아내가 되어 주시겠습니까?"
테오 사라포와 에디트 피아프

10월 9일로 정해진 결혼식에 앞서 에디트와 테오에게는 또 다른 시련이 기다리고 있었다. 그것은 두 사람에게 극도의 인내심을 요구하는 일이었을 뿐 아니라, 동시에 두 사람의 관계를 단순한 스캔들로, 터무니없는 일로 치부하는 일부 대중매체들의 악의에 의해 그들의 자존심이 철저히 뭉개지는 일이었다. 이들은 심지어 출세욕에 사로잡힌 테오가 여러 측면에서 이미 한물간 가수지만 여전히

세계적으로 유명한 스타인 피아프를 자신의 목적을 위해 뻔뻔스럽게 이용하려 한다고 비난했다.

　1962년 9월 25일, 에디트와 테오는 처음으로 청중들 앞에 함께 등장했다. 전쟁 영화인 〈지상 최대의 작전〉의 개봉을 축하하는 공연이 열리는 날이었다. 에디트 피아프의 무대는 에펠탑이었고, 그녀가 노래하는 모습은 거대한 스크린을 통해 샤이오 궁의 정원에까지 비춰졌다. 많게는 350프랑까지 지불한 3천여 명의 관객들 중에는 유명 인사들이 즐비했는데, 그 중에는 아이젠하워, 처칠, 마운트배튼, 이란과 모로코의 국왕, 스페인 국왕 부처, 모나코 대공 레니에 3세, 영화배우 엘리자베스 테일러, 소피아 로렌, 에바 가드너, 오드리 헵번, 로버트 와그너, 리처드 버튼, 멜 페러, 쿠르트 위르겐스, 가수 폴 앵커 등이 있었다. 모두가 이날 저녁에 에디트 피아프가 부른 노래를 알고 있었다. 그러나 단 한 곡만은 예외였다. 노래의 제목은 〈사랑이 왜 좋을까?〉였고, 에디트 피아프는 혼자가 아니라 테오 사라포와 듀엣으로 이 노래를 불렀다.

이틀 뒤 올랭피아 극장에서 다시 한번 똑같은 공연이 열렸다. 이번에는 심적인 부담감이 훨씬 더 컸다. 감히 자신들의 피아프를 빼앗아 간 이 젊은 남자가 실패하기만을 기다리는 대도시 파리의 모든 속물들과 입방아꾼들이 이 자리에 있었기 때문이다. 그러나 기적이 일어났다. 에디트와 테오가 마지막 곡 〈사랑이 왜 좋을까?〉를 듀엣으로 불렀을 때도 청중들은 미친 듯이 환호했고, 발 디딜 틈 없이 꽉 찬 공연장은 걱정했던 야유의 휘파람 대신 우레와 같은 박수 갈채가 울려퍼졌다. 에디트 피아프는 또다시 승리했고, 이번에는 남편과 함께였다. 테오 사라포는 마침내 받아들여진 것이다.

에디트 피아프의 마지막 사랑을 애인의 돈이나 노리면서 죽을병에 걸린 그녀의 임박한 죽음만을 초조하게 기다리는 파렴치한 바람둥이의 음모로 깎아내리던 황색 신문들은 하루아침에 잊혀졌다.

10월 9일에 파리 16구 구청 앞 광장에서 열린 결혼식에서도 신랑신부가 발코니로 나오자 환호성이 터졌다. 파리의 그리스정교회 예배당에서 종교 의식이 거행될 때는 서로 좋은 자리를 차지하려고 다투는 수많은 팬들 때문에 경찰이 개입해야 할 정도였다. "비바 에디트, 비바 테오!"를 외치는 수많은 팬들의 소리는 크나큰 행복에 취해 있는 신랑신부의 귀에 오래도록 울려퍼졌다. 이로써 전투는 승리한 것이다!

정말로 승리한 것일까? 테오의 고향 그리스로 신혼여행을 가기로 한 첫 번째 계획이 무위로 돌아갔다. 에디트 피아프의 기력이 계속 떨어지자 의사들은 힘든 여행은 절대로 삼가라고 충고했다. 테오는 아내가 집안에서 가능한 한 편하게 지낼 수 있게 하는데 그만큼 더 세심한 노력을 기울였다. 호화롭지만 오랫동안 돌보지 않았던 집을 새로 단장했고, 낡은 가구를 새로운 것으로 교체했으며, 아내가 영화관에 갈 수 없는 날에도 집에서 보고 싶은 영화를 볼 수 있도록 영사기를 준비했다. 영화를 보는 시간 동안 에디트 피아프는 편안하게 안락의자에 자리를 잡고 앉았고, 손을 뻗으면 닿는 곳에는 남편이 결혼 선물로 준 커다란 곰 인형이 있었다. 테오는 당시 에디트 피아프의 키와 똑같은 인형을 구하기 위해 파리 전역을 샅샅이 뒤졌다. 피아프의 키는 147센티미터였는데, 곰 인형은 그보다 4센티미터가 작았다.

살롱의 반대편 구석에 있는 작은 진열대 위에는 리지외의 성 테레즈의 미니어처 조각상이 놓여 있었다. 에디트와 테오는 결혼하기 직전에 노르망디로 순례 여행을 다녀왔고, 그곳의 성 아기 예수의 테레즈 성당에서 성녀에게 두 사람을 보살펴 달라고 간절히 기도한 적이 있었다. 이 조각상은 그녀가 용기를 잃게 되는 암울한 순간이 올 때 당시의 일을 잊지 않기 위해서 마련한 것이었다. 성 테레즈는 그녀가 8세 때도 잃어버린 시력을 다시 선사해준 적이 있었다. 성녀는 이번에도 병들어 쇠약하고 늙어가는 여인이 조금이나마 삶의 행복을 누릴 수 있도록 도와주지 않을까? 에디트 피아프는 초기에 나온 샹송에서 "난 끝을 몰라요"라고 노래 불렀다. 그녀 역시 자신의 삶이 어떻게 끝나게 될지는 알 수 없지만, 최소한 잠시나마 뒤늦은 행복의 순간들을 누릴 수 있지 않을까!

테오와 결혼하고 5개월 뒤인 1963년 3월 18일, 에디트 피아프는 릴의 오페라 극장에서 공연을 가졌고, 이 공연이 그녀의 목소리가 무대에서 울려퍼진 마지막 순간이었다. 그로부터 3주 뒤 피아프는 폐수종에 걸려 5일 동안 의식불명 상태에 빠졌다. 마침내 의식을 다시 찾았을 때 그녀는 일시적으로 정신 착란에 빠졌다. 테오는 에디트 피아프가 입원한 병원이 위치한 뇌이로 이사했다. 그는 아내의 땀을 닦아주었고, 상상 속의 마이크를 움켜쥐고 있는 듯한 그녀의 손을 풀어주었다. 존 에프 케네디를 위해 노래 부르기로 한 백악관에서의 공연을 꿈꾸고 있었던 걸까?

테오 사라포는 아내의 휴양을 위해 2개월 동안 카프 페라에 있는 세라노 별장을 빌렸는데, 이것은 썩 좋지 않은 선택이었던 것으로 드러났다. 해양성 기후가 환자의 몸을 몹시 피곤하게 했던 것이다. 그래서 다음으로 선택한 장소가 산이 있는 곳이었다. 그러나 상태가 다시 나빠지면서 에디트 피아프는 칸에 있는 병원에 입원했다. 의사들은 더 이상 가망이 없다고 말했다. 마지막 피난처인 남부 도시 그라스의 조그만 마을에서 보내는 동안 피아프는 껍데기나 다름 없었다. 몸무게는 겨우 38킬로였고 머리카락은 거의 다 빠진 상태였다. 입은 삐뚤어지고 얼굴은 부어올랐으며, 퀭한 눈으로 유령처럼 앞만 응시했다. 단 한 걸음도 걸을 수 없어서 항상 휠체어에 의지해야만 했다. 48번째 생일을 2개월 앞둔 10월 11일, 에디트 피아프는 의식을 잃었고 더 이상 깨어나지 못했다.

테오는 에디트의 시신을 파리로 옮기기로 했다. 시신 운구가 철저한 비밀 속에서 밤 시간을 틈타서 황급하게 이루어졌기 때문에 곧바로 온갖 추측성 의혹들이 나돌기 시작했다. 이제 혼자가 된 사라포는 이 일을 처리하면서 정말로 파리에서 죽는 것이 소원이라고 말했던 에디트 피아프의 소망만을 생각했을까? 그래서 그토록 번거로운 과정도 마다하지 않았던 걸까? 아니면 악의적인 험담꾼들이 뒤에서 쑥덕거리는 것처럼 시골에서보다는 파리에서 더 많은 홍보 효과를 얻을 수 있으리라고 생각했던 걸까? 어쨌든 자신의 집에 안치된 에디트 피아프에게 마지막 인사를 하려고 몰려든 수많은 팬들 중에는 그녀의 옷을 서로 가지려다 찢고, 음반과 사진, 작은 장식품들을 거리낌 없이 가져가는 기념품 사냥꾼들도 몰려들었다. 장례식에서도 대중들은 공동묘지 관리소 측에서 정한 저지선을 무너뜨렸고, 그로 인해 혼란이 빚어졌다. 추도식을 거행하던 사제도 자신의 목소리가 들리게 하려고 안간힘을 써야 했다.

　테오 사라포는 장례식이 끝난 뒤 얼마간 모습을 드러내지 않았는데, 이번에도 그런 행동의 동기를 놓고 사람들의 의견이 엇갈렸다. 그를 좋게 생각하는 사람들은 깊은 슬픔에 잠긴 그가 방해받고 싶지 않아서 친한 영화배우인 장 클로드 브리알리의 별장에서 혼자 지내는 것이라고 했다. 그러나 또 다른 사람들은 그가 에디트 피아프의 죽음을 경제적으로 최대한 이용하고 있다고 비방하는 험악한 신문기사들을 부끄럽게 생각하기 때문이라며 그를 의심했다. 그가 에디트 피아프의 임종 사진이 담긴 보도에 대한 독점권을 가장 높은 금액을 제시한 라자레프 언론사에 팔았다는 것이다.

상당한 시간이 지난 뒤에야 테오 사라포는 기자들의 질문 공세에 응했고, 돈을 노리고 에디트 피아프와 결혼했다는 모든 주장에 격분해서 항의했다. 그러면서 피아프의 음반 판매 수익금을 전적으로 그녀가 남긴 체납 세금을 갚는 데 사용한다는 사실을 언급했다.

에디트 피아프가 죽고 2개월 뒤 젊은 홀아비는 샹송가수로서 자신의 첫 순회공연을 시작했다. 그가 가수로서 출세한 것이 '부정한 방법으로 사취한 것'이 아니냐는 물음이 계속 제기되었는데, 이러한 물음도 곧 불필요한 것이 되었다. 7년 뒤 테오 사라포는 리모주 근처에서 자동차 사고로 목숨을 잃게 되는데, 그의 나이는 겨우 34세였다. 지금에 와서 에디트 피아프의 말년을 되돌아볼 때 가장 중요하고 위안을 주는 사실은, 피아프 자신이 마지막으로 한 번 더 진심으로 사랑을 받았다는 확고한 믿음 속에서 세상을 떠났다는 점이다.

5

"그것이 그대에게 건강하고,
일종의 건강한 사랑이라오"

— ❧ —

하인리히 하이네와 엘리제 크리니츠

하인리히 하이네는 『하르츠 여행』과 정치 풍자시집인 『시대시』, 그리고 대표작 『독일, 겨울 동화』 등을 출간한 이후 살아 있는 독일어권 작가들 중 최고로 손꼽혔다. 오직 민족주의자들과 반유대주의자들만이 그와 다른 견해였다. 하이네가 벌써 24년 동안 외국에서만 생활하고 있다는 사실도 그의 명성을 약화시키기보다는 오히려 강화시켰다. 처음에는 이념적인 이유에서 어쩔 수 없이 고국을 떠나야 했지만 불경한 자유사상가였던 그로서는, 또한 세계시민주의를 표방하는 사람들에게는 파리 시민으로서 살아가는 것이 대담한 염원의 성취였을 것이다.

　무엇보다 근교 도시의 매력이 하이네의 마음을 사로잡았다. 하이네는 1854년 가을 어머니에게 보내는 편지에서 파리 근교인 바티뇰에 위치한 새로운 거처를 묘사하면서 이렇게 썼다. "좋은 공기와 햇빛이 제게 얼마나 도움이 되는지 어머니는 상상도 못하실 거예요. 어제는 그 어느 때보다도 기분 좋게 정원의 나무 아래 앉아서 자두를 먹었습니다. 아주 잘 익어서 마치 제 입 속으로 저절로 굴러 떨어진 것처럼 달콤했지요."

하지만 겨울은 그의 계획을 망쳐버렸다. 당시 57세이던 하이네는 그곳에서 겨우 몇 개월을 보낸 뒤 추위와 축축한 날씨에 쫓겨 새로운 거처로 옮겨야 했다. 그렇게 해서 다시 이사한 곳이 파리의 마티뇽 거리 3번지에 있는 건물의 6층 집이었다. 건물 현관에서 그의 집까지 가려면 계단 105개를 올라가야 했고, 그곳의 발코니에서는 샹젤리제를 바라볼 수 있었다.

정기적인 재정 지원으로 그를 도왔던 함부르크의 부유한 잘로몬 숙부가 죽은 뒤로는 하이네와 고향의 친지들을 연관시키는 것은 오직 유산 분쟁뿐이었다. 다행히 출간된 책의 저작권 수입은 그 어느 때보다도 풍족했다. 3개월 만에 4쇄에 돌입한 후기 시집 『로만체로』한 권으로 그가 수년 전부터 갈망하던 경제적 자립이 보장된 것이다.

그에게는 경제적 자립이 반드시 필요했다. 하이네는 당시 위중한 병을 앓고 있었고, 그로 인해 의사와 하녀, 간병인에게 지급해야 할 돈과 약값을 충당해야 했기 때문이다. 그는 자신의 출판업자인 율리우스 캄페에게 보낸 편지에서 이렇게 썼다. "파리에서 살려면 돈이 아주 많아야 합니다. 하지만 파리에서 죽으려면 훨씬 더 많은 돈이 있어야 합니다!" 하이네는 이미 6년 동안 고통 속에서 살아왔다. 그나마 이름 없는 어떤 곳이 아니라 루브르 박물관을 방문한 자리에서, 그것도 밀로의 비너스 앞에서 갑자기 그의 다리가 마비되었다는 사실이 위안이라면 위안이었다. 하이네는 그 뒤로 몸의 반쪽이 마비되었고, 일시적으로 눈이 멀었을 뿐 아니라 미각도 상실했다. 게다가 끊임없는 고통과 발작적인 통증이 수시로 찾아왔다. 오직 정신만이 말짱했다. 그래서 글을 쓰기 위해서는 다른 사람의 힘을 빌어야만 했다. 개인비서가 그가 하는 말을 받아 적어 계속 서신 교류를 할 수 있도록 해주었다.

하이네는 침상에 누워 있을 때면 양쪽 다리를 힘없이 축 늘어뜨린 채 있어야 했고, 뭔가를 보기 위해서는 손으로 눈꺼풀을 올려야 했다. 또한 경구용이나 주사액의 형태로, 때로는 특별히 목에 상처를 내서 뿌려야 하는 가장 강력한 모르핀을 투입해야만 그의 통증을 겨우 완화시킬 수 있을 정도였다. 그렇다면 그 원인은 대체 무엇이었을까? 흔히 추측하는 것처럼 젊은 시절에 걸린 매독의 후유증 때문이었을까? 또는 척수염과 뇌막염의 증세로 나타나는 유독 심각한 악성 결핵 때문이었을까? 아니면 유전적인 질환이 개입된 것일까?

이유가 무엇이었든 하이네는 꼼짝없이 병상에만 누워 지내야 하는 상황이었다. 그로 인해 또 다른 통증이 생기지 않도록 침대 위에는 푹신푹신한 담요 몇 장을 겹겹이 쌓아놓아야 했다. 하이네는 자신의 절망적인 상황을 '침대 무덤'이라는 쓰디쓴 농담으로 표현했다.

——————————— '침대 무덤'에서 '무슈'로부터 위안을 찾는 하인리히 하이네

이러한 곤경 속에서도 아내 마틸데로부터는 별다른 도움을 기대할 수가 없었다. 사생아로 태어난 마틸데는 본명이 크레센티아로, 하이네보다 18세 연하였고 미모가 빼어났다. 15세에 파리로 와서 구두 상점의 점원으로 일하기 시작했고, 1841년에 자신이 전혀 모르는 언어를 사용하는 독일 시인 하이네와 결혼했다. 하이네는 비록 세월이 흐를수록 조금씩 살이 찌고 있었지만 여전히 아름다운 이 여인을 사랑했고, 글을 모르는 그녀가 뒤늦게라도 학교 교육을 받을 수 있도록 상류 계층이 다니는 기숙학교에도 보내주었다. 그러나 병 때문에 부부간의 의무를 더 이상 이행할 수 없게 된 이후로는 그녀가 사치스런 치장벽과 과소비벽에 빠지는 것을 막기가 힘들었다.

하이네는 모국어로 의사소통을 하고 직업적인 문제에 관해 의견을 나누기 위해서는 외부의 방문객들에게 의존해야만 했다. 그의 가련한 건강 상태가 널리 알려진 이후로는 마치 '성지를 찾아 메카로 순례를 떠나는 이슬람교도'들처럼 죽음의 병상에 누워 있는 그에게 경의를 표하기 위해 찾아가는 일이 거의 유행처럼 번졌다. 그래서 환자의 생각을 다른 곳으로 돌리기 위해 찾아오는 사람들이 끊이지 않았다. 동료 작가들이 독일에서 찾아와 마티뇽 거리에서 앞다퉈 그의 집 문고리를 잡았고, 출판업자들과 번역자들이 서로 방문하겠다고 예고했으며, 숭배자들은 그에게 용기를 북돋우는 편지를 보냈다. 아내 마틸데가 한 마디도 이해하지 못한 채 그저 무관심하게 옆에 앉아 있어도 하이네는 그것 때문에 아내를 비난하지 않았다. 오히려 반대였다. 그는 어머니에게 보낸 편지에서 이렇게 고백했다. "그녀는 제가 혼자 있었다면 던져 버렸을 이 고통스런 짐을 참고 견딜 수 있게 도와줍니다."

하지만 그것은 1851년 2월의 일이었다. 4년이 지난 지금 상황은 더 긴박해졌다. 57세의 하이네는 자신이 더 이상 오래 살 수 없다는 사실에 대비해야만 했다. 마틸데가 그의 곁에서 신을 부르면서 남편을 위해 기도하고, 그에게 자신의 죄를 용서받으라고 간청하는 순간이 오자 신랄한 풍자가였던 그는 신성 모독적인 발언을 했다. "진정하구려. 그는 나를 용서할 거요. 그것이 결국 그의 직업이 아니겠소."

1855년 6월 16일 토요일, 마티뇽 거리 3번지 6층에 편지 한 통이 도착했고, 하녀가 그것을 받아 침대에 누워 있는 환자에게 가져다주었다. 첫눈에 볼 때는 하이네의 독자들이 벌써 수년 전부터 자신들의 우상을 위로하기 위해 보낸 감동적인 편지들과 크게 다르지 않았다. 다만 대부분의 다른 편지들보다 좀 더 비밀스런 흔적이 하나 있었다. 겉봉을 봉인한 인장에 파리를 상징하는 문양이 들어가 있었고, 부드럽고 우아한 글씨체로 보아 여성이 쓴 편지임이 분명했다. 그래서 번개처럼 빠르게 떠오른 하이네의 상상 속에서는 편지에 서명된 들어본 기억이 없는 '마르가레트'라는 이름이 '무슈(mouche, 프랑스어로 '파리fly'를 뜻함)'로 바뀌었다.

그런데 이 '무슈' 양은 하이네에게 뭐라고 썼을까?

이상한 미지의 여인이 자신이 숭배하는 시인에게 보인 놀라울 정도의 솔직함과 거리낌 없이 자유분방한 어조는 하이네의 마음을 흡족하게 했다. 그래서 조금은 부자연스럽게 써내려간 서두의 미사여구를 읽고 나서도 그는 계속 편지를 읽어 내려갔다.

"당신의 작품을 처음으로 읽었던 날로부터 수년 동안 저는 우리 두 사람이 언젠가는 친구가 되리라는 느낌을 안고 살아왔습니다. 그 순간부터 저는 당신에게 향하는 내적인 사랑을 간직해왔어요. 이 사랑은 오직 나의 삶과 함께 끝날 것이고, 당신에게 기쁨을 줄 수 있고 당신이 원하시기만 한다면 저는 그것을 기꺼이 증명하고 싶어요."

그 뒤로 다시 과장된 내용으로 흘러가는 몇 문장이 이어지다가 그녀의 분명한 요구가 등장한다.

"저의 이런 관심이 당신을 모욕하는 것이 아니고 저의 친밀감을 제 가슴의 열광으로 이해해주신다면, 당신을 방문하고 싶어하는 제 간청을 허락해주실 수 있으신지요?"

편지는 하이네가 답장을 하는 경우를 대비한 구체적인 지시사항으로 끝을 맺고 있다. 즉 '오늘과 다음 수요일 사이에' 그녀에게 '호의를 베풀어' 주기를 바라고, M.B.라는 머리글자 아래 '제가 진심으로 받고 싶어하는 필체'로 메모 '한 줄' 써 달라는 부탁이었다.

그 메모 '한 줄'은 정말로 실현되었다. 하이네는 그 날로 바로 '매우 사랑스럽고 상냥한 여인'에게 자신을 방문해줄 것을 요구했다. 그러나 그 이후 성사된 첫 만남은 하이네의 갑작스런 졸도로 중단되어야 했고, 하이네는 그 직후 다시 그녀를 초대했다.

"당신을 아주 짧은 순간만 볼 수 있었다는 사실이 퍽 유감스러웠습니다. 저는 당신에게 아주 좋은 인상을 받았고 곧 당신을 다시 만날 수 있기를 바랍니다. 저는 언제든지 당신을 맞이할 준비가 되어 있습니다. 당신의 애정 어린 관심이 제 기분을 좋게 하는 이유가 무엇인지 저도 잘 모르겠군요." 그러면서 그는 "암울한 시간에 착한 요정이 자신을 방문하는 거라고 상상하는 것이 미신일까요?"라고 물었다.

하이네는 얼마 전에 자신의 개인비서와 헤어졌기 때문에 직접 종이와 펜을 준비해 편지를 써야 했다. 이러한 사실 역시 이 새로운 만남이 그에게 얼마나 중요한가를 보여주는 표시였다. 그 사이 눈의 통증이 훨씬 더 악화된 상태였던 탓에 직접 글을 쓴다는 것이 그에게는 커다란 고통을 의미했기 때문이다.

그래서 사랑하는 무슈(하이네는 자신의 숭배자를 이렇게 불렀다)가 다음 번 만남에서 이미 오래 전에 예정된 슈바르츠발트 요양을 떠나는 관계로 앞으로 4주간 파리를 떠나 그곳 온천지에 머물게 될 거라고 알려주자 하이네의 실망은 그만큼 더 컸다. 간절히 보고 싶은 그녀와 조금이라도 가까이 있으려면 그녀가 직접 프랑스어로 번역해 떠나기 전에 건네준 자신의 시를 읽는 것으로 만족해야 했다. 그녀는 여행에서 돌아온 즉시 그를 찾아오지 않았다는 이유로 하이네로부터 격렬한 비난을 받아야 했다.

자신이 환자에게 짐이 될 수도 있다는 모든 의구심에서 벗어난 뒤로 무슈의 방문은 정기적인 성격을 띠게 되었다. 그녀는 거의 매일 몇 시간 동안 하이네의 침상을 지켰다. 두 사람은 이런저런 이야기를 나누었다. 그녀는 그에게 책을 읽어주었고 자잘한 비서 업무까지 떠맡았다. 그런데 알아보기 힘들게 휘갈겨 쓴 대문자들 때문에 간혹 질책을 받는 일도 있었다. 프랑스어와 독일어에 능숙했던 그녀는 번역 문제와 관련해서도 하이네에게 조언을 아끼지 않았다. 어떤 날들은 전문적인 의학서적들까지 가져와 자신이 그의 고통을 완화시킬 수 있는 방법을 생각하느라고 골머리를 앓고 있다는 사실을 알리기도 했다.

두 사람은 하이네의 병상에서 매일같이 일어나는 일이 단순히 서로 비슷한 성향을 가진 사람들끼리 서로의 의견을 주고받는 것 이상이라는 사실을 오래전부터 감지했다. 그러나 무슈는 하이네가 죽고 나서도 한참이 지난 뒤인 말년에 이르러서야 발표한 회고록에서 자신의 감정을 표현했다. 그녀는 하이네의 첫인상을 "나는 그리스도의 얼굴에 메피스토의 미소를 짓고 있는 사람을 눈앞에 보고 있다고 믿었다"고 묘사했다. 반면에 하이네는 그녀의 집으로 보내는 편지에서 자신보다 30세 연하인 그녀에 대한 열정을 자유롭게 표출했다. "나는 죽을 만큼 병든, 가장 깊은 애정으로 당신을 사랑하오."

하이네는 어떤 때는 '그대'라는 호칭으로, 또 어떤 때는 '당신'이라는 호칭으로 그녀를 부르면서 가장 시적인 애칭을 붙여주었다. '사향고양이'와 '연꽃'이라는 애칭을 번갈아가며 불렀으며, 새로운 편지 봉투 대신에 그녀가 이미 사용한 봉투를 다시 사용했다. 이유는 "그처럼 우아한 글씨로 쓴 사랑스런 앞발에 키스하기" 위해서였다. 또 날씨가 좋지 않다거나 갑작스런 편두통 때문에 '가장 사랑스러운 애인'의 약속된 방문을 거절해야 하는 것에 큰 고통을 느꼈다. 이런 경우에는 원치 않았던 결핍 상태를 가능한 한 신속하게 끝내기 위해서 더욱 격정적인 요구가 이어졌다.

"당신이 자주 올수록 나는 그만큼 더 행복해질 겁니다. 내 착한 무슈여! 당신의 그 작은 날개로 내 코 주위에서 날갯짓을 하구려! 멘델스존의 노래 중에서 '그대여, 빨리 와요!'라는 후렴구가 있는 노래가 있는데, 그 멜로디가 끊임없이 내 머릿속에서 맴도는구려. '그대여, 빨리 와요!'"

하이네는 단순히 편지를 보내는 것으로 그치지 않았다. 그는 자신을 만나기 위해 파리로 오는 가족들에게 부탁해 무슈에게 줄 남다른 선물들을 가져오게 했다. 또한 무엇보다 여러 편의 시를 헌사했다. 물론 이 시들은 단순히 사랑만이 아니라 오히려 체념을 더 노래하고 있다. 중병에 걸려 '침대 무덤'에 묶여 지내야 했던 시인은 허약한 기력 때문에 오직 순수한 정신적 사랑만을 해야 한다는 사실을 솔직하게 한탄했다.

> "말! 말! 어떤 행위도 할 수 없구나!
> 육신은 없이, 사랑스런 인형,
> 언제나 정신뿐 살덩이는 없도다.
> 건더기 없는 수프만 있을 뿐."

이처럼 절망적인 상황에서도 거침없는 조롱꾼의 모습은 사라지지 않았다. 그 조롱은 일차적으로 자기 자신을 향한 것이었다.

> "연꽃이 달빛에
> 자기의 꽃받침을 열어놓는다.
> 그러나 잉태하는 생명 대신
> 오직 그의 시만 받는구나."

하이네가 자신의 애인도 육체적인 결합을 생각하지 않을 거라는 희망에 매달리는 것은 아마 스스로에 대한 위로였을 것이다.

> "그대에게는 병든 남자가

훨씬 건강하리라 생각하오.

손가락 하나 움직일 수 없는

나 같은 애인 말이오.

그러니 사랑하는 이여, 그대의 충동을

우리의 마음의 결합에 바쳐요.

그것이 그대에게 건강하고,

일종의 건강한 사랑이라오."

하이네를 찾아오는 그 여인이 뭔가 다른 것, '더 많은 것'을 기대했다면, 그녀는 눈이 멀었다고 할 수 있을 것이다. 그러나 그녀는 하이네를 남자로서가 아닌 시인으로서 사랑했다. 그 사랑을 위해 자신에게 요구되는 모든 희생을 감수할 준비가 되어 있었다. 전에는 그토록 소중하게 생각했던 파리의 대로 산책도 이미 오래전부터 자신의 일과에서 제외시켰다. 주로 나이든 친구들과 교류했고, 하이네가 죽기 전 8개월 동안 그녀의 자리는 언제나 그의 침상이었다.

그럼에도 불구하고 그녀는 자신을 간병인으로 생각하지는 않았다. 무슈는 훗날 흔히 해방된 여성이라고 불리는 여성에 가까웠다. 그러나 그녀의 자부심이나 명석한 정신도 자신과 똑같은 세계를 공유했다고 믿는 신을 숭배하는 것을 막을 수는 없었고, 그 신은 바로 하인리히 하이네였다.

그런데 그녀의 원래 이름은 무엇일까? 무슈와 연꽃은 그녀가 우러러보는 시인이 그녀에게 붙여준 애칭일 뿐이었다. 하이네는 자기 자신도 '사랑에 빠진 몹스^{Mops}'라고 불렀다. 그녀가 처음 보낸 편지에서 서명했던 마르가레트라는 이름도 그녀의 조심스러움을 드러내는 가명이었다. 어쩌면 조심스러움뿐 아니라 낭만화와 신비화하는 경향을 보여주는 것이기도 했다. 아니면 그녀는 자신의 본명을 부끄럽게 생각한 것일까?

그것은 사실이었다. 그녀의 출생 기록에 적혀 있는 '엘리제 크리니츠'라는 이름으로는 파리 같은 도시에서 남의 이목을 끌지 못했다. 그래서 나중에 본격적으로 집필 활동을 시작했을 때도 다양한 필명을 사용해 자신을 마고 벨기어, 사라 데니히슨, 아벨 드 제라르, 카미유 셀던 등으로 불렀다. 또한 하이네에게도 자신의 정체와 출신, 지금까지 살아온 이력 등을 말하지 않았다.

한 가지 분명한 사실은 그녀가 하이네와 동향인이었다는 것이다. 그녀는 1828년에, 어쩌면 그보다 몇 년 전에 프라하에서 태어났다. 그녀가 태어난 슈포르너가세 7번지는 노스티츠 네포무크 백작의 저택이었다. 명망 있고 부유한 귀족 가문의 후손이었던 요한 네포무크가 그녀의 아버지였다. 백작 가문의 가정교사였던 그녀의 어머니는 그녀를 낳은 뒤 산통으로 세상을 떠났다. 사생아로 태어난 그녀는 어머니의 친척인 작센 토르가우 출신의 은행가 부부에 의해 입양되었다. 양부 아돌프 크리니츠는 외국에 체류하는 일이 잦았는데, 라이프치히에 뿌리를 둔 사업이 망하면서 아내와 딸을 프랑스로 이주시켰다.

엘리제는 신분에 맞는 교육을 받았고, 두 언어를 동시에 사용하

면서 성장했다. 감수성이 예민하고 조숙했던 소녀는 음악적 재능을
발휘해 피아니스트로서 첫 연주회를 가졌으며, 작곡가로서 피아노
소곡들을 작곡하기도 했다. 사생활에서만 모든 일이 잘못되었다.
엘리제는 성인이 되자마자 지참금을 노리는 영국 출신의 한 남자와
결혼했는데, 이 남자는 결혼 직후 그녀를 정신병원에 보내버리고
그녀와 이혼했다. 천만다행으로 한 정직한 의사의 도움으로 '감옥'
에서 벗어날 수 있었다. 그후 그녀는 파리 문학 살롱의 인기 있는
단골손님이 되었고, 그곳에서 몇몇 흥미로운 남자들과 교류했으며,
무엇보다 글을 쓰기 시작했다. 그녀가 본받고 싶어했던 우상은 프
랑스에서도 많은 독자를 거느린 하인리히 하이네였다. 그녀는 신문
을 통해 하이네의 건강 상태가 심각하다는 사실을 알게 되었다.

한 번도 만난 적이 없는 시인에게 다가가려면 용기가 필요했고,
엘리제에게는 그런 용기가 있었다. 하이네를 만나고 싶어한 것이

결코 성적인 관계를 추구하려는 의도가 아니었기에 그녀는 하이네가 결혼한 남자라는 상황도 전혀 개의치 않았다.

반대로 하이네의 아내 역시 거의 매일 만나다시피하는 두 사람을 못마땅하게 여기지는 않은 듯했다. 그녀는 성적인 요구를 피력하는 여자만을 연적으로 간주했고, 이 점에서는 마틸데 하이네가 특별히 걱정할 일은 전혀 없었다. 수년 전부터 중병을 앓고 있는 남편의 성적인 욕망이 생각에만 그칠 뿐이라는 사실을 그녀보다 더 잘 아는 사람이 어디 있겠는가?

몇 시간이고 하이네의 침상에 앉아 자신은 한마디도 이해하지 못하는 말로 이야기를 주고받는 이 낯선 여인이 마틸데에게는 전혀 위험해 보이지 않았다. 그들이 방 앞에서 마주치면 서로 말없이 시선을 교환할 뿐이었고, 엘리제가 인사를 해도 대답을 하지 않는 경우가 허다했다. 하이네가 죽은 뒤 마틸데에게 이 무슈라는 여인을 질투한 적이 한 번도 없었냐고 묻자, 그녀는 깜짝 놀라 부인하면서 자신은 이 '독일 여자'를 위장한 스파이로 생각한 적이 있었다고 대답했다. 그러나 다른 문제에는 그다지 신경 쓰지 않았던 마틸데도 딱 하나만은 허용하지 않았다. 하이네가 죽은 뒤 한 시간만 죽은 이의 곁을 지키게 해달라는 엘리제의 청을 단호하게 거부한 것이다.

하이네의 유언에서 자신은 전혀 언급되지 않았다는 사실도 엘리제에게는 별다른 문제가 되지 않았다. 시인이 그녀에게 보낸 모든 열정적인 편지들과 그녀에게 바친 내밀한 시들을 소유하고 있는 것이 막대한 유산을 물려받는 것보다 훨씬 더 귀중한 보물이었기 때문이다. 다만 엘리제는 나중에 한 가지 일로 자신을 비난했는데, 그 것은 1856년 2월 16일에 약속된 방문 시간에 맞춰 하이네를 찾아가지 못한 일이었다. 갑작스럽게 심한 감기에 걸리는 바람에 집 밖으로 나갈 수가 없었던 것이다. 그런데 하이네는 바로 그 다음날 숨을 거두었다. 이처럼 시인과 그의 마지막 사랑은 서로 작별 인사를 나누지도 못했다. 하이네가 하염없이 그녀를 기다리던 고통을 묘사한 편지가 그녀에게는 거의 참을 수 없는 짐이 되었다.

엘리제 크리니츠는 하이네의 장례식에도 참석했다. 그녀는 어머니와 함께 장례 행렬을 따라 몽마르트르 공동묘지로 향했다. 장례식에는 백여 명에 달하는 조문객들이 참석했다. 하이네의 뜻에 따라 사제는 배석하지 않았고, 추도 연설도 행해지지 않았다. 모든 일이 소리 없이 진행되었다. 관이 무덤으로 내려질 때 밧줄에서 나는 소리만 들릴 뿐이었다. 엘리제는 입에서 흘러나오는 무거운 한숨을 억눌러야만 했다.

엘리제 크리니츠는 28년이 지난 뒤에야 자신의 감정을 일반에 알리는 용기를 얻을 수 있었다. 그 사이 56세가 된 엘리제는 카미유 셀던이라는 필명으로 회고록 『하인리히 하이네의 마지막 날들』을 출간했다. 예나의 한 출판사에서 독일어판이 나왔고, 같은 해에 프랑스어판과 영어판이 출간되었다. 그 전에 그녀는 멘델스존에 대한 연구와 일련의 시대사적 논문들을 통해, 나아가서는 괴테의 『친화력』을 프랑스어로 번역해 이름이 이미 알려져 있었다. 엘리제 크리니츠는 루앙 여자 고등학교에서 독일어와 영어 교사를 하면서 말년을 보냈다. 그녀는 자신의 우상이었던 하이네가 죽은 지 40년이 지난 뒤인 1896년 8월 7일, 파리에서 남서쪽으로 20킬로미터 가량 떨어진 오르세에서 68세의 나이로 눈을 감았다.

6

"당신을 위해 기쁨에 넘쳐 활짝 피어나요……"

———— ❧ ————

리하르트 바그너와 캐리 프링글

유부녀 마틸데 베젠동크와의 밀애는 거의 20년 전의 일이었고, 이제 유디트 고티에에 대한 그의 열정도 차츰 식어가고 있었다. 두 여인은 서로 완전히 다른 유형의 뮤즈였다. 독일 사업가의 아내였던 마틸데 베젠동크는 리하르트 바그너에 대한 정열적인 사랑으로 그의 창작활동에 영감을 불어넣어 〈베젠동크 가곡집〉을 탄생시켰을 뿐 아니라 〈트리스탄과 이졸데〉의 탄생에도 막대한 영향을 미쳤다. 반면에 프랑스 여류작가인 고티에와의 관계는 성적인 측면에서도 열정을 불태운 사랑이었다. 파리에 있는 친구들이 그녀에게 '허리케인'이라는 별명을 붙여준 데는 그만한 이유가 있었다. 활기가 넘치는 젊은 여성이었던 고티에는 마치 폭풍이 몰아치듯이 자신보다

37세 연상인 바그너의 몸과 마음을 완전히 사로잡았다. 바그너는 자신의 남성다움을 증명하기 위해서 성적인 모험을 감수했고, 애인이 보는 앞에서 반프리트 저택의 정원에 있는 나무에 올라갔으며, 심지어는 저택의 정면 벽에 매달리기까지 했다.

당시 63세였던 바그너는 이런 '유치한 장난'에 대한 권리를 자기 자신에게 분명히 요구했다. 두 사람은 바이로이트에 있던 유디트의 은신처에서 밀애를 즐겼는데, 유디트가 외국에 머물 때면 바그너는 그녀에게 정열적인 연애편지를 보냈을 뿐 아니라 아주 유별난 부탁을 하곤 했다. 한번은 파리에 있던 그녀에게 속옷에 넣고 다닐 수 있는 향주머니를 보내 달라고 해서 그 향에서 영감을 얻으려 했다. 그 다음에는 침대형 의자에서 사용할, 꽃으로 장식된 담요를 요구해 거기에 '유디트'라는 이름을 붙였다.

두 사람은 모두 결혼한 몸이었다. 유디트는 작가 카튈 망데스의 아내였고, 바그너는 1870년부터 24세 연하인 코지마 뷜로와 결혼한 상태였다. 그래서 두 사람이 서로에게 보내는 편지는 믿을 만한 친구를 통해 전달되었다. 코지마는 불륜에 빠진 두 사람의 관계가 시들해졌을 무렵에야 비로소 이 '불꽃 같은 사랑'에 관한 이야기를 알게 되었는데, 나중에는 그녀 스스로 편지 교환이 계속 이어지도록 하는 역할까지 맡았다.

물론 코지마 역시 괴팍한 남편의 숱한 염문을 말없이 받아들이고 남편의 외도로 인한 고통을 혼자 삭히면서 조용히 견뎌내는 아내의 역할에 서서히 익숙해져야만 했다. 그녀는 자신의 일기에 이렇게 썼다. "나는 괴롭다. 그래서 나의 괴로움을 감추기 위해 나가버린다." 이 상태를 견딜 수 있게 해준 것은 코지마 자신이 느끼는 양심의 가책이었다. 엄격한 교육을 받고 자란 가톨릭 신자였던 코지마는 이러한 심적인 고통을 자신이 당연히 치러야 할 대가라고 생각했다. 그녀 자신이 죄를 지은 죄인이었고, 바그너와의 관계도 처음에는 두 사람 모두 결혼한 상태에서 시작되었기 때문이다.

이제 바그너는 자신의 마지막 작품으로 바이로이트 축제 극장에서 공연될 〈파르지팔〉을 작곡하는 일에 착수했고, 코지마는 사랑하는 남편의 일탈 행위도 곧 끝날 거라고 생각했다. 두 사람은 행복한 나날을 보냈고, 지난 몇 년 동안 맛보지 못했던 가장 행복한 날들을 만끽했다. 그런데 하필이면 아름다운 여인들의 온갖 유혹을 이겨내는 '순수한 바보' 파르지팔의 이야기가 바그너에게 또 다시 새로운 사랑의 감정을 불러일으키리라고는 아무도 예상하지 못했다. 이 사랑은 심지어 머지않은 그의 죽음을 재촉하는 결과까지 초래했다.

〈파르지팔〉의 제2막. 바그너의 주인공 파르지팔이 클링조르의 마법의 정원으로 들어온다. 그곳에는 매혹적인 꽃의 처녀들이 즐겁게 그를 기다리고 있다. 사방에서 꽃의 처녀들이 달려온다. 무기를 들고 싸우는 소리에 깜짝 놀라 잠에서 깨어난 처녀들은 성을 지키기 위해 출정한 애인들에게서 버림을 받았다고 느낀다. 이때 자신들의 영역을 침범한 아름다운 청년은 그들에겐 더없이 반가운 먹잇감이 아닐 수 없다. "당신에게 기쁨과 원기를 주는 것이 우리의 사랑의 봉사랍니다!" 처녀들은 급하게 옷을 걸친 반쯤 벗은 몸으로 교태를 부리면서 그를 에워싼다. 그러나 파르지팔은 여인들의 유혹에도 넘어가지 않고 그들의 집요한 행동을 물리친다. 그러나 아무리 저항해도 소용이 없자 결국은 그곳에서 도망친다.

〈파르지팔〉을 완성하기까지는 거의 4년이란 세월이 흘러야 했다. 1881년 1월 13일, 바그너는 마침내 펜대를 놓았고 악보의 최종판이 완성되었다. 이제는 배역을 정하는 일만 남아 있었고, 초연은 1882년 7월 26일로 정해졌다.

바그너는 제2막에 등장하는 꽃의 처녀들에 대해서도 뚜렷한 생각을 갖고 있었다. "나는 일류 소프라노 여섯 명을 요구한다. 이들은 음색과 음역이 모두 같아야 하고, 아름답고 날씬한 여성들이어야 한다."

바그너는 직접 이 여성들을 선발했고, 오디션 날짜에 맞춰 응모자들이 차례차례 바이로이트에 도착했다. 8월 5일에는 캐리 프링글이라는 아가씨가 시험에 응해 첫 번째 그룹에 속하는 세 명의 '솔로 꽃 처녀' 중 하나로 뽑혔다. 캐리 프링글은 이탈리아에서 성악을 전공한 20대 중반의 영국 여성이었다. 그녀는 오디션에서 베버의 〈마탄의 사수〉를 선택했다. 바그너의 반프리트 저택에 마련된 음악 살롱에서 프링글이 노래하는 모습을 함께 지켜보았고, 이 날의 상황을 일기에도 기록한 코지마 바그너는 캐리 프링글의 아가테의 아리아를 '제법 들어줄 만하게' 불렀다고 평가했다.

바그너의 생각은 전혀 달랐다. 그는 캐리 프링글의 목소리뿐 아

60대 후반에 접어든 리하르트 바그너 ——————————

니라 가냘픈 목에 호리호리한 몸매, 조금은 뻔뻔스러운 인상을 주
는 매부리코를 가진 매혹적인 외모에도 매료당했다. 그녀가 이듬해
에 다시 바이로이트로 돌아와 1882년 7월 2일에 열린 리허설에서
자신이 맡은 파트를 완벽하게 연습한 상태로 무대에 오르자 바그너
의 열광은 더욱 커졌다.

　그러나 그러한 열광이 아직은 열정적인 사랑으로 이어지지는 않
았다. 우선은 일련의 다른 사건들이 바그너의 관심을 끌었고, 그 중
몇 가지는 그에게 강한 인상을 남기기도 했다. 가령 바그너는 자신
이 사랑하는 이탈리아에 잠시 머무는 동안 가족과 함께 아말피에서
가까운 라벨로로 소풍을 떠났다. 그곳의 유명한 팔라초 루폴로를
관람하는 것도 일정에 포함되어 있었다. 일행은 12세기에 무어 양
식으로 지어진, 반쯤 허물어진 루폴로 성으로 가는 마지막 구간을
당나귀 수레를 타고 움직였다. 이 성에 도착해 대리석 계단을 지나
니 자그마한 장미 정원이 나타났다. 화려하게 핀 꽃들과 아름답고

낭만적인 장미꽃 생울타리, 아늑하게 꾸며진 공터와 나무 벤치들, 사이프러스 나무들로 둘러싸인 정자는 일행의 마음을 사로잡았다. 당시 〈파르지팔〉의 제2막에 대한 생각으로 가득 차 있던 바그너는 방명록에 이렇게 적었다. "클링조르의 마법의 정원을 발견했다!" 이제 남은 문제는 꽃의 처녀들뿐이었다.

한편 바그너는 화가 오귀스트 르누아르와의 만남에서는 별다른 감흥을 얻지 못했다. 당시 시칠리아를 여행하던 르누아르는 팔레르모의 팔메 호텔에 머물던 바그너를 방문했다. 바그너는 초상화를 그리게 해달라는 르누아르의 요청을 기꺼이 수락했다. 그는 벨벳 상의를 입고 있었는데, 옷의 넓은 소매는 두툼한 공단으로 안감을 댄 것이었다. 초상화를 그리는 동안 두 사람은 프랑스어와 독일어를 뒤섞어가면서 이런저런 주제를 두서없이 이야기했다. 바그너는 르누아르가 얼마나 유명한 화가인지 전혀 몰랐고, 35분 동안의 만남 속에서 완성된 예술적 결과물도 특별히 마음에 들어하지 않았다. 그는 자신이 '천사의 태아'처럼 보인다고 생각했다.

바이로이트에 도착하자 심각한 문제가 그를 기다리고 있었다. 바그너는 바이어른 국왕 루트비히 2세와의 두터운 친분을 매우 흡족하게 여겼지만 그 대신에 자신의 작품을 뮌헨 궁정에서만 공연해야 한다는 공연권에 매여 있는 상태였다. 〈파르지팔〉을 바이로이트 축제극장에서 공연할 수 있는 묘안은 없는 것일까? 궁정 극장의 총감독인 페르팔 남작과의 힘겨운 협상에 심신이 지친 바그너는 미국으로의 이민을 심각하게 고려하기에 이르렀다. 바그너의 고문 비서는 미국인들이라면 그의 작품에 대한 공연권을 되사는 데 필요한 재정적 수단을 제공할 수 있으리라는 말로 그의 마음을 흔들었다.

바그너는 신대륙에서의 삶에 대해 매우 구체적인 생각을 품고 있었다. 미네소타에 정착해 집을 짓고 자신의 학교를 설립할 계획이었고, 〈파르지팔〉을 미국인들에게 헌사해 그 대가로 거액의 기부금을 받을 생각이었다. 그러나 담당 치과의사 뉴웰 엔킨의 중개로 윤곽이 드러난 바그너의 계획은 결국 성사되지 못했는데, 이는 계속 바이로이트에 머물기를 고집한 그의 자녀들 때문이었다.

결국 일은 원래대로 진행되어 〈파르지팔〉은 1876년 여름에 세워진 바이로이트 축제극장 그뤼네 휘겔에서 초연될 예정이었고, 준비 작업이 시작되었다. 그러나 먼저 1882년 5월 22일에 바그너의 69번째 생일 축하 공연이 열렸다. 바그너의 조수 엥겔베르트 훔퍼딩크가 소년합창단을 등장시켜 〈파르지팔〉의 음악 중에서 첫 부분에 나오는 곡들을 부르게 했다.

무대 공연을 준비하는 내내 유지되었던 바그너의 즐거웠던 기분은 사랑하는 애완견 몰리의 갑작스런 죽음으로 순식간에 사라졌다. 바그너의 자녀들은 반프리트의 정원에 몰리를 위해 조그만 무덤을 만들어주었다. 바이로이트 호텔들의 형편없는 음식도 바그너에게 불쾌감을 주었다. 이와 관련해서 그는 시 당국자들에게 항의서를 보내기도 했다. "제가 듣기로 '호텔 태양으로'에서 7마르크짜리 정식 요리를 주문해도 먹을 만한 고기가 나오지 않는다고 하더군요."

당시 바이로이트에는 일부는 〈파르지팔〉 초연을 위해, 일부는 계속 이어질 15편의 공연을 관람하기 위해 저명한 인사들이 방문할 예정이었다. 코지마의 아버지인 프란츠 리스트, 프랑스 작곡가 레오 들리브와 카미유 생상스, 엘리자베트 니체와 루 폰 살로메, 말비다 폰 마이젠부르크, 청년 구스타프 말러와 비평가 에두아르트 한슬리크 등이었다. 바이에른 국왕 루트비히 2세는 이번에는 방문하지 않았다. 안톤 브루크너는 이미 공연 준비 기간부터 바이로이트에 머물고 있었고, 뮌헨에서 호른 연주자의 아들로 태어나 갓 고등학교를 졸업한 청년 한 명도 마찬가지였다. 청년의 이름은 리하르트 슈트라우스였다.

초연을 맡을 지휘자는 뮌헨 궁정 지휘자인 헤르만 레비로 결정되었다. 그런데 〈파르지팔〉 같은 기독교 작품이, 그것도 반유대적 발언으로 유명한 작곡가의 작품이 유대인 지휘자에게 맡겨졌다는 사실로 인해 갖가지 억측이 불거졌는데, 거기에는 아주 고약한 중상모략도 있었다. 헤르만 레비가 코지마 바그너와 혼외 관계를 맺고 있다고 비난하는 익명의 편지까지 등장한 것이다. 바그너는 불쾌한 문제를 해결하기 위해서 레비에게 이 추잡한 모략을 알려주었고, 부당하게 음해를 당한 레비가 끝까지 지휘를 맡을 수 있도록 적잖은 노력을 기울여야 했다. 그는 "당신은 내 파르지팔의 지휘자이고 앞으로도 그래야 합니다"라는 말로 깊은 상처를 입고 지휘를 그만두려고 하던 레비의 마음을 돌아서게 했다. 또 자신의 반프리트 저택에서 저녁을 먹으면서 '히브리산 와인'을 함께 마시는 것으로 서로 의견이 일치하지 않는 마지막 부분까지 말끔하게 해결했다.

초연을 관람한 관객들의 반응에 대한 평가는 한마디로 '깊은 감동'이라는 말로 일치된 견해를 보였다. 그로써 바그너의 말년 작품 〈파르지팔〉이 바이로이트 축제극의 무대에서 첫 막을 연 1882년 7월 26일은 황금빛 활자로 유럽의 음악사 연보에 오를 수 있었다. 오후 4시 직후에 오케스트라 서막의 첫 음악이 울렸고, 6시 30분에 제 2막이 시작되었으며, 8시 30분에 3, 4막이 시작되었다. 바그너가 직접 연출을 담당했고 파울 폰 주코프스키가 무대 디자인을 책임졌다. 오케스트라는 베를린, 코부르크, 다름슈타트, 데사우, 하노버, 카를스루에, 마이닝겐, 로테르담, 슈베린, 바이마르, 빈, 뷔르츠부르크 등지에서 인원을 보강한 뮌헨 궁정 극장의 연주단으로 구성되었다. 클링조르의 마법의 정원에서 아름다운 청년 파르지팔을 유혹해야 할 꽃의 처녀들이 대담하고 노골적인 유혹술을 표현할 수 있도록 리하르트 프릭케라는 안무가로부터 특별히 자문을 구하기도 했다.

리하르트 프릭케의 안무 작업은 대성공이었던 것으로 보인다. 제 2막의 마법의 정원 장면에 매료당한 바그너가 무대 위에서 공연하던 아름다운 꽃의 처녀들에게 큰소리로 "브라보!"라고 소리친 것이다. 공연에 집중하던 관객들은 특별석에서 큰소리로 갈채를 보낸 사람이 바그너라고는 상상도 못한 채 쉬잇! 소리로 무례한 훼방꾼의 입을 다물게 했지만, 바그너의 무례한 소동은 다음 공연들에서도 반복되었다.

지난주에 있었던 연습 작업에서 바그너를 지켜본 사람이라면 그

"우리가 사랑스럽다면 가지 말아요!"
꽃의 처녀들과 캐리 프링글(왼쪽에 무릎을 꿇고 있는 여성)

의 끓어오르는 열광이 무엇 때문이지 알고 있었다. 이제 약 7개월 후면 생명의 시계가 멈추게 될 69세의 바그너가 마지막으로 사랑에 빠진 것이다. 그는 꽃의 처녀들 중에서 첫 그룹에 속하는 영국 출신의 젊은 여성인 캐리 프링글에게 매료당했다. 그래서 무대 디자이너가 그녀와 다섯 명의 처녀들에게 미적 감각이라곤 전혀 없는 조야한 의상을 입힌 것이 바그너에게는 전혀 방해가 되지 않았고, 지나치게 화려한 마법의 정원 장식이 관객들에게 거부감을 일으킨다는 사실도 아무렇지도 않았다.

그러나 아름다운 처녀들의 노래는 그만큼 더 완벽했다. 그들이 부르는 "우리가 사랑스럽다면 가지 말아요!"는 그 이상 매혹적일 수 없을 만큼 뛰어났고, 이 부분에서는 작곡가와 관객들의 평가가 일치했다. 물론 바그너는 그들 중 단 한 사람, 캐리만을 눈여겨보았다. 그는 캐리가 부르는 "정원의 장식, 향기를 내뿜는 정령들/주인께서 봄에 우리를 꺾는다네!"라는 노랫말을 완전히 자기 자신과 관련시켜 음미했다. 또한 "우리는 여기서 여름에 햇빛을 받으며/당신을 위해 기쁨에 넘쳐 활짝 피어나요."라는 노래를 들으면서 음탕한 마법의 힘이 꽃의 처녀들을 '기쁨에 넘쳐 활짝 피게' 한 것이 바그너 자신을 유혹하기 위해서라는 상상 속으로 빠져들었다.

결국 바그너에게 일어나는 일을 모르는 사람은 아무도 없게 되었고, 누구보다 코지마 바그너가 가장 잘 알았다. 바그너가 연이어진 〈파르지팔〉 공연에서 꽃의 처녀들이 나오는 장면을 보기 위해서 제2막의 시작 부분까지만 공연을 지켜보았다는 사실을 아무렇지 않은 일로 치부해버릴 수 있을까? 8월 3일에 반프리트 저택에서 열린 환영 파티에서도 바그너가 농담을 주고받으면서 연회장의 뒤쪽 구석으로 데려간 사람은 캐리 프링글이 유일했다.

그 이후 얼마 동안 두 사람 사이에 무슨 일이 벌어졌는지는 철저하게 집안의 비밀로 남았다. 이 시기에 이미 17세 소녀로 나중에 어렴풋한 암시를 흘린 딸 이졸데나 수수께끼처럼 알 수 없는 상형문자체로 이 연애사건을 일기에 기록했던 아내 코지마나 둘 사이에 무슨 일이 있었는지 분명 알고 있었다.

바그너가 '총애하는 꽃의 처녀'에게 가해진 악의적인 공격에 대한 소문도 퍼져나갔다. 캐리 프링글이 연이어진 공연들 중 한 공연에서 끈에 걸려 비틀거리다가 공연 중간에 무대 아래로 추락한 것이 정말로 우연히 일어난 불행한 사고였을까? 그녀는 가벼운 부상을 입은 채 축제극장을 떠나야 했고, 급히 달려온 마차가 그녀가 묵고 있던 호프가르텐 근처 바이로이트 산림소장의 집으로 그녀를 데려갔다. 혹시 단원들 중 누군가가 거만해진 프링글에게 일침을 가하기 위해서 '더 높은 곳의 지시'에 따라 행동한 것이었을까?

캐리 프링글은 다음 공연 시즌에 밀라노의 스칼라 극장에 고용되었는데, 모든 정황으로 보아 그녀의 갑작스런 출세는 막강한 영향력이 있었던 후원자 바그너의 입김 때문이라는 것을 짐작할 수 있다. 바그너는 심지어 9월 중순에 떠나기로 했던 마지막 베네치아 방문에서도 그 아리따운 아가씨를 머릿속에서 지워버릴 수가 없었다. 그래서 그 사이 라 페니체 극장에서 활동하던 지휘자 헤르만 레비에게 부탁해 캐리 프링글을 베네치아로 초청해 노래하게 해달라고 했다.

그러나 이 일만은 남편의 온갖 허물을 비난하지 않고 조용히 참고 견디는 것에 익숙했던 코지마를 더 이상 참을 수 없게 만들었다. 1883년 2월 12일 아침에 두 사람은 이 문제로 언쟁을 벌였다. 다음 날 오후 3시경 69세의 바그너는 심장마비를 일으켰고, 거기서 더 이상 회복되지 못했다. 어떤 종류의 '추측'에도 관여하지 않으려고 애쓰던 주치의 케플러 박사는 환자의 사인과 관련해 '심리적 흥분'이 바그너의 죽음을 재촉했다는 명백한 진단을 내림으로써 비밀의

한 자락을 드러냈다. 여기서 말하는 심리적 흥분은 딸 이졸데가 증언한 부모들의 언쟁일 수밖에 없고, 그 원인은 임박한 캐리 프링글의 베네치아 방문이었다. 〈파르지팔〉의 매혹적인 꽃의 처녀였던 캐리 프링글은 바그너와 관련된 일에 대해서는 평생 입을 열지 않았다.

7

두 번째 시도

에드거 앨런 포와 엘미라 로이스터

앨런은 에드거 포의 두 번째 이름이 아니라 양부의 성이었다. 1809년 1월 19일 보스턴에서 태어난 포는 세살 때 고아가 되었다. 일찍세상을 떠난 그의 친부모는 사회적으로 무시당하던 유랑극단의 연기자로서 이 도시 저 도시를 떠돌면서 살았고, 그들의 둘째 아이에게 겨울이면 난방도 되지 않는 춥고 눅눅한 방에서 셋방살이를 해야 하는 궁핍한 삶 밖에는 물려줄 것이 없었다. 그래서 말끔하게 정돈된 양부의 집에서 누리는 사치스러운 삶은 엄청난 사회적 상승이었다. 어린 에드거를 고아원에서 입양한 존 앨런은 버지니아에서가장 부유한 상인 중 한 명으로, 주의 수도인 리치몬드에서 번창하는 직물상을 운영하고 있었다.

에드거 앨런 포

에드거 앨런 포는 아무런 근심 없는 유년기의 모든 특권을 누렸다. 자기만의 가정교사가 따로 있었고, 그의 입에서 나오는 소원이면 무엇이든 바로 들어주는 하인들을 거느렸으며 가장 고급스런 맞춤옷을 입었다. 집을 나설 때면 말과 사냥개가 그를 호위했으며, 수영에서 사격, 스케이트에 이르기까지 온갖 종류의 스포츠를 즐길 수 있었다. 그는 지적으로도 매우 우수한 청년이었다. 그래서 그를 좋아하는 친구들만 있었던 것이 아니라 리치몬드의 부유층 청년들 사이에서 질투심을 불러일으키기도 했다. 응석받이로 자랐지만 재능이 뛰어났던 에드거는 단 한 순간도 부모와 함께 살면서 상인 학교를 졸업한 뒤 직물상이 되겠다는 생각을 해본 적이 없었다. 그의 미래는 오직 대학 교육을 받은 직업이어야 했다. 그는 법학을 공부해 나중에 변호사가 되기로 결심했다.

엘미라 로이스터 _____

에드거는 16세 때 처음으로 자신보다 한 살 아래인 엘미라 로이스터를 사랑하게 되었다. 엘미라 역시 리치몬드의 부유한 집안 출신이었기 때문에 그에게는 딱 어울리는 교제였다. 로이스터 가족은 앨런 가족과 친분이 두터웠고, 열성적인 장로교회 회원으로서 동일한 세계관을 공유했다.

에드거는 로이스터 집안에서 언제나 환영받는 손님이었다. 엘미라와 에드거는 함께 음악을 연주했다. 엘미라는 피아노를 쳤고, 에드거는 플루트를 연주했다. 엘미라에 대한 사랑에 흠뻑 빠진 에드거는 그림에도 놀라울 정도로 뛰어난 재능이 있었기 때문에 그녀의 연필화를 하나 그렸다. 이 그림은 꿈을 꾸는 듯한 두 눈과 부드러운 곡선을 지닌 도톰한 입술, 매혹적인 보조개가 있는 그림처럼 아름다운 까만 머리의 소녀를 보여준다. 두 사람은 비밀리에 약혼식을 올렸다. 샬러츠빌 대학에 입학하는 에드거가 학업을 마치고 리치몬드로 돌아오면 결혼을 하기로 약속한 것이다.

미래의 사윗감인 에드거가 언젠가 양아버지의 막대한 재산을 단독으로 상속받으리라는 생각에 그를 마음에 들어했던 엘미라의 부모는 자신들의 딸에게 임박한 화려한 결혼식을 손꼽아 기다렸다. 그들은 에드거가 양부의 외도를 비난하면서 기만당한 어머니의 편을 든 이후로 양부인 존 앨런과의 관계가 점점 더 냉각되고 있다는 사실을 전혀 예상하지 못했다. 존 앨런은 양자인 에드거를 자신의 후계자로 삼을 생각이 전혀 없었고, 정반대로 반항적인 에드거와의 관계를 공공연하게 단절하려고 했다. 실제로 그는 에드거를 쫓아내고 상속권을 박탈했다.

어느 날 미래의 사돈이 될 양가의 아버지들이 만난 자리에서 엘미라의 아버지는 자기 집안과 자신의 딸에게 무슨 일이 닥치게 될지 미리 맛보게 되었고, 이 과정에서 존 앨런이 양자인 에드거를 어떻게 생각하는지도 분명하게 깨달았다. 존 앨런은 에드거가 겉으로 보기에는 예의바른 청년이지만 실상은 행실이 나쁘고 아무짝에도 쓸모없는 인간이라고 말했다. 또 학업을 제대로 마치지 못할 것이 분명하고, 빚더미에 나앉지는 않아도 언젠가는 무일푼으로 좋지 않은 종말을 맞게 되리라는 악담을 퍼부었다.

그로 인해 로이스터 집안에는 불화가 생겼고, 가능한 한 빨리 엘미라와 에드거를 떼어놓아 무슨 일이 있어도 둘이 결혼하는 것만은 막으려고 했다.

에드거는 일이 이렇게 극적으로 전개되고 있으리라고는 꿈에도 생각하지 못했다. 17번째 생일 바로 직후인 1826년 2월, 그는 엘미라에게 진주 보석함에 은으로 두 사람의 이름을 새겨 넣은 값비싼 선물을 주었고, 가슴이 찢어질 듯한 작별 인사를 한 뒤 학업을 위해 샬러츠빌로 떠났다. 그리고는 한 살 아래인 엘미라와 결혼할 날만을 초조하게 기다리면서 계속 연애편지를 보냈다.

그러나 답장은 전혀 오지 않았다. 엘미라의 아버지가 그의 편지들을 가로채 모두 없애 버렸던 것이다. 에드거는 자신의 감정에 그처럼 열정적으로 응답했던 엘미라의 태도가 하루아침에 돌변한 까닭을 도무지 납득할 수가 없었다. 그는 깊은 절망감에 빠져 술과 도박에서 간신히 위안을 찾았고, 학기가 끝나고 리치몬드로 돌아갔다가 엘미라가 그 사이 다른 남자와 결혼해 자신이 찾을 수 없는 곳으로 떠났다는 사실을 안 뒤에는 완전히 제정신이 아니었다.

에드거가 믿고 있던 몇몇 사람들을 통해 점차 냉혹한 진실이 밝혀졌다. 존 앨런이 암시한 에드거의 괴팍한 성격과 방탕한 생활방식, 보잘것없는 미래에 대한 전망에 충격을 받은 엘미라의 부모는 딸에게 그런 사실을 알렸고, 모든 수단을 동원해 그녀를 애틋하게 사랑하는 약혼자로부터 떨어뜨려 놓았으며, 그 사이 17세가 된 엘미라를 서둘러 안정적인 수입이 보장된 부유한 젊은 청년과 결혼을 시킨 것이다.

엘미라와 결혼한 상인 알렉산더 바렛 셸튼은 일부러 그런 것은 아니었겠지만 그의 신붓감을 빼앗아 감으로써, 자신보다 몇 살 아래인 에드거에게 깊은 절망감을 안겨준 셈이었다. 이미 학창시절부터 습작을 시작했던 에드거가 미래의 삶 전체를 결정하게 될 길로 방향을 돌리게 된 데에는 그런 면에서 셸튼의 공이 컸다고 할 수 있다. 깊은 상처를 받은 에드거는 문학 속에서 구원을 찾으면서 작가로 성장하기 시작했고, 첫 해에 벌써 잃어버린 행복을 노래한 시 〈환희와 사랑이 활짝 핀 그곳〉을 썼다.

에드거 앨런 포는 이제 자신의 미래를 혼자 개척해야 한다는 사실을 깨달았다. 그는 양부가 공식적으로 자신을 내쫓기 전에 스스로 적대적이고, 몰인정하고, 이해심이 없는 이 남자에게 결별을 선언했다. 또한 앞으로의 삶에서 주어지지 않을 결혼 생활의 행복(사촌 동생이었던 버지니아 클렘과의 결혼은 사랑보다는 연민 때문이었다)을 술과 도박에 빠져 지내는 방탕한 생활을 통해 보상받으려 했다. 그는 주도면밀하게 고안한 심리 추리물의 대가로서 미국 문학을 대표하는 뛰어난 작가들 중 한 사람으로 부상했고, 『어셔가의 몰락』, 『모르그가의 살인』, 『황금벌레』, 『갈가마귀』 등의 작품으로 연이은 성공을 거두었다. 그러나 그는 평생을 혼란 속에서 살았고, 빈털터리에 육체적으로나 정신적으로 병든 사람이었다. 또한 얽히고설킨 모든 운명의 변화를 받아들이는 것에도 점차 익숙해졌다. 다만 언젠가는 잃어버린 젊은 날의 사랑을 되찾아 생의 마지막에는 자신의 엘미라를 품에 안을 것이며, 나아가서는 두 사람이 결혼까지 할 수 있으리라는 기대만큼은 결코 포기하지 않았다.

1849년 7월 14일, 에드거 앨런 포의 40번째 생일 이후 6개월이 지났다. 그의 아내 빅토리아는 이미 2년 전에 죽었고, 젊은 홀아비는 신경쇠약에 굴복당해 한차례 자살을 기도하기도 했다. 육체적인 몰락이 쉴 새 없이 진척되었던 탓에 그는 각고의 노력 끝에 뉴욕에서 필라델피아를 거쳐 리치몬드로 이어지는 여행을 가까스로 끝낼 수 있었다. 콜레라는 이겨냈지만 이제 새로운 신경성 위기가 그를 위협했다. 그래서 어쩌면 유년 시절을 보낸 이 도시에서 지칠 대로 지친 심신을 안정시킬 수 있으리라는 생각을 유일한 위안으로 삼았다. 포는 뉴욕 생활을 접고 리치몬드로 이주할 생각을 하고 있었다.

그 사이 포의 영원한 첫사랑 엘미라도 다시 리치몬드에 살고 있었고, 그와 마찬가지로 혼자였다. 5년 전에 남편 알렉산더 바렛 셸튼이 세상을 떠난 것이다. 이제 39세가 된 엘미라는 셸튼과의 결혼에서 낳은 외아들과 함께 부유층이 모여 사는 그레이스 거리에 있는 정원으로 둘러싸인 호화 저택에서 살고 있었다. 남편으로부터 막대한 재산을 물려받은 엘미라의 최우선 관심은 아들을 교육하고 재산을 관리하는 문제와 더불어 기독교인으로서의 의무를 엄격하게 수행하는 것이었다. 엘미라의 남편은 유산을 노리고 그녀에게 접근하는 사람들을 막기 위해서 재혼을 하는 경우 남편이 남긴 10만 달러의 재산에서 그녀의 몫을 4분의 1로 축소한다는 사실을 유언장에 명시했다.

1849년 8월 초 엘미라와 재혼하기로 결심한 에드가 앨런 포는 그녀의 재산을 노린 것일까? 아니면 자신이 과거에 이룰 수 없었던 것을 만회해 마음속에 품었던 여인과 뒤늦은 결혼의 행복을 누리고

에드거 앨런 포와 엘미라 로이스터

싶었던 것일까? 어쨌든 그는 매우 신중하게 일을 진척시켰다. 엘미라도 그의 실추된 명예에 대해서는 당연히 알고 있으리라고 생각했기 때문이다. 지난 수년 동안 그의 과도한 음주벽과 심리적 붕괴, 경찰과 사법부와의 불화를 실은 신문의 머리기사들이 그토록 요란스러웠으니 말이다. 다행히 때마침 〈리치몬드 휘그〉지가 포의 귀향을 환영하기 위해 그의 최신 문학적 성공을 중심에 놓은 기사를 발표했고, 그가 프랑스에서도 유명한 사람이라는 사실을 언급했다.

그러나 포가 엘미라와의 재회를 일요일 오후로 선택한 것은 잘못된 결정이었다. 그 시간은 그동안 삶의 원칙에 충실했던 경건한 신자인 엘미라가 오직 신에게 기도하면서 지내야 하는 때였던 것이다. 포는 밝은 색 여름 양복에 검은색 비단 조끼를 말끔하게 차려입고, 남성용 스카프와 파나마 모자까지 갖추고는 리치몬드의 '아메리칸 호텔'을 나서서 셸튼 저택으로 향했다. 집안으로 들어가게 해달라는 그의 요구는 처음에는 하인에 의해 거절당했다. 엘미라는 자신을 깜짝 놀라게 한 의외의 손님에게 친절하게 손을 내밀기는 했지만 다음에 다시 와줄 것을 부탁했다. 마침 교회를 가려는 중이었는데, 그를 만나는 일로 인해서 예외를 둘 수는 없다는 것이었다.

포는 엘미라가 요구한 대로 며칠 후에 두 번째 시도를 했고, 이번에는 현관 옆에 있는 응접실에서 위층으로 안내를 받았다. 엘미라는 부모에 의해 강제로 헤어지고 나서 23년이 지난 뒤에도 젊은 시절의 애인에게서 잊히지 않았다는 사실에 깊은 감동을 받은 듯했고, 포의 정선된 말들을 주의 깊게 경청했다. 그는 둘러대지 않고 곧장 본론으로 들어가 결혼을 신청했다.

그녀는 다른 것은 몰라도 그 말만은 전혀 예상하지 못했다. 그래서 한편으로는 당황스러워하면서도 다른 한편으로는 재밌어했다. 에드거의 말이 진심이라는 사실이 분명해지자 엘미라의 거실에는 엄숙한 침묵이 흘렀다. 그녀는 생각할 시간을 달라고 부탁했다.

그 이후로 계속된 포의 방문으로 두 사람은 서로 조금씩 가까워졌고, 과거에 아무 말 없이 풀렸던 약혼 관계가 새롭게 시작되었다.

무엇보다 두 가지 사건이 엘미라의 반대를 침묵하게 했다. 포는 자신의 계획을 뒷받침하기 위해서 다시는 술을 마시지 않겠다고 맹세했고, 그것을 보여주기 위해서 금주 운동을 하는 지역 단체인 'Sons of temperance'에 가입했다. 9월 22일에는 익스체인지 호텔의 음악당에서 열광적인 박수를 받으며 강연을 했는데, 엘미라는 자랑스러워하며 맨 앞줄에 앉아 있었다. 지역의 유명인사가 된 포가 상당한 금액의 강연료를 받았을 뿐 아니라 새로운 시집을 출간하자는 구미가 당기는 제안을 받은 것도 엘미라에게 좋은 영향을 주었던 것으로 보인다. 결국 두 사람의 결혼식은 10월 17일로 정해졌다. 포는 신부에게 브로치로 개조한 장신구를 선물했다. 포의 계획을 알고 있던 몇몇 사람들 중에서는 수년간 그를 어머니처럼 보살펴주던 숙모이자 장모였던 마리아 클렘을 가장 먼저 언급할 수 있다. 이 시기에 그녀가 엘미라에게서 받은 편지는 또다시 의구심에 사로잡힌 신부가 스스로에게 용기를 불어넣으려는 시도가 엿보인다. 엘미라는 편지에서 이렇게 썼다.

"신의 섭리가 그를 지켜주고 진리의 길로 인도해 그의 발이 미끄러지지 않기를 바랍니다."

포가 사랑하는 숙모에게 보낸 편지는 더 희망에 차 있는데, 그것이 그의 마지막 편지였다.

"엘미라가 방금 시골에서 돌아왔고, 저는 어제 저녁을 그녀와 함께 보냈습니다. 그녀는 제가 일찍이 경험하지 못했던 헌신적인 태도로 저를 사랑합니다."

결혼식까지는 아직 30일이 남았고, 포는 그 시간을 이용해 필라델피아와 뉴욕에서 아직 결정되지 않은 상태로 있던 몇 가지 사업상의 일을 처리하기로 마음먹었다. 그는 9월 26일 저녁에 엘미라와 작별 인사를 나누었고, 사랑하는 그녀와 영원히 함께하기 위해서 가능한 한 빨리 리치몬드로 돌아오겠다고 했다. 엘미라는 그를 보내고 싶어하지 않았다. 그가 증기선을 타기 위해 항구로 가기 직전 엘미라는 다시 한번 그의 의향을 물었다. 그가 몸이 좋지 않다고 하소연한 데다 열도 높았기 때문이다.

10월 3일 새벽 4시경 배는 중간 도착지인 볼티모어에 도착했다. 서스쿼해나 강가에 갑작스럽게 불어 닥친 폭풍으로 배의 항로가 거센 파도가 들끓는 생지옥으로 바뀌자 필라델피아로의 항해가 불가능해졌다. 포는 할 수 없이 기차로 갈아타고 볼티모어로 되돌아갔다. 그곳에서 하룻밤을 보내기 위해 브래드쇼 호텔로 가는 포를 수상한 남자 두 명이 뒤따랐다. 이 불한당들은 그를 싸구려 술집으로 끌고 들어가 약물을 먹인 뒤 그가 가진 모든 것을 강탈했다. 심지어는 옷까지 벗겨 갔다. 그들은 거의 의식이 없는 자신들의 제물을 길거리에 내버려둔 채 달아났다. 포는 마지막 힘을 다해 가까운 부두로 기어갔고, 배에서 내린 화물을 운반하는 데 쓰이는 굴림대 위에서 추운 10월의 밤을 보냈다.

그를 알아본 행인 한 사람이 마차를 불렀고, 반쯤 죽은 상태였던 포는 아침 9시경에 '워싱턴 병원'으로 옮겨졌다. 그는 의사들의 질문에 횡설수설하면서 제대로 말을 하지 못했고, 그로부터 3일 뒤에 세상을 떠났다. 그의 마지막 말은 "신이여 내 불쌍한 영혼을 도와주소서!"였다. 장례식은 볼티모어의 장로교 공동묘지에서 신속하게 거행되었고, 엘미라 셸튼은 모든 일이 지나간 뒤에야 그 소식을 들을 수 있었다. 장례를 집도할 성직자 외에 겨우 네 명만이 관을 뒤따랐다. 잔인한 운명에 두 번이나 사랑하는 사람을 빼앗긴 여인은 거기에 없었다.

8

"너희는 솜을 두른 손으로
그를 아주 소중하게 들어야 한다!"

———— ❧ ————

콘스탄체 모차르트와 니콜라우스 폰 니센

어떤 여성들은 이제 막 결혼할 나이에 그녀는 벌써 미망인이 되었
다. 1791년 12월 5일 모차르트가 세상을 떠났을 때 콘스탄체의 나
이 겨우 29세였고, 정확히 한 달 뒤면 30번째 생일을 축하했을 것이
다. 콘스탄체는 여섯 명의 아이를 낳았지만 그 중 살아남은 아이는
카를과 프란츠 크사버 볼프강뿐이었다. 이제 그녀는 자신의 생일이
나 축하할 기분은 아니었다. 사랑하는 남편을 잃게 된다는 절망감
에 남편과 같은 병에 걸려 함께 죽을 작정으로 그의 침대에 눕기까
지 했던 그녀가 아니었던가?

분명 그랬다. 만하임 극장의 프롬프터(연극에서 관객이 모르게 연기자에
게 대사나 동작을 알려주는 사람을 이른다—옮긴이주)였던 프란츠 프리돌린

베버의 딸로 태어난 콘스탄체는 애교가 넘치는 여인이었다. 그녀가 젊은 장교들과 담보 놀이(사교계에서 행해지던 게임의 일종으로 참가자들 중에서 잘못을 범한 사람이 자신의 물건을 담보로 맡겼다가 놀이가 끝난 뒤에 장난스런 요구를 들어준 뒤 담보를 돌려받는다—옮긴이주)를 하면서 허벅지를 보일 때마다 모차르트는 질투심에 불타올랐다. 여러 가지 상황을 고려할 때 충분히 있을 법한 일이었음에도 콘스탄체가 외도를 한 적은 단 한 번도 없었다. 그녀는 언제나 자신의 볼페를(모차르트의 애칭)에게 충실했다. 결혼 전에는 물론이고 모차르트와의 결혼 생활 중에도 그녀의 삶에서 남편 이외에 다른 남자는 결코 없었다.

'작은 황제의 집'으로 불리는 970번지의 1층(현재의 주소는 빈 I. 라우헨슈타인가세 8번지이다)은 방 여섯 개에 부엌이 두 개, 다락방과 지하실, 나무로 된 둥근 천장이 달린 모차르트의 집이었다. 그런데 이제 갑자기 너무 크게 느껴지는 이 집에서 지독한 공허함이 그녀를 파고들었다. 게다가 모차르트 가족은 당장 경제적인 어려움에 빠졌다. 지난 8년 동안 빚으로 생활했던 모차르트는 자신의 가족—큰아들이 7세였고 작은아들은 겨우 생후 4개월이었다—에게 산더미 같은 빚만 남기고 떠났다. 빚쟁이들 중에서는 자살을 시도한 사람도 있었다.

친척들로부터 아무런 도움도 기대할 수 없었던 젊은 미망인은 황제에게 연금을 받게 해달라는 청원서를 올렸다. 황제 레오폴드 2세는 우선 궁정의 모든 귀족이 참석하는 연주회를 개최하도록 승인했고, 이 연주회로 벌어들인 수익금 1만 5천 굴덴 중에서 150두카텐을 모차르트의 미망인에게 지불했다. 이듬해 3월 12일에는 콘스탄체가 청원한 연금 신청을 승인한다는 결정이 내려졌다. 액수는 모차르트가 받던 보수의 3분의 1로 1년에 266굴덴이었다.

그러나 어린 두 아들을 데리고 살아가려면 콘스탄체도 돈을 벌어야 했다. 그녀는 처음에는 빈에서, 이어서 라이프치히와 드레스덴, 프라하에서 연주회를 개최했다. 모차르트가 세상을 떠난 지 4년이 지난 1796년 2월 28일에는 직접 무대에 올라 노래를 부르기도 했다. 당시 34세이던 콘스탄체는 베를린 왕립 오페라 극장에서 열린 공연에서 모차르트의 〈황제 티투스의 자비〉 중 한 파트를 담당했다.

그러나 연주회나 모차르트의 유작 원고를 팔아서 생기는 수입(콘스탄체는 프로이센 국왕 프리드리히 빌헬름 2세에게 청원해 모차르트의 작품 8개를 팔았다)만으로는 생계를 이어가기가 어려웠다. 콘스탄체에게는 정기적인 수입이 필요했다. 그래서 궁여지책으로 찾아낸 묘책이 남아도는 방을 지불 능력이 확실한 사람에게 세를 주는 것이었다.

콘스탄체는 처음에 유대인 거리에 있는 소박한 집으로 옮겼다가 곧 미하엘러하우스의 맨 꼭대기 층에 있는 넓은 집으로 이사했다. 이곳에 와서야 그녀는 드디어 다시 손님들을 맞이하고 연주회를 개최할 수 있었다. 만하임, 베를린, 프라하, 파리 등지에서 연주회를 위해 빈을 찾은 음악가들은 모차르트의 미망인을 방문하는 것을 영광으로 여겼다. 또한 그 사이 겨우 36세의 나이에 세상을 떠난 모차르트가 얼마나 위대한 천재였는가를 깨닫기 시작한 빈 사교계도 그의 미망인이 손님들에게 음식을 제공하고, 나아가서는 4중주단의

콘스탄체 모차르트와 니콜라우스 폰 니센

일원으로 직접 연주하거나 모차르트의 아리아를 부르는 것에 깊은
감동을 받았다.

외교관이었던 게오르크 아우구스 폰 그리징거도 미하엘러하우스
를 방문하던 단골손님들 중 한 사람이었다. 빈 주재 작센 공사관의
비서관이었던 그는 덴마크 공사관의 한 동료와 친분을 나누었는데,
그가 바로 1793년부터 빈에서 근무하던 니콜라우스 니센이었다. 니
센은 북부 슐레스비히의 하데르슬레우스 출신으로 어머니는 프랑
스인이었다. 그리징거는 1797~98년에 콘스탄체 모차르트의 집에
서 열린 한 연주회에 니센을 데려갔다. 공사 비서관 니센은 이 날
저녁에 모인 손님들 중에서도 가장 깊은 감동을 받은 사람이었다.
음악적 재능이 뛰어났던 그는 어려서부터 피아노와 플루트를 배웠
고, 모차르트의 많은 작품을 알고 있었으며, 그의 오페라 공연을 관
람한 적도 있었다. 특히 〈마술피리〉를 사랑했던 니센은 미망인의 모
습을 통해 자신의 우상과 가까이 있게 된 것을 무한한 행복으로 여
겼다.

29살의 미망인 콘스탄체 모차르트 ──────────────

　콘스탄체도 자신보다 한 살 많은 니센의 열광과 기분 좋은 덴마크 억양이 들어간 부드러운 목소리를 좋아했다. 두 사람은 첫 만남에서 처음에는 주로 음악에 관한 이야기를 나누다가 차츰 개인적인 문제를 이야기하게 되었고, 그 과정에서 교양 있고 점잖은 이 외국인이 방을 구하고 있다는 사실이 밝혀졌다. 콘스탄체는 곧 자신의 넓은 집에 있는 방 하나를 그에게 세를 주겠다고 제안했다.

　얼마 후 니콜라우스 니센은 호프부르크 왕궁 뒤에 있는 새로운 거처로 이사를 왔고 콘스탄체와 바로 옆방에서 살게 되었다. 그 사이 아버지 없이 자란 모차르트의 두 아들은 각각 13세, 6세가 되었고, 모차르트의 가족을 돕고 싶어하고 배려심이 많은 니센은 그때부터 남자의 도움이 필요한 일이면 무엇이든 도맡아 처리했다. 그는 아이들에게 라틴어 문법과 프랑스어 발음을 가르쳤고, 두 아이와 머리를 맞대고 고민하면서 대수학과 기하학 증명에 관한 문제를 함께 풀었으며, 어린 '보비'가 피아노를 쳐야 할 시간이면 조그만 손이 건반에 닿을 수 있도록 의자 위에 방석 세 개를 올려놓은 뒤 앉혀주었다.

콘스탄체 모차르트와 니콜라우스 폰 니센

니콜라우스 니센은 두 아이의 어머니를 처음 만났을 때 느꼈던 감정을 처음에는 혼자만 간직하고 있어야 했다. 콘스탄체와 가까운 사이가 되려면 오랫동안 묵묵히 참고 기다려야 한다는 사실을 분명히 알고 있었던 것이다. 다만 아이들을 통해 우회적으로 자신의 감정을 암시하려고 노력했다. 가령 아버지를 닮아서 음악에 재능이 있었던 어린 보비를 격려해 어머니의 수호성인의 날에 맞춰 론도 소곡을 작곡하게 했고, 보비의 작품 1번을 악보에 깨끗하게 옮겨 적게 한 뒤 콘스탄체에게 선물해 깜짝 놀라게 하는 식이었다.

니센은 진지하고 견실한 남자였다. 비록 이마가 납작하고, 옅은 금발머리는 벌써부터 빠지기 시작했지만 잘생긴 얼굴이었다. 콘스탄체도 매력적인 여성이긴 했지만 특출한 미녀는 아니었다. 니센은 모차르트보다 키가 컸으며, 그의 진정한 매력은 현명함과 선량함을 보여주는 파란색 눈이었다. 젊은 외교관 니센은 자신과 평생을 함께할 여성의 성품을 매우 까다롭게 고르는 사람이었다. 그래서 지금까지 만났던 두 명의 여성은 그 점에 놀라서 저절로 물러났다.

콘스탄체는 처음에는 자신을 흠모하는 그를 까칠하게 대했다. 그러나 다른 한편으로는 혼자 있는 삶에 지쳐 있는 상태였다. 그녀가 결국 그에게 조금씩 마음을 열기 시작한 것은 처음에는 그에 대한 깊은 감사의 마음 때문이었다. 니센을 편안한 호칭으로 부르기 시작한 것도 아이들이 먼저 그를 친밀하게 대하면서부터였다. 그를 아저씨라고 부르던 아이들은 시간이 지나면서 아버지라고 불렀다.

이제 30대 후반에 이른 두 사람 사이에 무르익기 시작한 감정은 결코 격정적인 사랑은 아니었다. 또한 두 사람의 공동생활은 이미 오래전부터 부부 관계 비슷한 성격을 띠고 있었지만, 결혼을 하기까지는 12년이 더 지나야 했다. 그것은 단순히 콘스탄체의 망설임 때문만은 아니었고, 거기에는 아주 현실적인 이유가 있었다. 외교관으로서 덴마크 왕에 복무하던 니콜라우스 니센의 급여는 그다지 높지 않았고, 콘스탄체도 결혼을 하는 경우에는 미망인 연금을 받을 수 없었다. 그래서 두 사람에게는 매번 가슴이 아픈 일이었지만, 둘이 함께 방문하는 연주회에서 친구들이 '니센 씨와 모차르트 부인'이라고 부르는 것을 감수해야 했다.

결혼을 통해 두 사람의 관계를 공식적으로 매듭지으려는 니센의 끈질긴 노력은 콘스탄체의 반대로 계속 수포로 돌아갔다. 그러자 니센은 한 가지 방법을 시도했는데, 자존심이 강한 그의 어머니는 그 사실을 알고 그를 몹시 질책했다. 그것은 같은 집에 살고 있는 콘스탄체에게 연애편지를 쓰는 것이었다. 그는 세심하게 공을 들여 쓴 편지에서 콘스탄체에게 '사랑하는 친구'와 '친애하는 모차르티네'라는 호칭을 번갈아가면서 사용했고, 이 편지를 그녀의 침대 옆이나 화장대, 또는 식탁 위에 올려놓았다. 콘스탄체가 그의 연애편지를 말없이 되돌려주자 그의 어조도 점점 더 강렬해졌다. 그 중 한 편지에는 "나를 사랑하지 않으려면 차라리 미워하시오!"라고 적혀 있었다. 그는 "당신을 애타게 갈망하는 N"이라는 말로 편지를 끝맺곤 했다.

결혼을 하기까지 그토록 오랜 시간이 걸리자 니센은 일상생활의

콘스탄체 모차르트와 니콜라우스 폰 니센

모든 일에서 고집 센 애인에게 없어서는 안 될 사람이 되기 위해서 그만큼 더 열심히 노력했다. 그는 콘스탄체에게 무엇보다 필요했던 사업상의 편지를 쓰는 법을 가르쳐주었다. 모차르트의 유작을 보관하고 있는 그녀에게 착취를 일삼는 출판사들과의 거래를 수월하게 해주기 위해서였다. 또한 수중에 있는 돈으로 집안 살림을 짜임새 있게 꾸려 나가는 방법을 일러주었고, 그녀가 이제껏 전혀 관심이 없었던 정치 문제로까지 시야를 넓혀주었다. 나아가서는 집안 곳곳에 아무렇게나 널려 있는 모차르트의 몇몇 귀중한 악보들을 정리하게 했다. 어떤 때는 패기가 넘치는 젊은 음악가들이 우상으로 생각하는 모차르트의 미망인에게 자신들의 처녀작을 보내면서 격려의 말을 부탁하는 편지에도 일일이 답장을 보내게 했다. 심지어는 점점 커가는 두 아들에 대해 양육자로서의 책임을 특별히 진지하게 생각하지 않았던 콘스탄체가 좋은 어머니가 될 수 있게 도와주었다.

콘스탄체는 특히 니센의 그러한 점을 높이 평가했다. 물론 그녀의 깨달음은 상당히 뒤늦은 감이 있었다. 니콜라우스 니센의 임종이 가까워졌을 무렵에야 비로소 그녀는 밀라노에 있는 아들 카를에게 이렇게 썼다. "그 사람이 그토록 공들여 행한 모든 일은 오직 너와 네 동생을 위해서였어. 그것은 끝이 없었다. 버릇없는 너희를 보살폈던 그 사람처럼 좋은 아버지는 세상에 그리 흔치 않단다. 너희는 과분할 정도로 많은 사랑을 받았어. 그를 아프게 하지 않으려면 너희는 솜을 두른 손으로 그를 아주 소중하게 들어야 한다!"

끈질긴 구애자 니콜라우스 니센 _____

콘스탄체가 양심의 가책을 받은 것일까? 어쨌든 오래전부터 니센을 아버지라고 불렀던 두 아들은 그를 존경하고 사랑했다. 모차르트의 두 아들이 다른 위대한 천재의 자식들처럼 아버지의 너무나 큰 그늘에서 벗어나지 못하는 운명을 감수해야 했던 것은 전혀 별개의 문제였다. 카를은 자신이 선택한 고향 이탈리아에서 한 세무관청의 하급 관리로 살았고, 아버지의 음악적 재능을 더 많이 물려받은 프란츠 크사버 볼프강은 피아노 선생과 합창단 지휘자로는 이름을 얻었지만 악장과 작곡가로서는 별다른 성공을 거두지 못했다.

콘스탄체 모차르트와 니콜라우스 니센은 40대 후반에 이른 1809년 6월 26일에 프레스부르크의 마르틴 대성당에서 마침내 결혼식을 올렸다. 모차르트의 두 아들은 참석하지 않았다. 한 음악 선생과 장교 하나가 이 결혼식에 참석한 유일한 증인이었는데, 이들은 신랑신부처럼 승승장구하던 나폴레옹에 점령당한 수도 빈이 싫어서 피신한 사람들이었다. 그런데 거의 텅 빈 낯선 교회에서 거행된 간소한 결혼식 때문에 행여 독자들의 오해를 부를 수도 있을 듯하다. 기가 꺾인 미망인과 오랜 기다림에 실망한 노총각이 이곳에서 그저 성가신 의무를 해치우려 했다고 말이다. 그러나 두 사람의 결혼은 진심에서 우러나온 것이었다. 그 사이 콘스탄체 모차르트와 니콜라우스 니센은 자신들에게 닥쳐올 그 어떤 어려움도 흔들리지 않고 이겨낼 수 있을 만큼 성숙한 사랑으로 맺어진 사이로 발전해 있었기 때문이다.

니센은 한동안 콘스탄체 앞에서 자신의 병을 숨겼지만 밤에 잠을 자다가 기겁을 해서 깨어나는 일이 점점 잦아졌다. 콘스탄체는 불안에 떠는 그의 상태와 가슴 통증을 지켜보면서 남편이 병들었다는 사실을 알게 되었다. 특히 그가 일에 열중하고 있을 때 약한 심장은 문제를 드러냈다. 더 이상 어쩔 도리가 없었던 니센은 덴마크 왕에게 자신을 좀 더 조용한 자리로 옮겨 달라고 청원서를 보냈다. 그러나 상당한 시일이 지난 뒤에도 자신의 청원이 처리되지 않자 그는 청원서를 조기퇴직 신청서로 변경하였다. 그러자 그의 고용주도 마침내 반응을 보였는데, 왕의 반응은 상당히 호의적이었다. 관직에서 물러나는 니센에게 덴마크 왕실이 수여하는 유명한 다네브로그 훈장과 예산고문관 칭호를 수여한 것이다. 콘스탄체는 특히 고문관 칭호가 마음에 들었다. 그녀는 이제부터 '예산고문관 부인'으로 불리게 된 것을 마음껏 즐겼다.

그런데 한 가지 해결해야 할 문제는 이제는 더 이상 오스트리아에 남아 있어야 할 이유가 없어졌다는 것이었다. 결국 니센 부부는 남편의 고향으로 이사하기로 결심했다. 48세가 된 니센에게는 나폴레옹 군대에 점령당한 빈보다는 친숙한 코펜하겐이 자신의 악화된 건강 상태를 고려할 수 있는 일자리를 찾기가 훨씬 수월했던 까닭이다.

콘스탄체는 코펜하겐으로 가면서 얼마나 많은 살림살이를 가져 가야 할지를 놓고 골머리를 앓았다. 그녀에게는 지금까지 이사할 때마다 가지고 다녔던 모차르트의 낡은 피아노와 헤어지는 것이 가장 힘든 일이었다. 이 피아노는 자신이 보관하겠다며 관심을 보인 장남 카를에게 보내기로 결정되었다. 카를이 있는 밀라노까지 피아노를 운반하는 일을 맡은 운송업자는 포장비 10두카텐과 운송비 5두카텐을 요구했다. 콘스탄체는 이 일로 막내아들 보비가 형을 시기할 것을 걱정했다. 그래서 카를에게 아버지의 소중한 피아노를 어머니가 코펜하겐으로 가져갔다고 말하겠노라는 다짐을 받았다.

니센 부부의 덴마크 이주에는 일장일단이 있었다. 당시 경제 사정이 좋지 않았던 두 사람은 전용 마차를 이용할 형편이 아니어서 온갖 낯선 사람들과 함께 타야 하는 우편 승합마차로 만족해야 했다. 그 대신에 오랜 여정 속에서 곳곳의 시골 여관에 머무는 동안 두 사람은 그 어느 때보다 서로 가까워졌다. 끊임없이 낯선 얼굴들을 만나고 새로운 숙소를 전전하다 보면 남들과 있는 것을 점점 꺼리게 되고 둘만의 시간에 편안함을 느끼기 때문이다.

코펜하겐은 자신의 동향인뿐 아니라 그의 반려자까지도 진심으로 환영했다. 니센의 옛 친구들이 마중을 나와 두 사람을 따뜻하게 포옹했고, 이제부터 예산고문관이 된 니센은 원하는 일자리도 즉시 얻을 수 있었다. 그는 정치 신문들을 검열하는 검열관 자리를 맡았는데, 보수는 얼마 되지 않았지만 신문을 읽고 조목조목 논박하는 것은 악화된 건강 상태로도 충분히 소화할 수 있는 일이었다.

앞으로 10년 이상 두 사람의 보금자리가 될 라벤델가세의 집은 비록 소박했지만 그래도 살림을 도맡아줄 하녀도 한 명 거느릴 수 있었다. 게다가 저렴한 값으로 일체의 식사를 고객의 집까지 배달해주는 요리사가 같은 건물에 살고 있어서 콘스탄체가 여전히 요리를 잘하지 못한다는 사실도 전혀 문제되지 않았다.

음악을 위한 악기도 마련되었다. 우선은 콘스탄체가 매일 발성 연습을 하는 데 도움을 주는 작은 클라비코드로 만족해야 했지만 빈의 악기 제작자에게 새로운 피아노를 주문해놓은 상태였다. 모차르트의 미망인을 특히 기쁘게 했던 것은 코펜하겐에서도 모차르트의 작품이 공연되고 있다는 사실이었다. 모차르트가 죽은 지 벌써 30년이나 지났지만 그에 대한 숭배의 열기는 꺼지지 않았다. 가령 코펜하겐의 상당한 재력가 중 한 사람은 새로 태어난 아들에게 모차르트라는 이름을 지어줄 정도였다.

이제는 니콜라우스 니센이 오래전부터 간절히 원하던 계획에 착수할 때가 무르익었다. 그것은 아직 나오지 않은 위대한 모차르트의 전기를 집필하는 일이었다. 여러 개의 상자와 서류철, 편지봉투, 한쪽에 쌓아둔 공책 더미에는 그동안 세심하게 수집하거나 복사한 잘 정리된 자료가 준비되어 있었다. 자료를 모아둔 방안의 책상 위에는 일렬로 세워둔 뾰족한 깃털 펜들이 잉크에 담가지기만을 기다리고 있었다. 니센은 그 전에 위대한 거장의 삶과 작품에 대한 또 다른 자료를 모으기 위해서 상세한 내용을 알고 있을 만한 수많은 사람들에게 편지를 보냈다. 그 누구보다도 콘스탄체에게 온갖 궁금한 내용을 당연히 캐물어야 했지만, 그녀는 무엇이든 잘 잊어버리는 것으로 유명한 데다 원래부터 제대로 정리할 줄 모르는 여성이었기 때문에 대답하지 못하는 경우도 많았다.

그러나 지나치게 꼼꼼하고 정확한 니센의 야심 찬 계획은 급속도로 악화된 심장병이라는 장애물에 부딪혔다. 콘스탄체는 의사가 처방한 방법을 가까스로 실행할 수 있었는데, 그것은 환자가 통증을 느낄 때 발작을 완화시키기 위해서 뜨거운 물과 얼음장처럼 차가운 물을 교대로 가슴에 쏟아붓게 하는 것이었다. 두 사람은 이럴 바에는 차라리 오스트리아로 돌아가 잘츠부르크에서 멀지 않은 온천지 가슈타인을 찾아가는 편이 더 낫지 않을까 고민했다. 얼마 전부터 그곳 온천의 효능에 대해 놀랄 만한 이야기들을 들어왔기 때문이다.

1821년 여름에 코펜하겐에 있는 집이 팔렸고, 두 사람은 뮌헨을 거쳐 온천지 가슈타인으로 떠났다. 광장 근처에 있는 첫 번째 집인 슈트라우빙거에 마침 빈 방이 있었다. 창문이 닫혀 있어도 집안까지 골짜기의 물소리가 들렸지만 그 소리에도 곧 적응이 되었다. 의사의 처방으로 시작한 온천욕은 니센의 상태를 호전시켰다. 뜨거운 온천물에 몸을 담구고 있다가 숙소로 돌아오면 니센은 마치 60세가 아니라 힘이 끓어 넘치는 젊은 청년이라도 된 것처럼 고기 요리를 단숨에 비워 버렸다.

그 사이 잘츠부르크로 이주하는 데 필요한 모든 것이 준비되었다. 구시장 거리에 있는 시장 안톤 헤프터의 집에 임시 거처를 마련했는데, 여기서는 두 사람이 궁극적으로 살게 될 논베르크 거리에 있는 집으로 이사하기 전까지 머물 계획이었다. 정원의 포도나무 덩굴로 뒤덮인 나무 벤치에서 모차르트가 태어난 게트라이데 거리까지 내려다볼 수 있는 이곳에서 니콜라우스 니센은 말년의 작품을 계속 이어나갔다. 비록 그에게 남아 있는 5년이라는 시간 동안 모차르트의 대규모 전기를 끝까지 완성하지는 못했지만, 천재가 태어난 곳에서 영감을 받아 그토록 숭배하던 음악가의 기질과 작품을 연구하는 데 빠져 지내는 일은 중병에 걸린 그에게 삶을 연장해주는 최고의 처방이었다.

갑자기 새로운 힘을 얻은 니센은 콘스탄체와 독일 여행을 계획했는데, 이는 모차르트와 관련된 장소와 사람들을 찾아나서기 위한 것이었다. 가슈타인 온천으로 휴양을 떠나는 것도 연례행사가 되었다. 수녀원 옆에 있는 두 사람의 집에는 장난감 칼을 들고 있는 어린 모차르트의 그림과 피아노 옆에 있는 모차르트의 아버지 레오폴드와 누이 난네를을 묘사한 동판화, 서로 부드럽게 포옹하고 있는 카를과 보비의 초상화가 걸려 있었다. 여행에서 돌아오면 니센과 콘스탄체는 이 집에서 병과 죽음의 모든 괴로움을 잊게 해주는 고요한 행복의 분위기에 빠져들곤 했다.

이 결혼이 행복할 수 있었던 근본적인 요인은 니콜라우스 니센이 콘스탄체의 전 남편을 어떤 식으로든 전혀 질투하지 않았고, 오히려 모차르트를 한 가족으로 끌어들였다는 데 있었다. 콘스탄체가 모차르트와 관련해 계획한 모든 일에서도 일을 추진하는 사람은 언제나 니센이었다. 가령 그는 자신의 친구인 그리징거와 장크트 마르크스 공동묘지에 있던 모차르트의 묘를 찾으려고 애를 썼고, 살리에리가 죽은 뒤에는 이 '못된' 남자가 자신의 경쟁자를 독약으로 살해했다는 옛 소문의 진상에 대해 알고 있는 사실을 모두 털어놓으라며 콘스탄체를 격려했다. 나아가서는 그럴 만한 이유로 모차르트의 누이 난네를 멀리하는 콘스탄체를 설득해 교회 거리에 살고 있던 눈이 먼 난네를 찾아가도록 했다. 모차르트에 관한 일이라면 콘스탄체도 남편이 원하는 일을 한 번도 거절하지 않았다. 처음에 좀처럼 진전을 보지 못하다가 1825~26년 겨울에 완전히 중단되었던 모차르트의 전기 발행 계획을 끝까지 완성시킨 사람도 결국 콘스탄체였다.

니센 자신은 몸이 점점 쇠약해지면서 사람들을 기피하게 되었고, 잘 잊어버리고, 정신이 혼미했기 때문에 더 이상 일을 추진할 수 없는 상태였다. 의사는 이제 65세가 된 니센에게 냉찜질을 처방했고, 치료를 위해 혈관에서 피를 뽑았으며, 딱딱한 음식 대신에 대황즙만 먹을 것을 권유했다. 1826년 3월 22일, 의사는 지금까지의 보살핌에 말 한마디 못하고 간신히 눈으로만 고마움을 전하는 니센의 눈을 감겨주었다. 모차르트의 미망인 콘스탄체 니센은 두 번째로 미망인이 되었고, 두 번째로 혼자가 되었다.

콘스탄체는 니센에게 죽음이 다가오는 것을 지켜보았고 모든 것에 준비가 되어 있었다. 시신을 운반하는 사람들이 니센을 데리러 오자 그녀는 그제야 비로소 울음을 터뜨리면서 쓰러졌다. 니콜라우스 폰 니센은 잘츠부르크 제바스티안 공동묘지의 가족묘에 안장되었다. 몇 주가 지난 뒤 석공이 콘스탄체의 지시에 따라 만들어진 묘비를 가져왔을 때, 그녀는 자신의 실수 때문에 생긴 틀린 글자를 발견했다. 니콜라우스가 태어난 곳은 하르덴스레벤이 아니라 하더스레벤이었던 것이다. 그러나 모든 글자가 이미 새겨진 뒤였기 때문에 그것을 고치기에는 너무 늦은 상태였다. 콘스탄체는 눈물을 흘렸다. 그러나 그 눈물 속에 옅은 미소가 섞여 있었다. 글을 읽을 때 언제나 맞춤법을 꼼꼼하게 살피는 성격 탓에 맞춤법과 기호법에 서툴렀던 자신의 잘못을 끈기 있게 고쳐 주던 그가 이처럼 곤혹스러운 '퇴행'을 보면 뭐라고 말할까? 그가 더 이상 사랑하는 '모차르티네'의 어깨 너머로 살펴보지 않으니 예전의 버릇이 다시 나타난 것일까? 그는 아마 오랜 세월 동안 자주 그랬던 것처럼 그녀를 '뒤죽박죽 머리'라고 불렀을 것이다. 그러나 거기에는 자기만 옳다고 여기는 독선적인 태도와 엄격함이 아니라 깊은 이해와 인내심, 다정함이 담겨 있었을 것이다. 동시에 그는 가벼운 웃음을 지었을 것이다.

대학 교회당에서 거행된 위령 미사에서 프란츠 크사버 볼프강은 모차르트의 레퀴엠을 연주해 참석한 모든 사람에게 감동의 눈물을 흘리게 했다. 콘스탄체는 미사가 끝난 뒤 자신의 장래를 계획하기 시작했다. 이 날 그녀의 막내 여동생 소피도 남편을 잃는 슬픔을 겪었지만, 두 미망인은 그것을 앞으로의 삶을 둘이서 함께 꾸려 나가라는 하늘의 계시로 받아들였다. 콘스탄체는 소피를 자신의 집으로 데려왔다. 동생 소피는 부엌을 관리하고 콘스탄체는 사무와 관련된 모든 일을 처리했다. 그녀에게는 아직 16년의 세월이 남아 있었다. 콘스탄체는 80번째 생일을 보내고 두 달 뒤인 1842년 3월 6일에 폐 기능 마비로 숨졌고, 모차르트와 베버 집안의 가족묘에 두 번째 남편 곁에 묻혔다.

9

"너무도 사랑스럽고 사랑스러운 모습을"

---- 🎵 ----

요한 볼프강 폰 괴테와 울리케 폰 레베초

괴테가 자신의 방문으로 경의를 표한 도시는 빈도 아니고 프라하도 아니었다. 파리는 평생 한 번도 보지 못했다. 그 대신 그는 열여섯 번이나 카를스바트를 찾았다. 이곳에서는 자신의 집에 있는 것처럼 편했다. 꼼꼼하게 날짜를 헤아려 보니 독일 문학의 제왕 괴테가 보헤미아의 이 온천지에서만 보낸 시간은 만 3년이었다.

1820년 여름, 평상시처럼 카를스바트에서 휴양을 하던 괴테에게 마리엔바트라는 이름이 자주 들려왔다. 서쪽으로 40킬로미터 가량 떨어진 에게르 바로 근처에 얼마 전까지 늪지대로 둘러싸인 울창한 숲이 있던 곳에 새로운 온천지가 만들어지고 있었던 것이다. 당시 70세이던 괴테는 하인 슈타델만에게 하루 일정으로 소풍을 가는 데 필요한 모든 것을 준비하라고 일렀다. 그는 자신의 '움직이는 작은 집'에 올라타 사람들의 입에 그토록 오르내리던 곳을 가까이에서 직접 살펴보았다. 사람들의 말은 전혀 과장되지 않은 듯했고, 괴테도 바이마르에 있는 아들 아우구스트에게 이렇게 편지를 보냈다.

"내가 마치 아메리카의 외딴 곳, 3년 내에 도시를 세우기 위해서 숲을 벌목하고 있는 곳에 와 있는 듯했단다." 그는 계속해서 이렇게 썼다. "계획은 그럴듯했고, 일의 실행은 엄격했으며, 일꾼들은 부지런히 일하고 감독관들은 사려 깊고 활기찼단다. 그보다 더 즐거운 일을 보기란 쉽지 않을 듯하구나."

괴테는 이듬해에 다시 돌아와 그곳에 머물렀다. 그는 7월 29일에서 8월 25일까지 소위 '클레벨스베르크 하우스'라고 불리는 곳에 숙소를 정했다. 이곳은 훗날 오스트리아의 재무장관이 되는 프란츠 폰 클레벨스베르크 백작이 예전에 프로이센의 장교였던 친구 프리드리히 레베레히트 폰 브뢰지히케를 위해 나무가 무성한 언덕에 짓게 한 대저택인데, 단순히 환상적인 전망만으로 마리엔바트 최고의 호텔이 아니었다. 뒤쪽으로 난 창문으로는 가문비나무 향이 집안으로 들어왔고, 앞쪽 창문으로는 계절에 따라 갓 베어낸 풀이나 뒤집어놓은 건초들의 향이 스며들었다.

그러나 괴테가 이 새로운 거처에서 가장 마음에 들어했던 것은 그를 보살펴주는 호텔 주인들이었다. 브뢰지히케의 딸은 폰 레베초라는 사람의 아내였는데, 괴테는 이미 15년 전에 이 여인을 알았고 '판도라'라는 이름으로 자신의 일기에도 기록한 바 있다. 이제 겨우

34세에 불과한 아말리에 폰 레베초는 미망인의 몸이었고, 지금은 대부호인 클레벨스베르크 백작과 함께 살고 있었다. 그녀가 무엇보다 신경을 쓰는 문제는 자신이 거두고 있는 세 딸의 행복이었다. 막내딸 베르타는 빼어난 미인이 될 싹이 보였고, 둘째딸 아말리에는 말괄량이였으며, 첫째딸 울리케는 진지한 성품을 지닌 매력적인 아가씨였다. 이제 17세가 된 울리케의 날씬한 몸매와 아직은 어린아이 티가 남아 있는 커다란 파란색 눈동자, 촘촘하게 땋아내린 아름다운 금발머리, 도톰한 입술은 5년 전부터 홀아비로 살고 있는 괴테의 마음을 사로잡았다. 그것은 연애 시인 괴테가 최근에 표현했던 모든 감정을 뛰어넘는 것이었다.

그에게는 자신보다 55세나 어린 처녀와의 만남을 시도하는 것처럼 쉬운 일은 없었다. 두 사람은 호텔에서 함께 식사를 하는 자리나 집 앞 테라스에서 흥겨운 담보 놀이를 할 때, 온천 근처의 산책로에서 자연스럽게 만났다. 그러나 울리케에게 다가가려고 애쓰는 괴테의 눈에 띄는 열성에도 불구하고 두 사람이 함께 보낸 첫 여름의 만남은 엄격한 관습 안에서 이루어졌다. 울리케의 친구 중 하나는 괴테를 연필화로 그려 그에게 선물했다. 괴테가 그녀에게 선물하기 직전에 출간된 소설 『빌헬름 마이스터의 편력 시대』를 그녀에게 주면서 써준 헌사도 아주 정중했다. "1821년 8월의 즐거운 추억을 담아 울리케 폰 레베초 양에게 바침."

울리케는 괴테가 작가라는 사실을 그제야 알았다. 그녀는 지금까지 괴테가 쓴 작품을 단 한 줄도 읽은 적이 없었고, 『빌헬름 마이스

요한 볼프강 폰 괴테와 울리케 폰 레베초

터의 편력 시대』는 그녀처럼 어린 시골의 귀족 아가씨가 읽기에는 결코 쉽지 않은 시작이었다. 그래서 울리케로서는 그런 '대*학자' (울리케는 늙은 괴테를 이렇게 부르곤 했다)가 자신에게 그처럼 많은 관심을 보인다는 사실이 마냥 즐거웠다. 괴테가 자신의 박물학적 관심에 따라 마리엔바트와 주변 지역을 매일 탐사하면서 구름의 이동 모습과 기후 상태를 관찰하고, 지질학자의 망치를 들고 희귀한 광석들을 채취할 때면 울리케는 그의 해설을 이해하려고 애를 썼다. 그러자 괴테는 그녀가 '석영이 풍부한 화강암'과 '분리된 쌍정(같은 종류의 결정 두 개가 축을 중심으로 서로 대칭을 이루면서 붙어 있는 것—옮긴이주)' 등에 관심을 가질 수 있도록 한 가지 묘책을 생각해냈다. 울리케에게 보여주는 돌들 사이에 '최상품 빈 초콜릿' 한 판을 섞어놓거나 그녀에게 가져가는 품목을 아예 꽃으로 바꿔 그녀의 식물 표본 집에 바로 끼워 넣을 수 있도록 했다. 울리케가 얼마 전까지 여학생 기숙학

교를 다녔던 스트라스부르에 대한 기억도 충분한 이야깃거리를 제공했다. 괴테는 스트라스부르에 대한 그녀의 경험들을 물었는데, 그 자신도 이미 50년 전에 그곳 대학을 다녔고 거기서 변호사 자격을 취득했던 것이다.

괴테는 이듬해 여름도 마리엔바트에서 보냈다. 이 시기면 보헤미아 왕국의 마리엔바트는 완전히 독일인 거주지가 되었다. 1822년 6월 19일 괴테가 바이마르를 출발해 예나, 푀스네크, 호프, 에게르를 지나 목적지에 도착했을 때, 레베초 가족은 이미 오래전에 그곳에 와 있었다. 이번에도 울리케는 거의 두 달 내내 매일 그의 주변에서 보냈다. 괴테는 울리케를 만날 때 준 꽃다발을 다시 잘 말려서 압축시킨 뒤 유리 액자에 넣어주었다. 울리케는 고마워하면서 거기에 꽃다발을 준 괴테의 이름을 적은 쪽지를 넣어 보관했다. 괴테는 직전에 출간된 자서전 『시와 진실』에서 '프랑스 샴페인'을 다룬 제5권에서 울리케에 대한 감정을 어느 정도 예감할 수 있는 헌정시를 썼다.

> "한 친구에게 얼마나 힘든 일이 일어날 수 있는지
> 이 책은 이야기한다.
> 이제 그의 마음을 달래 주는 요구가 있으니
> 좋은 시절에 그를 잊지 마시오!"

그러나 직접적인 감정의 분출, 숙명적인 결정, 결국은 파국으로 이어지게 될 일련의 사건들은 아직 일어나지 않았다. 울리케 폰 레베초에 대한 괴테의 구혼과 그녀의 거절, 그것을 〈마리엔바트의 비가〉라는 세기의 시로 승화시켜 문학적 결실을 맺게 되는 과정은 그 다음해인 1823년에 일어난다. 작가 슈테판 츠바이크는 약 100년 후에 이 비가의 탄생을 '인류의 운명의 순간'으로까지 격상시켰다.

1823년 여름에는 모든 것이 처음부터 여느 때와는 달랐다. 괴테에게 매우 익숙한 편안함을 제공했던 클레벨스베르크 저택의 하인들은 그의 세 번째 마리엔바트 체류 동안에는 그를 보살필 수가 없었다. 저택의 모든 방들은 휴양차 수많은 시종을 대동하고 온 바이마르의 카를 아우구스트 대공이 사용했고, 괴테는 근처에 있는 '황금포도송이' 여관에 묵어야 했다. 괴테가 사용한 방 2개는 위층에 있었고, 비서 요한 욘과 하인 카를 슈타델만이 묵는 방과 바로 인접해 있었다. 가구들은 소박했고 양탄자와 장식장도 전혀 없었다. 도자기로 구운 세숫대야에는 매일 계곡의 온천에서 나무통으로 길어 오는 물이 채워졌다.

괴테가 바이마르의 아들에게 보낸 편지에는 이렇게 적혀 있다. "내 생활은 아주 소박하다. 아침에 일어나자마자 침대에서 물을 마시고 3일에 한 번씩 온천욕을 한다. 저녁에는 우물물을 마시고, 낮에는 사교계 사람들과 어울려 점심을 먹지. 그렇게 하루하루를 보내고 있다."

사교계란 말이 나온 김에 덧붙이자면, 마리엔바트를 찾은 유명한 손님은 바이마르의 아우구스트 대공만이 아니었다. 퇴위한 네덜란드 왕과 나폴레옹의 양자 유진 로즈, 카롤리네 폰 훔볼트, 노스티츠 백작과 뷜로우 백작을 비롯해 다른 많은 명사들이 이곳에 와 있었다. '러시아의 반 다이크'로 불리는 오레스트 아다모비치 키프렌스키와 독일 화가 빌헬름 헨젤도 여기서 괴테의 초상화를 그렸다. 베를린 출신의 소프라노 안나 파울리네 밀더-하우프트만과 황제의 궁정 피아니스트인 폴란드 출신의 아름다운 마리 시마노프스카는 음악의 향연을 마련했다. 괴테는 프라하 작곡가 바츨라프 얀 토마네크와의 공동 작업에 대해 협의했는데, 이는 자신의 시에 곡을 붙인 작품들 중에서 베토벤과 슈포르보다는 토마네크의 작품을 더 높이 평가했기 때문이다. 또 슬라브 어문학자인 요제프 도브로브스키와 토론하면서 예전부터 품고 있던 보헤미아 역사에 대한 관심이 새롭게 불붙어 자신이 사용할 목적으로 독일어-체코어 단어집까지 집필했다. 물론 이번에도 괴테는 광석을 찾으러 돌아다녔고, 근처 페플에 있는 프라하 자연박물관 프레몽트레 수도원과 온천지 의사 하이틀러 박사에게 자신의 소규모 수집품을 제공했다. 또 캄머브륄 분화구 탐사로 화산의 기원에 대해 새로운 인식을 얻고자 했다. 마리엔바트 온천지의 본래 창립자인 카를 카스파르 수도원장은 괴테를 자신의 수도원으로 초대했고, 메테르니히 재상은 손님들에게 가까운 쾨닉스바르트에 있는 자신의 성을 개방했다.

당시 74세를 앞두고 있던 고령의 괴테는 마리엔바트에서도 놀라운 활력을 보이면서 사교계 활동에 참가했다. 그는 어떤 모임이나 가장무도회도 빠뜨리지 않았고, 가장 아름다운 파트너들을 이끌고 춤추는 것을 좋아했다. 괴테는 당시의 심정을 친구인 카를 루트비히 폰 크네벨에게 보낸 편지에서 이렇게 말했다. "이제 모든 것이 다시 요동친다네. 몸도 마음도!" 괴테가 온갖 번잡함에서 벗어나 휴식을 원하면 황금포도송이 여관의 주인 실트바흐 부인은 손님에게 조금이라도 누가 될 수 있는 모든 방해 요소를 멀리하려고 애썼다. 그는 이 시기에 쓴 한 편지에서 "이상한 행운 덕분에 내가 묵고 있는 집에는 조용하고 온화한 여인들만 있다"라고 말했다.

특히 괴테가 지난 두 번의 여름보다 더 많은 관심을 쏟아붓고 있는 여인도 조용하고 온화했다. 바로 울리케 테오도레 조피 폰 레베초였다. 무도회장에서 춤을 추면서 자신의 옆을 스쳐가는 그녀를 보거나 테라스에서 유행하는 월터 스콧 풍의 스코틀랜드 옷을 입고 외출하는 모습을 볼 때, 또는 우물가에서 신선한 물을 마시고 있는 그녀를 보면 괴테의 마음은 따뜻해졌다. 그가 '사랑스런 아가씨'에게 말을 걸어 '청아하지만 활달하지는 않은' 그녀의 목소리라도 들을 수 있으면 그런 감정은 더욱 고조되었다. 두 사람이 함께 산책을 할 때면 울리케는 그를 위해서 몸을 숙여 길 위에 있는 돌들을 주워 모으는 일도 마다하지 않았다. 괴테는 그런 그녀에게 매혹당했고, 울리케의 어머니에게 보낸 편지에도 그런 감정을 더없이 솔직하게 표현했다. "그녀를 볼 수 있었던 수많은 장소에서 언제나 새로운 이익을 얻게 됩니다." 레베초 부인은 이 문제에 특별히 신경 쓰지 않았고, 딸의 아버지, 아니 할아버지뻘 되는 이 위대한 남자의 격정적인 태도에 대해 편지를 쓴 괴테나 자기 자신에게 어떤 비난도 하지 않았다.

바이마르에서는 대소동이 벌어졌다.
괴테의 아들 아우구스트는 자기 몫의 유산을 잃게 될까 봐 노심초사했다.

그러나 괴테는 어물거리면서 물러서지 않았다. 그는 고령의 자신이 그렇게 젊은 아가씨와 결혼하는 것이 해가 되는지 알아보려고 의사까지 찾아갔다. 의사는 그를 안심시켰다. 피델리우스 쇼이 박사는 자신이 환자의 의도에 대해 실제로 무슨 생각을 하고 있는지는 말하지 않았다. 반면에 괴테를 가장 신뢰하는 친구로 여기는 카를 아우구스트 대공은 거리낌 없이 자신의 생각을 표출했다. "노친네, 아직도 아가씨들을 찾다니!" 괴테보다 아홉 살이 젊은 대공은 솔직하게 그를 놀려댔다.

그렇다. 괴테는 아직도 아가씨들을 찾았다. 좀 더 정확하게 말하자면 오직 이 아가씨만을. 괴테는 자신의 오랜 친구인 대공을 진심으로 설득했고, 그에게 레베초 부인을 방문해 자기 대신 울리케에게 결혼 신청을 해줄 것을 부탁했다. 대공은 괴테의 구혼이 확고한 의지임을 강조하기 위해서 별과 훈장으로 장식한 멋진 제복을 입고 레베초 부인을 찾아갔고, 자발적인 제안도 빠뜨리지 않았다. 그는 '신부의 어머니'에게 자신의 궁정에 아주 좋은 일자리를 보장하겠다고 했고, '신부'에게는 '신랑'이 죽었을 경우에 매년 1만 탈러라는 거액의 유족 연금을 지급하겠다고 말했다.

대공과 레베초 부인이 주고받아야 할 이야기는 아주 어려운 문제였다. 아말리에 폰 레베초는 이 청혼을 진지하게 받아들여야지 농담으로 치부해서는 안 된다는 사실을 깨달았다. 그래서 처음에는 괴테의 가족들이 보이게 될 반대를 열거하는 것으로 어려운 문제를 빠져나가려 했다. 괴테의 아들 아우구스트와 며느리 오틸리에가 자신들보다 나이도 훨씬 어린 데다 유산 문제를 서로 다투게 될 새어머니를 맞이하는 문제를 어떻게 생각하겠냐고 반문했다. 대공은 이 반대에 대해서도 준비가 되어 있었다. 그는 그들 '젊은 부부'에게도 바이마르의 프라우엔플란에 있는 집보다 대공의 성과 더 가까운 곳에 있는 집을 주겠다고 했다. 그러나 카를 아우구스트 대공도 레베초 부인이 조심스럽게 지적한 엄청난 나이 차이에 대한 언급에 대해서만큼은 아무런 대답도 할 수 없었다. 결국 두 사람은 지금까지 결혼할 생각이 전혀 없을 뿐 아니라 남자들의 세계에도 전혀 관심이 없는 울리케 자신의 생각을 들어보는 것이 중요하다는 유보적인 결정에 이르렀다.

그렇다면 울리케의 반응은 어땠을까? 그녀의 놀라움은 어머니보다 더 컸던 것으로 보인다. 울리케 역시 노신사인 괴테를 좋아하는 것은 사실이었지만 그것은 어디까지나 '아버지처럼' 생각하는 마음이었다. 어쩌면 울리케는 그녀 자신의 말대로 그에게 '도움이 되기 위해서' 결혼을 승낙할 준비도 되어 있었을 것이다. 그러나 결국은 두 가지 문제가 끝내 그녀의 승낙을 방해했다. 그것은 가족들, 어머니와 자매들과 헤어져야 한다는 것에 대한 두려움과 괴테의 가족들에 대한 배려 때문이었다.

실제로 바이마르에서는 대소동이 벌어졌다. 괴테가 결혼할 뜻이 있다는 소문이 이 작은 공국에 퍼지자마자 아들 아우구스트는 베를린으로 떠나겠다고 협박했고, 곧 극심한 불화가 시작되었다. 울리케가 구혼을 거절했다는 소식이 전해졌을 때에야 비로소 아들 아우구스트의 집안에도 다시금 고요와 평화가 찾아왔다. 아우구스트는 아내 오틸리에에게 이렇게 썼다. "나는 모든 것이 다 잘 될 것이고, 그 모든 이야기가 꿈속의 환영처럼 사라질 거라는 희망을 갖기 시작했소."

그러나 괴테 자신은 아직 포기하지 않았다. 아말리에 폰 레베초가 세 딸을 데리고 황급히 카를스바트로 떠나자 괴테는 겨우 며칠 뒤 그들의 뒤를 따라갔다. 이 쓰디쓴 거절 이후 그토록 사랑하던 마리엔바트는 그에게 '완전한 황무지'가 되었다. 그는 무슨 일이 있어도 울리케를 만나야 했다. 그와 그녀 사이에는 아직 아무 말도 오가지 않았던 것이다. 괴테는 먼저 울리케에게 바치는 시 몇 편을 그녀의 새로운 거처로 보냈고, 동봉한 편지에 "언제나처럼 충실하지만 이번에는 몹시 초조한 마음으로"라고 덧붙였다.

바로 직후 카를스바트에 도착한 괴테는 망설이지 않고 레베초 가족이 머물고 있는 숙소에 거처를 정했다. '황금꽃다발' 여관의 3층으로, 레베초 가족은 그 아래층에 묵고 있었다. 그들은 그 후 12일 동안을 품위 있게 지냈다. 마치 아무 일도 없었던 사람들처럼 거의 하루 종일 함께 보냈으며, 익숙한 예절에 따라 괴테의 생일축하 파티도 열었다. 하인 슈타델만이 하루 일정의 나들이를 조직했고, 레베초 부인은 라인 지방의 포도주 케이크를 준비했다. 레베초 부인의 세 딸은 생일을 맞은 괴테에게 유명한 이 날짜와 그들 각자의 이름 머리글자를 새겨 넣은 세련된 잔을 선물로 주었다. 잔에 U(울리케)자만이 아니라 B(베르타)와 A(아말리에)를 새겨 넣게 하고, 축하연에서도 세 자매를 동시에 나오게 한 것은 레베초 부인의 현명한 연출이었다.

이제 집으로 돌아갈 날이 다가왔다. 괴테는 1823년 9월 5일에 대해 "일반적이고, 조금은 떠들썩한 이별"이라고 적었다. 레베초 가족이 먼저 떠났고, 울리케는 잠시 작별 키스를 위해 위층으로 올라왔다. 괴테는 흥분한 상태에서, 아니, 깊은 혼란 속에서 출발 준비를 마치고 여관 앞에 기다리고 있는 마차에 올랐다.

집으로 돌아가는 여행은 먼저 에게르를 지나야 했다. 괴테는 9월 13일에 예나에 도착했고, 17일에는 드디어 바이마르에 도착했다. 여행 도중 그는 마지막으로 자신과 '사랑스런 어린 아가씨' 사이에 일어난 일을 분명히 깨달았다. 두 사람은 앞으로 다시는 볼 수 없을 것이다. 그러나 남자로서는 체념을 짊어지면서 견뎌야 했지만 시인으로서의 그에게는 새로운 힘이 솟구쳤다. 괴테는 여행 스케치를 하는 데 사용하던 메모장을 꺼내 메모장에 부착된 주머니에 있던 연필을 들고 자신의 패배로부터 새로운 작품, 세계 문학사에 길이 빛날 작품을 써내려가기 시작했다. 바로 〈마리엔바트의 비가〉였다. 바이마르로 돌아가는 12일 동안 마차가 멈출 때마다, 특히 밤을 보내기 위해 숙소에 머물 때마다 그는 23개 연으로 이루어진 이 비가의 급하게 휘갈겨 쓴 초고를 한 글자 한 글자 정서했다. 바이마르에 도착했을 때는 2절지로 5장 분량의 시가 완성되어 있었다. 괴테는 이 종이를 직접 제본해서 자기 가문의 문장을 상징하는 파란색 마분지로 된 겉표지를 둘렀다. 그리고는 이 원고를 자신의 가장 내밀한 비밀인 것처럼 보관했고, 평상시처럼 비서들 중 누군가에게 대신 옮겨 적게 하지 않고 오랫동안 손에서 떼어놓지 않았다.

괴테는 예전에 자신의 작품에서 인용한 유명한 타소의 말을 이 비가의 첫머리에 다시 배치했다. "인간이 고통 속에서 말문이 막혔을 때/신이 나로 하여금 괴로워하는 것을 말하게 하는구나." 그리고는 괴테가 지금까지 거의 사용하지 않았던 스탠자(4행 이상의 각운으로 이루어진 시구를 이른다—옮긴이주) 형식으로 씌어진 23개의 연이 이어진다. 처음에 소수의 선택된 사람들 앞에서 이루어진 낭독을 통해 알려지게 된 이 비가는 나중에 인쇄가 되면서 작품의 상당 부분이 일반적으로 널리 인용되기에 이르렀다. "너는 즐겁게 춤을 추는 그녀를 본다./너무도 사랑스럽고 사랑스러운 모습을"이나 "사랑의 형체는 그처럼 선명하고도 생생하게 내 가슴속에 남아 있다./진실한 심장 속에 불꽃으로 글씨를 새겨 넣은 것처럼" 등의 구절은 단순히 불행한 사랑을 하는 연인들뿐 아니라 수많은 사람들의 심금을 울렸고, 끊임없이 그들의 문학 앨범에 수록되었다.

이 비가는 비록 자신을 '파멸의 구렁텅이에 빠뜨린' 신들에게 탄원하는 것으로 암울하게 끝나지만 괴테 자신에게는 일종의 치료제였다. 그는 친구 카를 프리드리히 첼터에게 몇 번이고 시를 읽어 달라고 부탁했다. 실제로 마리엔바트에서의 파국은 괴테에게 오래도록 영향을 미쳤다. 그는 또 다른 친구에게 이렇게 고백했다. "나는 지난 3개월 동안 무척 행복했네. 마치 이리저리 통통거리는 공처럼 말일세. 그런데 이제 그 공은 다시 구석에 놓여 있고, 나는 지옥 같은 내 집에 파묻혀 겨울을 보내면서 내가 어떻게 나 자신을 치료하는지 지켜보아야 한다네." 괴테는 1823년 11월에 앓아누웠고 의사들은 그가 목숨을 잃게 될까 걱정했다. 앞으로 남아 있는 8년 동안 그는 더 이상 장거리 여행을 다닐 수 없었고, 튀링겐 지역을 벗어난 적이 없었다. 하물며 마리엔바트 방향으로 가는 것은 꿈에도 생각하지 못했다.

그렇다면 그 후 울리케는 어떻게 지냈을까? 그녀 역시 행복한 시간을 보냈지만 그녀의 삶에 엄청난 혼란을 안겨 준 마리엔바트를 떠났다. 카를 아우구스트 대공의 방문을 기념해 그 후로 '하우스 바

울리케 테오도레 조피 폰 레베초

'이마르'로 불리게 된 클레벨스베르크 저택은 울리케의 소유가 되었다. 그러나 그녀는 저택을 헐값에 매각한 뒤 트리츠블리츠라는 보헤미아 북부의 작은 마을로 이사했다. 그녀는 어머니의 재혼으로 이제 양부가 된 클레벨스베르크 백작의 성에서 '성스러운 묘지 교단'의 회원으로 외로운 삶을 살았다. 숱한 남성들의 결혼 신청을 물리친 채 자신의 취미 생활을 가꾸고 살면서 한편으로는 방적 학교를 설립했고, 그 외에는 과부가 된 여동생 베르타와 조카들을 돌보는 일에만 전념했다. 괴테는 울리케의 어머니가 보낸 편지로 그녀의 소식을 들었다. 아말리에 폰 레베초는 그 사이 25세가 된 딸에 대한 소식을 바이마르로 전했다.

"울리케는 언제나 그랬듯이 착하고, 부드럽고, 가정적입니다. 그 애는 언제나 변함없는 기분과 까다롭지 않은 성품으로 주변에 알고 지내는 거의 모든 사람을 친구로 만들어요. 참으로 행복한 일이라고 할 수 있겠죠."

다만 울리케에게 한 가지 성가신 일이 있었는데, 그것은 그녀의 입에서 1823년 여름에 있었던 일을 듣고 싶어 하는 괴테 숭배자들의 잦은 방문과 질문이었다. 그녀는 90세 때 "꼭 연애 관계가 아닌 것만은 아니었어요!"라는 서투른 표현으로 괴테와 보낸 시기를 결산했다. 이 말은 그녀가 괴테에게서 가장 원하던 것이 아버지 같은 모습이었을 거라는 추측을 확인시켜 준다. 마리엔바트에서의 사건이 있은 지 76년 후인 1899년 가을, 평생을 독신으로 살았던 울리케 폰 레베초는 트리츠블리츠 성의 자신의 방에서 생을 마감했다. 92세의 울리케는 고전주의 후기 양식으로 지어진 일반에 개방된 사원에 안장되었다.

〈마리엔바트의 비가〉에 나오는 주인공들의 자취를 현장에서 찾고 싶어하는 문학 여행자들을 위해 한 가지 덧붙이고자 한다. 트리츠블리츠(오늘날의 지명은 트레비블리체) 성은 나중에 학교로 개조되었고 울리케가 임종한 방은 학교의 회의실로 바뀌었다. 마리엔바트에 있던 클레벨스베르크 저택은 여러 차례 이름이 바뀌면서(하우스 바이마르, 호텔 킹 오브 잉글랜드, 호텔 카우카수스) 호화로운 호텔로 이용되었지만 현재는 폐허가 된 상태다. 반면에 결정적인 해였던 1823년 여름에 괴테가 머물렀던 황금포도송이 여관은 당시를 기억할 수 있는 물건을 원형으로 보관한 제대로 된 박물관으로 바뀌었다. 이곳에는 괴테가 광물 탐사에서 채집한 암석 표본들과 손수 그린 마리엔바트 스케치를 비롯해 울리케의 식물 표본 집에서 나온 몇 가지 표본들이 보관되어 있다.

　오늘날의 마리엔바트(마리안스케 라츠네)에도 1823년 여름에 있었던 일에 대한 기억을 생생하게 보존하기 위한 기념비들이 존재한다. 1932년, 프라하 작가 요한 우르치딜의 축사와 함께 괴테의 마지막 체류지였던 황금포도송이 여관 앞 광장에서 괴테와 울리케의 동상 제막식이 열렸다. 이 동상은 제2차 세계대전 중에 군수품으로 사용하기 위해 녹였다는 설이 있고, 다른 설에 따르면 1945년 이후에 철거되었다고도 한다. 그러다가 1993년에 새로운 동상이 만들어졌다. 이 동상은 독일 실향민협회의 재정적 뒷받침으로 체코 조각가가 완성한 것으로, 주데텐 지방 독일인들과 신생 체코 공화국 사이에 화해의 의지를 표현하기 위한 기념비였다. 1974년에 당시 형제국이었던 동독의 적색 군대가 주문한 괴테와 울리케의 기념 동상도 지금까지 전해지고 있다. 다만 원래 세워졌던 자리에서 몇 분 떨어진 숲의 구석으로 옮겨졌는데, 이 부분에 대해서도 한쪽에서는 정치적 관점에서 생각하고, 다른 쪽에서는 희한한 일이라며 가볍게 웃어넘기는 완전히 다른 견해가 퍼져 있다. 동상이 다른 곳으로 '추방된' 이유를 묻는 질문에 역사가들은 마리엔바트가 1945년에는 소비에트가 아니라 미군에 의해 해방되었다는 사실을 지적한다. 반면에 현지 연구가들은 이 동상이 그다지 인기가 없었기 때문이라고 설명

마리엔바트의 어울리지 않는 한 쌍. 이 동상은 숲의 한쪽 구석으로 밀려나 있다.

한다. 그러면서 동상을 제작한 조각가가 울리케를 제대로 표현하지 못했고, 실제로 가냘프고 날씬한 그녀를 뚱뚱한 모습으로 만들었기 때문이라는 부정할 수 없는 이유를 들었다.

그렇게 망쳐버린 동상은 어떻게 되었을까? 사람들은 거기서 개인 적인 특성을 제거했고 이름도 바꿔버렸다. 그래서 현재 한적한 숲 의 구석에 서 있는 것은 괴테와 울리케가 아니다. 오늘날 논란이 분 분한 이 동상의 공식 명칭은 〈괴테와 뮤즈〉이다.

10

"사랑하는 미치!"

———— ❧ ————

구스타프 클림트와 마리 침머만

"에밀리에를 불러줘요!"

1918년 1월 11일 뇌졸중으로 쓰러진 구스타프 클림트가 마지막으로 내뱉은 말이었다. 어머니가 세상을 떠난 3년 전부터 살림을 맡아온 두 누이 클라라와 헤르미네 외에는 패션 디자이너였던 에밀리에 플뢰게가 구스타프 클림트와 가장 가까운 여인이었다. 세기말의 빈에서 가장 호화로운 의상실을 운영하던 12세 연하의 에밀리에는 탁월한 조직력의 소유자였다. 그러나 그런 그녀라도 기적을 행할 수는 없었다. 그렇게 쓰러진 클림트는 다시 일어서지 못하고 4주 후에 죽었다. 55세의 나이에 영원한 총각의 몸으로 세상과 작별을 고한 것이다. 자신의 유화와 스케치, 기념비적인 실내장식을 위한 다양한 도안들로 이 세상에 시대를 초월하는 아름다움을 선사한 그였다.

20년 동안 구스타프 클림트의 연인이었던 에밀리에 플뢰게를 그의 미망인이라고 할 수 있을까? 두 사람은 프랑스어 수업을 함께 듣고 연극도 함께 보러 다녔고, 서로의 직업에 대한 이야기를 나누었다. 매년 여름이면 휴양지로 함께 여행을 떠났으며, 사진도 함께 찍었다. 클림트는 그녀를 모델로 여러 점의 유화를 그렸고, 에밀리에가 여행을 떠나고 혼자 빈에 있을 때면 하루에 다섯 통까지 그녀가 있는 곳으로 엽서를 보내곤 했다.

물론 그 내용은 지극히 무미건조하고 짧았다. 날씨 상황과 그의 건강 상태, 일상의 평범한 일들이었다. 호칭이나 인사말에서도 화가와 그의 뮤즈 사이의 내밀한 관계를 엿볼 수 있는 것은 전혀 없었다. 사랑하는 사람들 사이에서 흔히 볼 수 있는 애정 어린 말 한마디 없었을 뿐 아니라 키스를 보낸다는 상투적인 인사말도 없었다. 구스타프 클림트는 에밀리에에게 거리를 두었다.

그렇다면 에밀리에는 그에게 숭배만 받을 뿐 사랑받지 못하는 관계에 만족했을까? 또는 자신의 독립성을 철저하게 지키려고 한 것이 바로 그녀의 의지였을까?

매력적이고 당당한 이 여성은 클림트가 내밀한 관계를 가지는 다른 여자들이 있다는 사실을 분명히 알고 있었다. 그것도 상당히 많은 여자들이. 요제프슈테터 거리에 있던 그의 화실(나중에는 빈 근교 운터 장크트 바이트의 펠트뮐 거리로 옮겼다)은 작업이 끝난 뒤 그의 긴장을 풀어주고 기분을 전환시켜줄 아름다운 아가씨들로 넘쳤다. 그들은

구스타프 클림트 _____

얼마 안 되는 보수를 받고 그의 모델이 되었을 뿐 아니라 성적인 상
대까지 해주었다. 클림트가 그들을 묘사한 수백 장의 자유분방한
스케치들은 실제 성행위를 위한 전단계에 불과했다. 그의 성생활이
얼마나 문란했는지는 그가 죽고 나서 열린 유산 협의에서 사생아를
둔 10여 명 이상의 여성들이 자신들의 상속권을 주장했다는 사실에
서도 입증된다. 화실에서의 일시적인 사랑의 결실로 태어난 몇몇
자녀들은 심지어 아버지의 이름을 그대로 물려받은 경우도 있었는
데, 그런 구스타프들 중 한 명은 나중에 유명한 인물이 되기도 했
다. 그는 프라하 출신의 세탁부 마리아 우치츠카의 아들 구스타프
우치츠카로, 1899년에 태어나 나중에 영화감독으로 성공했다.

구스타프 클림트와 마리 침머만

그 밖에 클림트의 자유분방한 애정 행각과 결합된 이름 없는 여인들의 운명은 침묵과 망각의 베일이 가려져 있다. 그들의 이름이나 이후의 삶의 여정에 대해서도 알려진 바는 전혀 없다. 그 중 유일한 예외가 마리 침머만이라는 여인이었다. 그녀는 1879년 5월 14일에 가구공 요한 침머만과 그의 아내인 프란치스카 사이에서 태어났다. 클림트는 17세 연하의 마리와 단순히 일시적인 모험을 즐긴 것이 아니라 수년 동안 지속적으로 관계를 이어갔으며, 공간적으로 떨어져 있을 때는 활발하게 편지를 주고받았다. 클림트가 평생 색연필이나 붓 대신 펜을 쥐는 것을 얼마나 힘겨워했는지를 생각한다면, 마리 침머만은 클림트의 일시적인 연애 사건의 상대가 아니라 진심 어린 애정과 보살핌을 받은 매우 진지한 상대였다는 결론에 이를 수 있다. 그는 17세 연하의 이 여인과의 사이에 태어난 아이들을 사랑했다.

클림트가 남긴 짤막한 자전적 텍스트에서 다음과 같은 대목을 읽을 수 있다.

"글을 쓰는 것이나 말을 하는 것이 내게는 익숙하지 않다. 간단한 편지라도 한 장 쓸려면 당장이라도 뱃멀미가 날 것처럼 불안하고 두렵다."

그는 1899년과 1903년 사이에는 이런 두려움을 무려 30번이나 극복했다. 또 이 30통의 편지와 엽서, 전보 중 몇몇은 클림트와 그의 영원한 뮤즈였던 에밀리에 플뢰게의 편지에서 볼 수 있는 단순한 안부 전달의 정도를 뛰어넘는다. 편지를 받는 마리의 안부에 대한 적극적인 관심이 드러나고, 그녀와 자신의 생활 형편에 대한 이야기가 언급되며, 무엇보다 다시 만나기를 기원하는 말과 "진심어린 인사와 키스를 담아"라는 말로 끝맺고 있다. 또한 봉투에 넣어 보내는 편지인 경우에는 거의 예외 없이 지폐를 동봉했다.

구스타프 클림트가 19세의 마리 침머만을 만난 것은 그의 나이 36세 때였다. 따라서 마리가 그의 마지막 사랑은 결코 아니었다. 그러나 분명하게 알려진 것으로는 마지막 사랑이었다. 그 이후에 있었을 것으로 추측되는 숱한 여인들에 대해서는 알려진 바가 전혀 없기 때문이다. 클림트의 연애 생활은 주로 그의 화실에서 이루어졌고, 평상시에도 말수가 적은 그는 그와 관련해서는 가장 가까운 친구에게조차 철저하게 비밀을 지켰다.

어머니와 누이들의 감시 속에서 지내야 하는 베스트반 거리 36번지의 집은 클림트에게는 그저 잠만 자는 곳이었다. 소박한 그의 침실에 있는 가구라고는 침대와 책상, 옷장, 소파 하나가 전부였다. 그는 심지어 아침식사까지 밖에서 해결했다. 걸어서 쇤브룬 궁전 바로 근처에 있는 티볼리 농장에 가곤 했는데, 거기서는 특히 생크림을 잔뜩 얹은 신선한 커피를 마실 수 있었다. 낮에는 요제프슈테터 거리 21번지의 정원 별관에 마련한 그의 화실에 틀어박혀 보냈는데, 작업을 시작하기 전에는 항상 집중적인 체력 단련에 임했다. 주로 좋아하는 아령 운동과 체조를 교대로 반복했다. 집에서, 또는 친구들과 음식점에서 함께하는 저녁식사 전에는 과일과 간단한 군것질거리가 유일한 양식이었다. 저녁에 즐기는 볼링도 사교보다는 신체를 단련하려는 목적이었다.

어느 날 모델을 하겠다고 그의 집에 불쑥 나타난 19세의 마리 침머만은 바로 근처에 사는 아가씨였다. 그녀가 부모와 함께 살던 티거가세 38번지는 클림트의 화실에서 걸어서 채 5분도 걸리지 않는 거리에 있었다. 평범한 수공업자의 딸이었던 마리의 사진은 갸름한 얼굴에 관능적인 입술, 고양이처럼 매력적인 눈에 풍성한 머리 장식을 한 균형 잡힌 몸매의 여성을 보여주는데, 슈니츨러가 찬양한 '매혹적인 처녀'의 전형다운 모습이었다.

클림트가 이 시기에 완성한 관능적인 스케치들 중에서 어떤 것이 마리 침머만을 묘사한 것인지는 오늘날 더 이상 확인할 길이 없다. 다만 1899년에 탄생한 유화 〈피아노를 치는 슈베르트〉에서 연주에 몰입해 있는 작곡가의 음악에 귀 기울인 채 관람객을 정면으로 바라보고 있는 젊은 여인이 마리 침머만이라는 사실만은 분명하다. 가로 2미터 세로 1.5미터 크기의 이 그림은 둠바 궁전의 음악실 출입문 위의 벽면을 장식하기 위한 것이었는데, 1945년에 전쟁의 피해를 입지 않으려고 홀라부룬 근처 임멘도르프 성으로 옮기는 과정에서 불에 타버렸다.

마리 침머만은 1899년 9월 1일에 부모의 집에서 클림트의 아이를 낳았다. 근처에 사는 막달레나 그뢰거 부인이 산파 역할을 하면서 출산을 도왔고, 사내아이는 구스타프라는 이름으로 세례를 받았

여느 모델들과는 달랐던 마리 침머만 ────────

다. 완고하게 독신을 고수하던 클림트로서는 결혼은 생각조차 할
수 없는 일이었고, 어린 나이에 엄마가 된 마리는 클림트가 아이에
게 자신의 이름을 붙이게 하고 아이의 생계를 돌보겠다고 약속하는
것으로 만족해야 했다. 아이의 대부는 대농장 소유자이자 황실 및
왕실의 궁정 집사인 요제프 폰 자빈셰그였다. 그러나 고위 훈장을
여러 개나 받았던 이 귀족 신사는 자신의 집에서 멀지 않은 알트레
르헨펠트 교구 교회에서 열린 세례식에 직접 참가하지 않았고, 아
이의 할아버지인 요한 침머만에게 대리하도록 했다.

　클림트는 어린 구스타프의 성장에 적극적인 관심을 보였다. 이
무렵 오래전부터 예술가로서 성공을 거두어 항상 주머니가 두둑했

던 클림트는 기본적인 생계비 외에도 추가로 들어가는 비용까지 넉넉하게 제공했다. 다만 그가 '공식적인' 반려자인 에밀리에 플뢰게와 아터제에서 여름 휴양을 하는 동안에는 어려운 문제들이 생겼다. 1900년 여름을 제발헨에서 보내던 클림트는 빈에 사는 한 여인이 휴양지에 있는 애인과 아이 아버지의 소식을 기다리고 있다는 사실이 휴양지의 말 많은 사람들에게 알려지는 것을 원치 않았다. 그래서 아이 엄마와 아이에 대한 깊은 사랑에도 불구하고 편지 왕래를 자제할 것을 부탁해야 했다.

"사랑하는 미치! 내 명명축일을 축하해주니 진심으로 고맙소. 그리고 사랑스런 구스테를, 그처럼 어여쁜 소망을 보내준 네게도 고맙구나. 이 아빠가 고마움의 표시로 아주 멋진 선물을 가져가서 다시 만날 때 전해주마. 사랑하는 미치, 여기서는 편지를 주고받는 일이 여간 어려운 게 아니오. 거의 모든 사람이 누구에게 편지를 보내고 어디서 편지가 오는지를 알기 때문이라오. 그것은 아주 어리석고 불쾌한 일이지. 우편배달부가 와서 작은 나팔을 불면 나팔 소리를 들은 사람들이 모두 우편배달부 주변으로 몰려가 편지를 받거나 전해준다오. 그러다 보니 편지가 어디서 오고 어디로 배달되는지를 누구나 알게 되는 거요. 그래서 꼭 필요한 일이 있을 때만 편지를 보내야 할 것 같소."

클림트는 몇 주 동안 애인과 떨어져 지내야 할 마리를 위로하기 위해 '편지를 잘 쓰지 않는 게으름' 때문에 기분 나쁘게 생각할 필요는 없다고 덧붙였다. 자신이 편지를 주고받는 사람은 '사랑하는 미치'가 유일하고, '어머니와 자형 등' 다른 사람들은 간단한 그림 엽서만 받을 뿐이라고 했다.

그는 아들 구스타프의 생일을 축하하는 편지가 늦게 도착한 것을 배달 과정이 복잡했기 때문이라고 설명하면서 '사랑스런 한 살배기'에게만 쓴 두 번째 편지를 연이어 보냈다.

"네가 벌써 한 살이 되었구나. 이 말은 이제 네가 조그만 대장부가 되었다는 뜻이겠지. 혼자 걸을 수 있고, 엄마 아빠라고 말할 수 있거나 말을 배우고, 혼자서도 이런저런 물건을 달라고 말로써 요구할 수 있는 때가 된 거야. 너를 멋진 꼬맹이라고 부를 수 있도록 네가 그 모든 일들을 훌륭하게 해내게 될지 무척 궁금하구나."

돈을 보내는 문제에서도 간혹 어려움이 발생했다. 마리는 클림트가 규칙적으로 편지에 동봉해 보내는 20굴덴짜리 지폐가 언젠가는 다른 사람의 손에 들어가거나 분실될 수도 있다는 염려를 피력했다. 그러면서 등기로 보내는 것이 보다 안전한 방법이라고 했다. 거기에 대한 그의 대답은 이랬다.

"등기로 보내는 편지는 우선 우체국으로 가져가야 하고, 무게를 재야 하고, 훨씬 더 면밀한 관찰을 받게 되오. 그러면 오히려 그 안에 돈이 들어 있으리라는 생각을 더 하게 되겠지. 게다가 일반 편지보다 여러 손을 거쳐야 하기 때문에 직원 중 누군가가 그 안에 있는 것을 빼내려는 유혹에 빠질 가능성은 오히려 더 많소. 그런데 설령 그렇게 했다고 해도 배상을 요구할 수는 없소. 그러니 편하게 우체통에 넣을 수 있는 일반 편지보다 위험 부담이 더 큰 것이오."

클림트에게는 스캔들에 연루되는 것보다 더 두려운 것은 없었다. 그래서 멀리 있는 애인을 안심시키려고 안간힘을 썼다. 그는 편지를 자주 보내지 못한 것을 '힘든 작업'과 '심한 감기와 기침, 극심한 두통' 때문이라고 변명했고, 너무 '버릇없고 천방지축'으로 행동하는 구스타프에 대해 하소연하는 미치에게 원기 왕성한 '꼬맹이 녀석'이 '얌전한 토깽이'보다 훨씬 낫다고 대답했다. 마리가 혼자 그림을 그려 보려고 하는데 아무런 진척이 없다며 낙담한 편지를 보냈을 때는 그림을 그리기보다는 좀 더 휴식을 취하라고 충고했다. "그림을 그리는 일이 아주 어렵다는 것은 내가 누구보다 잘 알고 있소."

클림트는 잘츠카머구트에서 휴가를 보내던 그의 생활을 궁금해하는 끈질긴 질문에도 답장을 보냈다.

"그러니까 당신은 일종의 시간표, 하루의 일과표를 알고 싶은 거로군. 내 하루 일과는 아주 간단하고 상당히 규칙적이오. 대부분은 이른 아침 6시에 일어나는데 더 일찍 일어나는 날도 있고 조금 늦게 일어나는 날도 있소. 날씨가 좋으면 근처 숲으로 나가서 침엽수 몇 그루가 군데군데 섞여 있는 조그만 너도밤나무 숲을 그리곤 하오. 보통은 8시까지 그림을 그리지. 아침을 먹은 뒤에는 아주 조심해서 해수욕을 하고, 그 다음에는 또 그림을 그린다오. 햇빛이 좋은 날에는 바다를 그리고, 날씨가 흐린 날에는 내 방의 창가에서 풍경을 그리지. 그렇게 점심때가 되면 식사를 한 뒤 잠시 낮잠을 자거나 책을 읽소. 간식을 먹기 전이나 먹은 후에는 다시 해수욕을 하는데, 규칙적인 것은 아니지만 대개는 그렇게 하고 있소. 그 다음에는 또 그림을 그리는데, 폭풍우가 이는 어스름 무렵을 배경으로 서 있는 큰 포플러나무 한 그루가 있는 그림이라오. 때로는 그림을 그리는 대신 근처에 있는 작은 마을에서 볼링을 할 때도 있소. 저녁을 먹은 뒤 시간이 되면 잠자리에 들고 아침이면 다시 밖으로 나간다오. 간혹 하루 일과 중에 보트를 타면서 노를 젓는 시간이 추가되기도 하는데, 이것은 잠자는 근육에 다시 활기를 불어넣기 위함이라오. 대강 이런 식으로 하루하루를 보내고 있소. 벌써 2주가 지났고, 휴가의 4분의 1 정도가 지났는데, 이때쯤이면 벌써 빈으로 돌아가고 싶은 마음이 굴뚝 같지."

클림트가 빈으로 가고 싶은 마음이 간절한 이유 중 하나는 빈에서는 숨바꼭질을 하듯이 은밀하게 행동할 필요 없이 애인과 어린 구스타프에게 헌신할 수 있기 때문일 것이다. 수많은 사람들이 살아가고, 자신의 사생활에 간섭할 사람이 아무도 없는 대도시에서는 그는 자유로운 남자였다. 바로 이 자유 때문에 자신이 그녀와 결혼할 수 없다는 이유를 설명하는 것도 번거로운 편지보다는 직접 만나서 이야기하는 편이 훨씬 수월했던 것이다. 그러나 그는 그녀와 아이를 끝까지 돌보겠다고 엄숙하게 맹세했다. 두 사람을 만날 때는 언제나 돈을 준비하겠다고 했다.

어린 구스타프가 세 살이 되던 해인 1902년 초여름, 클림트는 둘째 아이의 출산을 기다리던 만삭의 마리 침머만을 나체로 그렸다. 〈희망 I〉이라는 제목으로 그의 전집에 수록된 이 그림은 원래 빈 대학의 대강당을 위한 연작에 편입될 예정이었다. 그런데 특이한 점은 얼굴을 그릴 때는 다른 모델을 선택했다는 것이다. 그로 인해 클림트의 그림에서 그의 주변에 있는 인물들과 비슷한 점을 찾아내려는 염탐꾼들은 혼란에 빠질 수밖에 없었다.

둘째 아이 오토를 낳은 뒤 마리의 건강 상태가 악화되자 클림트는 그녀에게 시골에서 생활하라는 '처방'을 내렸고, 어린 오토의 나이 겨우 5개월 때 그녀를 빌라흐로 요양을 보냈다. 그는 몇 주 동안 빈을 떠나 있어야 했던 그녀에 대한 연대감의 표시로 화실로 가는 길이면 언제나 그녀가 살던 거리를 지나갔고, 그때마다 4층 창문을 올려다보았다. 그러면서 마리가 없는 거리를 '몹시 황량하다'고 느꼈다. 그래서 창문이 언제나 활짝 열려 있는 것이 위안이 되었다고 했다. 여전히 딸과 함께 살고 있던 그녀의 부모가 그렇게 한 것이다.

이후 구스타프 클림트와 마리 침머만의 관계를 보여주는 기록이 더 이상 없기 때문에 두 사람의 관계가 어떻게 발전했는가에 대해서는 추측만 할 수 있을 뿐이다. 어쨌든 1903년 말경에는 관계가 식은 것만은 분명한 듯하다. 그럼에도 불구하고 두 사람의 관계는 완전히 끝나지 않았고, 1914년까지는 지속되었던 것으로 보인다. 당시 클림트는 요제프슈테터 거리에 있는 화실을 포기하고 다른 곳으로 옮길 수밖에 없었는데, 이는 자주 집을 옮겨 다녔던 마리 침머만이 1914년 9월에 클림트의 화실 근처로 이사를 왔기 때문인 것으로 추측된다. 그 무렵 마리 침머만은 스스로 생계를 이어가는 상황이

버림받은 두 사람의 방랑
마리 침머만과 아들 구스타프에 대한 기록

였던 것으로 보인다. 그때까지 수년 동안 '가사'라고 적혀 있던 직업난에 처음으로 '검표원'이란 직업 표시가 등장한 것이다. 그 사이 직업 교육을 받고 있던 아들 구스타프와 살던 마리 침머만은 이제 규칙적인 직장 생활을 시작해 빈의 운수업에 몸담고 있었다.

1918년 2월 구스타프 클림트가 히칭거 공동묘지에 묻힐 때, 그의 마리는 겨우 31세였다. 그녀는 자신의 전 애인이자 아들의 아버지인 클림트보다 57년을 더 살았고, 말년에는 눈이 먼 상태로 가난하게 살다가 1975년 1월 10일에 95세를 일기로 세상을 떠났다.

마리 침머만은 클림트가 거부했던 결혼을 48세의 중년 부인이 되어서야 할 수 있었다. 그 사이 재봉사로 일하던 그녀는 1931년 8월에 20세 연상의 레오폴드 그라인들과 결혼했다. 그러나 두 사람의 결혼은 겨우 6년간 지속되었다. 첫 번째 아내와 헤어지고 그녀와 재혼한 레오폴드는 1937년 10월에 빈 요양원에서 숨을 거두었다.

구스타프 클림트와 마리 침머만

11

말년의 진실한 반려자

—❧—

렘브란트와 헨드리케 스토펠스

렘브란트는 자신의 가장 유명한 작품 〈야경〉을 완성한 해에 사랑하는 아내를 잃었다. 그는 겨우 36세였고 네 아이의 아버지였다. 그러나 이 아이들 중에서 막내아들 티투스만 살아남았다.

렘브란트의 결혼 생활은 겨우 8년간 지속되었다. 레이덴의 제분업자인 하르만 게리츠존 반 린과 제빵업자의 딸 넬티에 반 조이트브로크 사이에서 태어난 렘브란트는 암스테르담의 부유한 시민 가정 출신인 사스키아 반 오일렌부르크와 결혼했다. 사스키아의 아버지는 의회 의원이었고, 나중에 공사를 역임했으며, 숙부들 중 한 사람은 화상이었다. 렘브란트 가족은 매우 사치스런 생활을 했고, 암스테르담의 유대인 구역과 인접한 브레스트라트에 위치한 고상한

두 번이나 아내를 잃은 렘브란트

귀족의 저택에서 살았다. 이것은 렘브란트가 그림 주문으로 벌어들이는 수입이 지속적으로 증가한 측면도 있지만 무엇보다 사스키아가 가져온 넉넉한 결혼지참금 덕분이었다. 게다가 이 젊은 여성은 타고난 예술가인 렘브란트에게는 전혀 없는 뛰어난 재능이 하나 있었는데, 바로 돈을 제대로 관리할 줄 안다는 것이었다.

사스키아는 상당한 매력의 소유자였다. 렘브란트는 난생 처음으로 여자의 초상화를 그렸고, 사스키아가 그의 모델이 되어주었다. 마지막 출산 후 1년도 지나지 않아 닥친 그녀의 때 이른 죽음은 여러 가지 측면에서 대재앙이나 다름없었다.

사스키아가 죽은 1642년 여름에 아들 티투스는 겨우 9개월 된 갓난아기였다. 렘브란트는 무엇보다 아들을 위해서라도 집안 살림을 맡아주고 어린 아들을 돌봐줄 여자를 찾아야만 했다. 그런데 하필이면 전혀 어울리지 않는 여자를 만난 것이다. 앞으로 6년 동안 그의 집안을 돌보게 될 젊은 미망인 헤르트헤 디르크스는 곧 끔찍한 여자로 드러났다. 물론 처음에는 헤르트헤와 잠자리까지 같이하는 사이였던 렘브란트도 새 애인을 깊은 사랑으로 대한 것은 아니었다. 앞으로 그가 다른 여인과 또다시 깊은 관계를 맺는 일이 생긴다면, 좀 더 엄밀하고 신중하게 숙고한 뒤 상대를 선택해야 할 정도였다.

렘브란트가 43세가 되던 해인 1649년, 그에게는 정말로 그런 행운이 주어졌다. 천재적인 예술가이자 까다로운 성격의 소유자이고, 돈과 관련된 문제에는 무능하기 짝이 없는 렘브란트에게 앞으로 14년 동안 모든 것을 의미하게 될 여성이 나타난 것이다. 그녀는 26세의 헨드리케 스토펠스였다.

그러나 우선은 사스키아의 이른 죽음으로 렘브란트의 집안 살림을 도맡게 된 '고약한' 헤르트헤 문제를 살펴보도록 하자.

렘브란트와 마찬가지로 일찍 남편을 잃은 헤르트헤는 슬하에 자식이 없었기 때문에 어린 티투스에게는 모범적인 엄마였다. 언젠가 몹시 심하게 앓았을 때는 티투스를 자신의 상속인으로 정하겠다고 유언을 할 정도였다.

그러나 고용주인 렘브란트와의 관계는 갈등이 적지 않았다. 렘브란트가 매력이 없지는 않지만 성격이 거칠고 과감했던 그녀와 잠자리를 같이하자 그녀는 당연히 결혼을 생각하게 되었고, 만일 이 소원이 이루어지지 않는다면 적어도 계산만큼은 정확해야 한다고 생각했다. 렘브란트는 헤르트헤가 처음 일을 시작할 때 계약금으로

150굴덴을 주었고, 매년 연금으로 160굴덴을 주기로 약속했다. 그 밖에도 사스키아가 남긴 보석이 자신의 소유로 넘어오자 헤르트헤는 더더욱 결혼에 대한 희망을 품게 되었다.

그런데 몇 년이 지나도 렘브란트가 결혼을 하려는 생각이 전혀 없다는 사실이 드러나자 마침내 커다란 불화가 야기되었다. 헤르트헤는 렘브란트의 집에서 나갔고, 생계를 이어가기 위해 렘브란트에게서 받은 선물들을 저당 잡혔다. 그리고는 그를 법원에 고소했다. 헤르트헤의 요구 사항은 렘브란트가 자신과 결혼을 하든가 연금을 지불하라는 것이었다. 결혼 약속 불이행으로 고소를 당한 렘브란트는 법원의 심리에 출두하는 대신 공증인을 개입시켰는데, 이 공증인은 자신의 의뢰인과 고소인 사이의 사회적 신분 격차를 들어 논거를 펼쳤다. 렘브란트는 명망 있는 화가인 반면 헤르트헤 디르크스는 그의 재산을 노리는 가난한 유모일뿐이라는 주장이었다.

다시 한번 심리가 진행되었고, 렘브란트는 법원으로부터 매년 200굴덴을 지불하라는 판결을 받았다. 단 고소인 헤르트헤도 자신의 소유물 중 그 무엇도 저당 잡히는 일이 없어야 한다는 단서 조항을 지켜야 했다. 그러나 헤르트헤는 그 약속을 지키지 못했고, 어느 날 렘브란트에게 받은 값비싼 반지를 전당포에 맡겼다는 소문이 돌았다. 그러자 그녀에게 돈을 지불하고 싶지 않았던 렘브란트의 불쾌감은 증오로 바뀌었고, 그는 이 '파렴치한 인간'을 단번에 끝장낼 수 있는 불리한 증거들을 수집하기 시작했다. 이웃들은 그녀의 행실이 좋지 않았다고 증언했고, 그 사이 헤르트헤를 대신해 렘브란트의

렘브란트를 곤경에서 구해낸 헨드리케 스토펠스

집안 살림을 맡고 있던 새로운 가정부 헨드리케 스토펠스도 그녀에게 불리한 증언을 했다. 그 결과 헤르트헤 디르크스는 체포되었다. 그녀를 고우다 감옥까지 보내는 비용은 렘브란트가 책임졌다. 헤르트헤는 11년 동안 감옥 형에 처한다는 가혹한 판결을 받았다.

그러나 헤르트헤는 친구들의 노력으로 4년 만에 풀려났다. 렘브란트는 그것을 막을 수 없었고, 자신이 경제적으로 곤경에 빠지게 된 상황도 어쩌지 못했다. 이처럼 갑작스럽게 곤경에 처한 상황을 불쌍한 헤르트헤 탓으로 돌린 렘브란트는 그녀의 오빠에게서 대신

보상을 받으려고 했다. 그러나 배에서 일하는 목공이었던 그 역시 고리대금업자들에게 빚을 지고 있는 상황이었고, 빚쟁이들의 독촉으로 감옥에 갇히는 신세가 되고 말았다. 그런데 이 일에도 렘브란트가 개입되었다. 따라서 렘브란트가 성가신 사건들이 생겼을 때 결코 교양 있게 처신하지 못했고, 지극히 이기적이고 비열하게 행동했다는 비난을 면하기 어려워 보인다. 감옥에서 풀려난 이후 헤르트헤의 행적에 대해서는 알려진 바가 전혀 없다. 아마도 그리 오래 살지는 못했으리라 짐작된다.

그런데 헨드리케 스토펠스가 그의 삶에 등장한 1649년부터는 완전히 다른 렘브란트를 만나게 된다. 하사관의 딸이었던 헨드리케는 이제 갓 24세였고, 그녀를 고용한 렘브란트가 그린 그림을 보면 매력적이고 자의식이 강한 여성이었다. 그녀는 충실한 동반자였을 뿐 아니라 공동 재산을 현명하게 관리하는 책임자였고, 렘브란트의 가정에 평안함을 주는 든든한 버팀목이었다. 불쌍한 헤르트헤를 그린 그림이 애정의 기미라고는 눈곱만큼도 찾아볼 수 없는 펜화 하나가 유일했다면, 헨드리케는 렘브란트가 일찍 죽은 아내 사스키아를 묘사한 그림에 비견할 만한 뛰어난 초상화들의 모델이 되었다. 헨드리케도 렘브란트와 결혼을 하지는 못했지만, 그가 이 여인을 진심으로 사랑한다는 사실은 분명했다.

물론 두 사람의 관계에서도 어려운 문제가 없었던 것은 아니다. 렘브란트보다 17세 아래였고, 그에게는 딸이자 어머니이고 애인이었던 헨드리케는 거장 렘브란트와 사는 14년 동안 제어하기 어렵고 난폭한 이 천재적인 화가 곁에서 행복한 삶을 누리기 위해서 자신의 모든 힘을 쏟아부어야 했다.

두 사람은 비록 결혼을 하지 않았지만 주변에서 그들을 정식 부부로 생각하지 않는 사람은 아무도 없었다. 사스키아의 유언으로 재혼을 하는 경우 아내의 모든 재산을 다른 친척에게 넘겨야 했던 렘브란트는 단지 재산을 지키고 싶어했을 뿐이고, 그것은 헨드리케도 마찬가지였다. 비록 관청이 산출한 20,350굴덴이라는 재산을 불릴 만한 능력이 그에게는 전혀 없었지만 말이다. 두 사람은 엄격한 계율을 요구하는 신앙심 깊은 네덜란드에서 불법적인 동거 생활로 발생하는 온갖 어려움들을 고스란히 받아들였고, 헨드리케가 렘브란트의 아이를 가졌다는 소식을 접한 성직자 회의가 내린 치욕스런 판결도 견뎌냈다.

헨드리케는 처음 세 번 소환에서는 빠져나올 수 있었지만, 네 번째 소환에서는 어쩔 수 없이 자신의 죄를 고백하고 렘브란트와 '간음'을 저질렀음을 인정했다. 성직자 회의로부터 매일 죄를 참회할 것을 경고받고 '주님의 자리에서' 배제당한 그녀는 1654년 10월에 딸을 낳았다. 렘브란트는 젊은 엄마에 대한 전적인 연대의 표시로 갓 태어난 딸에게 자신의 어머니 이름을 붙여주었고, 세례식 장소를 보란 듯이 그의 아들과 일찍 죽은 두 딸이 견진성사를 받았던 바로 그곳으로 정했다. 암스테르담 구 시가지의 중심에 위치한 구교회였다.

그로써 헨드리케는 이제 두 아이의 엄마가 되었고, 친딸 코르넬리아와 렘브란트와 사스키아 사이에서 태어난 13세인 아들 티투스를 보살폈다. 그러나 이후 브레스트라트 저택에서의 생활은 극도의 경제적 어려움에 빠지게 되었고, 1658년에는 부동산 전체가 강제 경매에 붙여지면서 주로 소상인들과 수공업자들이 모여 사는 요르단 구역으로 옮길 수밖에 없는 처지가 되었다. 이는 가족이 새로 늘어난 상황이나 그에 따라 살림 규모가 늘어난 것과는 전혀 상관이 없었다. 전적으로 렘브란트의 책임으로, 그가 진귀한 미술품들을 수집하느라고 쌓여간 빚이 감당할 수 없을 만큼 많아지면서 발생한 일이었다. 렘브란트는 창작 활동으로 제법 많은 돈을 벌었다. 그러나 한편으로는 창작의 영감을 얻기 위해, 다른 한편으로는 훨씬 뛰어난 그림을 그리기 위해 옛 대가들의 작품을 수집하고 싶었기 때문에 상당한 액수의 빚을 감수해야 했다. 값비싼 이국의 유물들로 이루어진 박물학적인 수집품도 그의 형편에 넘치는 일이었다.

이때 헨드리케가 곤경에 빠진 그의 구원자로 등장했다. 그녀는 1660년 그 사이 성인이 된 렘브란트의 아들 티투스와 공동으로 미술품 상점을 차린 뒤 렘브란트를 고용인으로 삼았다. 이제 사업과 관련된 일은 모두 헨드리케가 알아서 처리했기 때문에 역사화와 대형 초상화의 대가인 렘브란트는 다시 본업에만 전념할 수 있었다. 그러나 시대 취향에 맞추거나 빠른 시간에 많은 그림을 그려서 조금이나마 빚을 갚겠다는 생각은 전혀 하지 않았다.

헨드리케의 현명한 관리 속에서 로젠그라흐트의 새로운 집에서 시작된 가족들의 생활은 조화롭게 흘러갔다. 그 사이 50대 중반에 이른 렘브란트가 다혈질적인 성질을 폭발시켜 가족들을 놀라게 하는 일이 종종 있었고, 옷이나 음식에 대해 과도한 것을 요구하는 경향도 여전했으며, 암스테르담의 중고상들을 돌아다니다가 매번 유혹에 넘어가 물건을 사오는 일도 허다했다.

렘브란트는 매일 그림을 그리다가 붓을 내려놓은 뒤 잠시 낮잠을 자고 일어나서 산책을 나가는 버릇이 있었다. 그는 사람들로 붐비는 시장을 좋아했고, 운하에서 풍기는 냄새를 만끽했고, 중간에 길에서 만나는 독특한 사람들의 얼굴을 재빨리 스케치했다. 그 사이 헨드리케는 부엌에서 저녁을 준비하기 위해 생선을 다듬고 수프 냄비를 불에 올려놓았다. 충동구매를 잘하는 렘브란트가 그녀의 눈에는 전혀 쓸모없어 보이는 물건들을 사 들고 오리라는 것을 언제나 각오하고 있어야 했다. 그는 감언이설에 넘어가 산호초를 사온 적이 있었고, 어떤 날에는 돼지가죽으로 장정한 대형 서적을, 또 어떤 날에는 한때 유명했던 연극배우가 입었던 낡아빠진 무대 의상을 사왔다.

그러나 저녁에 부엌에 마주앉아 기분 좋게 타오르는 장작불과 아늑하게 밝혀진 촛불 아래서 렘브란트가 저물어 가는 하루의 경험들을 들려줄 때면, 또는 침실로 들어가면서 조금 살이 찌긴 했지만 여전히 아름다운 그녀를 강인한 그의 두 팔로 안아주면, 헨드리케는 기분 나쁜 것도 곧 잊어버렸다. 한때 하녀로 일했던 헨드리케 스토펠스는 지금의 자신을 여왕의 자리와도 바꾸고 싶지 않았다. 그녀는 다루기도 힘들고 변덕스런 기분을 도무지 종잡을 수 없는 이 남자가 자신을 사랑한다는 것을 알고 있었다. 또 미친 듯이 화를 낼 때도 있지만 '동인도까지 울려퍼질 만큼' 큰소리로 웃음을 터뜨릴 때도 있다는 것도 잘 알았다.

두 사람에게 허락된 시간은 14년뿐이었다. 렘브란트는 두 번이나 자신이 사랑하는 여인을 일찍 떠나보내는 고통을 견뎌야 했다. 57번째 생일을 보내고 일주일 뒤인 7월 24일, 그는 사랑하는 헨드리케를 땅에 묻어야 했다.

렘브란트에게 아직 남아 있는 6년은 결코 좋은 시절이 아니었다. 그의 주변에는 딸 코르넬리아와 늙은 가정부만 있었고, 그는 여전히 돈을 관리하는 법을 배우지 못했다. 어느 날인가는 당장 시급한 먹을거리를 사기 위해서 딸의 저금통까지 깨야 할 정도였다.

헨드리케가 죽고 몇 년 뒤 이번에는 아들 티투스가 죽었다. 그는 갓 결혼한 상태였다. 아버지 없이 태어난 어린 티타의 세례식에서는 할아버지인 렘브란트가 대부가 되었다. 그로부터 6개월 뒤인 1669년 10월 4일 렘브란트도 세상을 하직했다. 암스테르담의 유명 인사들 중에서 서 교회에서 거행된 그의 장례식에 참가한 사람은 아무도 없었다. 화가 조합의 한 동료만이 백년 뒤에야 비로소 진가를 인정받게 될 그에게 마지막 예를 갖추었다.

12

"나의 작은 요정이 내게 다가오는 꿈을 꾼다오"

―― ❦ ――

헨릭 입센과 로자 피팅호프

70번째 생일을 어디서 축하하고 싶냐는 출판업자의 질문에 입센은 이렇게 대답했다. "내 뜻대로 할 수만 있다면 난 산으로 도망치고 싶소!" 그는 1898년 3월 20일을 전후로 자신에게 다가올 '이 끔찍한 날들'에 두려움을 느꼈다. 이런저런 문의가 빗발쳤고, 다양한 프로그램 제안이 줄을 이었다. 70회 생일을 맞은 입센을 두렵게 한 것은 단순히 몇 주간 이어질 창작 방해와 온갖 기념행사와 연회로 인한 과로가 아니었다. 그것은 무엇보다 노년에 접어들었다는 현실에 대한 생각이었다. 입센이 프랑스어 번역자에게 보낸 편지에 따르면 그는 아직도 '육체적으로 훌륭한 상태'에 있었던 것이다. 게다가 그런 상태를 앞으로도 한동안 더 유지하기 위해서 특허를 받은 전자 허리띠까지 착용하고 있었다. 이 허리띠는 당시 혈액순환을 자극하는 데 기적 같은 효능이 있다는 입소문이 나 있었다.

그 밖에도 헨릭 입센은 당시 더없이 만족스러운 나날을 보낼 수 있었다. 새로운 작품인 『우리 죽은 자들이 깨어날 때』에 대한 작업은 순조롭게 진행되었고, 수입도 신기록을 올리고 있었다. 또한 『들오리』, 『민중의 적』, 『유령의 집』, 『로스메르 저택』, 『헤다 가블러』, 『건축가 솔네스』, 『욘 가브리엘 보르크만』이 성공을 거둔 이후 스칸디나비아 연극계뿐 아니라 독일, 영국, 프랑스, 러시아 연극계에서도 입센 열풍이 불었던 것이다. 당시의 몇몇 사람들에게는 이런 열풍이 너무 심한 것으로 비춰지기도 했다. 베를린에서 발표된 풍자시를 쓴 어떤 시인은 이렇게 비난했다.

"도저히 빠져나갈 길이 없다!
도처에 입센의 이름이 등장한다.
나팔 소리와 유행과 광고로
찬양하면서.
시거와 여인들의 귀금속에,
케이크와 코르셋, 넥타이 위에
황금으로 새겨진 그 이름이 빛을 발한다.
입센! 입센 만세!"

입센은 고향 노르웨이에 대해 특별한 애착심은 없었지만 현재 자

신이 누리고 있는 생활의 평온함과 안정감을 퍽 소중하게 생각했
다. 언어가 생소한 외국에서 27년이나 지냈으면 충분했다. 이제 크
리스티아니아(나중에 오슬로로 바뀐다)에서 말년을 보내기로 결정했다.
그는 여기서 세 번을 이사한 끝에 아르비엔스게이트, 드라멘스베엔
의 모퉁이에 있는 신축 건물의 2층으로 이사했다. 입센은 이 집을
자신이 직접 골라서 세를 얻었고, 이사와 실내장식도 도맡았다. 아
내 수잔나가 통풍 때문에 북유럽의 거친 날씨에 알레르기 반응을
보여 이탈리아에서 요양을 하고 있었기 때문이다. 그는 아내의 건
강 상태와 기분을 고려해 집을 선택했다. 수잔나는 차가운 바닥 때
문에 1층을 좋아하지 않았고, 계단을 오르내리는 것이 힘들어서 다
락방을 싫어했다. 그의 이런 노력에도 불구하고 아내가 새로운 집
에 대해 이것저것 트집을 잡지 않는다면 그나마 다행이었다. 입센
은 아내의 마음에 들게 하려고 이 집의 뛰어난 공간 배치를 편지로
묘사했다.

　"나는 현관에서 바로 들어갈 수 있는 큰 작업실을 갖게 될 거요.
그래야 나를 찾아온 사람들이 다른 방들을 지날 필요 없이 바로 내
방으로 올 수 있으니 말이오. 당신에게는 당신이 마음대로 사용할
수 있는 발코니가 딸린 커다란 살롱이 있고, 그 옆에는 살롱과 거의
비슷한 크기의 거실이 있소. 거실문은 20~22명 정도가 앉을 수 있
는 식탁이 준비된 주방으로 이어져 있소. 주방은 넓은 서재와 바로
연결되어 있고, 서재는 다시 내 방보다 훨씬 큰 당신의 침실로 이어
진다오. 그 옆에 내 침실이 있고 발코니도 하나 있소. 욕실에 갈 때

도 평평한 복도만 지나면 되오. 크고 환한 부엌과 음식물 보관 창고
도 있고, 여러 개의 붙박이 선반이 달린 조리대도 당연히 비치되어
있소. 당신도 아마 만족하리라 믿소."

입센은 그러기를 바랐다. 수잔나는 까다로운 파트너였다. 그는
'그녀가 좋지 않은 기분을 폭발하는 것'이 때로는 그를 '절망으로
몰아넣었다'는 사실을 편지로 쓴 적도 있었다. 또 집안에서 생기는
불화의 상당 부분이 끊임없이 그를 자극하는 장모 때문이라고 생각
했기 때문에 수잔나에게 '머리가 오락가락하는' 그 여인과의 관계
를 완전히 끊으라고 간청하기도 했다. "그녀의 간섭은 언제나 좋지
않은 결과를 초래했소. 당신이 그녀에게 직접 말하지 않겠다면 내
가 하겠소."

이런 상황에서 입센이 매번 자신에게 존경과 관심을 보이는 젊은

여성들에게서 영혼의 피난처를 찾는 것을 이상한 일이라고 할 수 있을까? 입센의 여인들 중에는 남티롤의 여름 휴양지인 고센자스에서 만난 에밀리에 바르다흐가 있었다. 그녀는 빈 출신으로 입센보다 34세나 어렸다. 그 다음에 만난 여인이 뮌헨 출신의 작곡가의 딸이었던 헬레네 라프였고, 마지막이 특별히 강렬한 만남을 가졌던 피아니스트 힐두르 안더슨이었다. 이 여인들과의 관계는 언제나 똑같은 순서에 따라 흘러갔다. 노년에 이른 입센은 자신이 연모하는 여인들의 젊음과 따뜻한 감정, 그리고 그들의 활기가 넘치는 지성에 매혹당했다. 그는 그들의 환심을 사려고 애썼고, 그들과 친밀한 대화를 나누었으며, 함께 산책을 하자고 초대했고, 서로 떨어져 지내게 되면 그들과 열정적인 편지를 교환했다.

입센이 이 '사랑스런 천사들'에게서 유발되는 육체적인 유혹에 기꺼이 굴복당하고 싶어서 밖으로 드러내는 성적인 신호들은 순진한 애정 표현과 편지를 통한 사랑 고백이 전부였다. 그는 아내와 사는 동안 그를 억누르는 온갖 부당한 취급을 받았음에도 불구하고 결혼 생활에 대한 충실함을 언제나 진지하게 여겼다. '환심을 사려고 알랑거리는 여자들'과의 시시덕거림을 모두 알고 있었던 수잔나도 거기에 대해 관대한 태도를 보이거나 기껏해야 조롱을 할 뿐이었다. 때로는 그 관계가 격렬한 열정으로 끓어오를 때도 있었지만, 결국은 그런 경쟁자들 때문에 생기는 위험은 전혀 없다는 사실을 알고 있었다. 이들은 예외 없이 입센의 문학 작품 속에 수용되었고, 그에게는 이들이 여러 무대 인물들을 위한 일종의 '모델'이었다. 따라서 수잔나도 입센의 모든 연애 사건을 창조적 영감의 원천으로, 다음 작품을 위한 '재료'로 생각하는 데 익숙했다.

입센의 연애가 순수하게 플라톤적인 성격을 띄었다는 사실은 몇 년 후 그의 주치의였던 에드바르드 불에 의해서도 확인되었다. 그는 그 사이 세상을 떠난 환자와의 관계를 회고하면서 입센의 수치심을 솔직하게 보여주는 6쪽짜리 분량의 기록을 남겼다. 그에 따르면 입센은 옷을 벗는 것에 병적인 거부감을 드러냈고, 신체 부위와 신체의 기능에 대해 직접 말하지 못하고 부끄러워하면서 돌려 말하곤 했다. 그에게는 남성의 성기는 '작은 부품'이었고, 항문은 '큰 부품'이었다. 불은 이렇게 결론지었다. "나는 그가 그 여성들 중 누구와도 성적인 관계를 맺지 않았다고 확신한다."

그것은 그가 만난 마지막 여인과의 관계에서도 마찬가지였고, 그녀의 이름은 로자 피팅호프였다.

헨릭 입센은 70번째 생일을 맞이했고, 이날에 대한 두려움이 아무리 컸어도 그는 수많은 찬사와 축사, 선물 수여식을 그대로 감수해야 했다. 적어도 그처럼 좁은 고향에서 사는 동안은 그런 야단법석에서 벗어날 길이 없었던 것이다. 그래서 입센은 할 수 없이 스칸디나비아의 주요 도시들을 방문하는 순회 여행 계획에 찬성했다. 이 여행은 크리스티아니아에서 시작해 코펜하겐으로 이어졌고, 1898년 4월 중순에는 스톡홀름을 방문할 차례였다. 그 누구보다 사랑하는 아들 시구르가 직장에서 원하던 목표를 달성해 노르웨이 내

"나는 너무 자랑스러워서 가슴이 터질 것만 같았다."
로자 피팅호프

무부의 무역 및 항해 부서의 장으로 임명되었고, 장차 장관직(입센은
나중에 아들에게 장난으로 "각하"라고 부르기도 했다)에 오를 전망도 밝다는
소식을 들은 이후로는 입센의 기분도 금방 좋아졌다.

　입센은 코펜하겐에 머물 때 덴마크에서 수여하는 단네브로그 대
십자훈장을 받았는데, 이는 종이로 만들어진 것으로 원래의 훈장으
로 교환하려면 자비를 들여 궁정의 보석세공사에게 따로 부탁해 만
들어야 하는 것이었다. 반면에 스톡홀름에서는 적절한 예우를 받았
다. 스웨덴의 오스카 국왕이 그의 연미복 가슴에 직접 달아준 대십
자 훈장은 스웨덴 정부가 수여하는 최고 훈장이었다. 이제 이 모든
딱딱하고 엄숙한 격식에 지친 입센은 고향으로 돌아가기 위해 짐을
싸기 시작했다. 그런데 마지막 순간에 또 하나의 초대장이 날아왔

다. 스톡홀름의 한 여성 단체가 그와 함께 민중 극단의 공연을 보고 싶다는 것이었다. 입센은 내키지 않는 것을 억지로 수락했고 여행을 하루 연기했다. 그러나 그것을 후회할 필요는 없게 되었다.

1898년 4월 16일은 토요일이었고 극장은 만원이었다. 입센은 가장 앞쪽에 마련된 특별석에 자리를 잡았다. 무용단은 스웨덴 의상을 입었고 연주단도 마찬가지였다. 그래서 이번만큼은 격정적인 찬사를 들을 필요가 없었다. 입센은 느긋하게 좌석에 등을 기대고 앉아 무대에서 펼쳐지는 우아한 공연을 관람했다. 젊은 여인들 중에서 20대 중반으로 보이는 한 여인이 특히 그의 눈에 들었고, 춤추는 쌍들이 무대에서 춤을 추는 시간이 길어질수록 그는 오직 그녀만을 보았다. 바로 로자 피팅호프였다.

입센은 그 아름다운 여인을 소개받고 싶었다. 마침 공연이 시작되기 전에 주최 측에서 건네준 화려한 장미꽃다발도 들고 있었기 때문에 적절한 선물도 이미 갖춰진 셈이었다. 그는 젊은 무희의 머리를 손으로 쓰다듬어 내리면서 그녀의 귀에 대고 노르웨이 전역에서 그녀처럼 아름답고 풍성한 머리카락을 가진 여성은 본 적이 없다고 속삭였다. 입센이 그녀의 아버지, 아니 할아버지뻘인 70세의 노작가였기 때문에 그 정도 친밀한 동작은 허용되었던 것으로 보인다. 그러나 그는 거기서 한발 더 나아갔다. 무용단의 다른 단원들에게서 몇 걸음 떨어진 곳에서 처음으로 이야기를 나누게 되었을 때, 입센은 아름다운 로자의 팔을 잡더니 얼굴을 숙여 그녀의 손에 오랫동안 입을 맞추었다. 물론 그의 행동은 다른 사람들에 의해 목격되었고, 그 자리에 둘러서 있던 적지 않은 사람들이 일부는 질투심에, 일부는 존경심에 입센과 똑같이 하고 싶다고 말했다. 그들은 이유명한 남자의 입술이 닿았던 바로 그곳에 똑같이 키스하겠다고 나섰다. 로자는 거절하는 척하면서 장난스럽게 반응했다. "그렇게 하는 건 좋지만 대가를 치러야지요! 한번에 10크로네씩이에요!"

드디어 작별할 순간이 오자 입센은 그녀의 귀에 대고 내일 아침에 고향으로 돌아가는 그를 배웅하러 기차역에 그녀가 와준다면 더없이 행복할 거라고 속삭였다.

그것은 정말 진심으로 한 말이었을까? 어쨌든 로자는 정확한 시간에, 물론 당시의 예절에 따라 어머니를 대동한 채 기차역에 나타났다. 그녀는 자신의 일기에 1898년 4월 17일의 일을 이렇게 적었다.

"입센은 추밀고문관들과 다른 짐꾼들에 둘러싸인 채 플랫폼에 서있었다. 나는 그가 나를 알아보리라고는 생각도 못했지만 그는 바로 어머니와 내가 있는 곳으로 다가왔다. 우리는 잠시 둘만 있었는데, 그는 자기에게 편지를 보내달라고 간곡하게 부탁했다. 나는 너무 자랑스러워서 가슴이 터질 것만 같았다."

로자는 입센이 부탁한 대로 3일 후에 그가 몰래 적어준 크리스티아니아의 주소로 편지를 보냈다. 그러자 바로 답장이 왔다.

"마치 가슴을 따뜻하게 해주는 소식을 안고 그대가 직접 내게로 온 것 같았고, 그대의 인사에는 음악과 춤이 담겨 있었소. 우리가 처음 만난 장소도 음악과 춤이 가득한 곳 아니었소? 내가 스톡홀름에서 보낸 마지막 날 저녁에야 그대를 만났다는 사실이 나를 슬프게 하는구려."

입센의 속달 편지는 다음의 부탁으로 끝을 맺는다.

"그대가 원하고 할 수만 있다면 내게 다시 편지를 보내주길 바라오."

로자가 그 다음에 받은 편지들 중 하나에는 그녀의 숭배자인 입센의 사진이 하나가 들어 있었다. 이번에도 편지를 받은 그녀는 그가 자신에게 보이는 그토록 높은 관심에 뛸 듯이 기뻐했다.

"고마워요. 사진의 뒤에 써 주신 사랑스런 글귀에 수천 번 고맙습니다. 당신의 사진은 제 책상 위에 놓여 있습니다. 저는 매일 그 사진을 보면서 당신에게 인사합니다. 마치 사진 속의 당신이 생생한 모습으로 저와 이야기를 하는 것 같아요."

입센도 그녀와 다르지 않았다. 다만 한 가지 차이가 있다면, 입센은 멀리 있는 애인에게서 받은 사진과 편지들을 자신의 작업실에 공개적으로 꺼내놓지 못하고 책상의 비밀 서랍에 몰래 숨겨두었다. 그는 매일 로자의 사진을 꺼내 조용히 바라보면서 자신의 마음 깊은 곳에서 우러나오는 생각을 털어놓곤 했다. 편지를 쓸 때도 무척 신중을 기해서 온갖 사무적인 것으로 자신의 사랑을 감추었다. 그래서 언젠가 일이 잘못돼 그의 편지가 다른 사람의 손에 들어간다고 해도 그것을 유명한 작가와 그를 숭배하는 독자 사이의 평범한 편지 교환쯤으로 생각할 수 있을 정도였다. 두 사람의 개인적인 만남도 성사되었다. 입센이 로자 피팅호프와 그녀의 어머니를 집으로 초대했는데, 두 여인은 1898년 7월 23일에 크리스티아니아에 도착했다. 입센은 다음날 오전 11시에 두 사람이 묵고 있는 그랜드 호텔을 찾아가 그들에게 아이스크림과 맛있는 음식을 대접했다. 또한 그가 수년 전부터 정신적인 음료라고 말했던 최고급 샴페인 두 병을 함께 마신 뒤에도 한 병을 더 마시고 싶어했다. 그러나 로자의 어머니는 그것을 거절했다.

다음날 입센은 두 사람을 자신의 집으로 초대했고, 이번에는 로자 혼자 그를 찾아왔다. 입센이 직접 문을 열어준 뒤 자신의 작업실로 그녀를 안내했다. 대화는 처음에 입센의 일상생활과 관련된 문제를 중심으로 이어졌다. 그는 그녀를 만난 이후로는 글을 쓰는 일이 지난 몇 년과 비교할 수 없을 만큼 쉬워졌다고 고백했고, 그녀를 항상 곁에 두고 싶다는 이루어질 수 없는 소망을 피력했다. 이후 두 사람의 만남이 어떻게 진행되었는지는 나중에 로자의 일기가 밝혀 준다.

"입센은 계속 내 손에 키스했고, 그 다음에는 입에도 여러 번, 그리고 오랫동안 기분 좋게 키스했다. 그 밖에도 다정한 말들을 수없이 많이 해주었는데, 그것을 감히 여기에 기록하지는 못할 것 같다. 내가 작별 인사를 하려고 하자 그는 다시 내게 키스하더니 몸을 떨기 시작할 정도로 몹시 흥분했다. 그리고는 복도로 나를 따라 나왔는데, 거기서 오랫동안 그를 기다리고 있다가 우리를 보고는 무척 당황해하는 남자에 대해서는 신경도 쓰지 않았다. '언제 다시 만날 수 있겠소?'가 그의 마지막 말이었다."

헨릭 입센과 로자 피팅호프

헨릭 입센과 로자 피팅호프는 다시 만나지 못했고, 편지 교환만 계속 이어졌다. 이듬해 72세가 된 입센은 병석에 누웠고 1901년 새해에 숭배하는 여인에게 편지를 보냈다. "당신은 모험의 세계에서 등장한 젊은 공주 같구려." 그리고는 로자가 보내준 크리스마스 선물에 열광적으로 고마움을 표현했는데, 그것은 그녀가 직접 수를 놓아서 만든 자그마한 쿠션이었다. 그는 "나는 매일 머리를 그 위에 올리고는 나의 작은 요정이 내게 다가오는 꿈을 꾼다오"라고 고백했다.

입센이 두 번의 심장 발작을 겪으면서 모든 편지 교환이 중단될 수밖에 없는 상황에 처하면서 로자 피팅호프와의 관계도 저절로 끝이 났다. 1906년 5월 23일에 입센이 세상을 떠나자 로자는 일기에 이렇게 적었다. "입센이 죽었다. 화환을 보내기 위해 돈을 부쳤다."

로자 피팅호프가 익명성에서 빠져나와 헨릭 입센과의 마지막 사랑 이야기가 알려지기까지는 거의 30년이라는 세월이 흘러야 했다. 그것도 베일을 벗긴 사람은 그녀가 아니라 입센의 편지를 편집하다가 우연히 로자의 이름을 접하게 된 노르웨이의 문학사가 디르크 아루프 세이프였다. 그로부터 편지로 연락을 받은 로자 피팅호프는 우수와 체념이 뒤섞인 열정적인 사랑의 증거 자료를 얻으려는 모든 시도를 단호하게 거부했다. 자신을 그동안 알려지지 않았던 작가의 뮤즈로 드러내는 것을 원치 않을 뿐 아니라, 입센의 편지를 공개해 돈을 벌려는 생각도 하지 않았다. 1949년에 그녀가 세상을 떠난 뒤

유고를 정리할 때도 빈 편지봉투만 한 무더기 발견되었을 뿐이다. 안에 있던 편지는 이미 용의주도하게 없애버린 것이다. 유일하게 남은 것이라곤 그녀의 일기뿐이었는데, 거기서도 그녀는 그 사실을 은밀하게 감추었다. 그것은 평생 시민적인 관습을 엄격하게 지키려 했고 공공연한 스캔들을 가장 두려워했던 입센의 뜻과 일치할 뿐 아니라 그녀 자신의 고귀한 성품과도 어울리는 것이었다. 그녀는 "저는 여자들이 자신의 숭배자가 누구였는지 떠벌리는 것을 아주 바람직하지 못한 처신이라고 생각해요!"라고 말하면서 세이프 교수의 탐구를 철저하게 가로막았다.

어쨌든 최소한 그녀가 누구인지는 밝혀졌다. 로자 피팅호프는 1872년에 스웨덴 북부 노를란드 지방에 있는 토르사케르에서 태어났다. 아버지는 발트 해 출신이었고 어머니는 스웨덴 여성이었다. 금융업자였던 아버지 콘라드 그라프 피팅호프는 로자가 여덟 살 때 파산선고를 해야 했고, 그 직후에 세상을 떠났다. 그후 남편보다 44세나 어렸던 어머니 라우라는 세 자녀를 데리고 쇠름란드 지방에 있는 에켄홀름 성으로 이사했다. 그러다가 경제적인 형편이 어려워 성을 더 이상 유지할 수 없게 되자 다시 스톡홀름으로 이사해 정착했고, 라우라 피팅호프는 여기서 글을 쓰기 시작했다. 그녀의 작품은 장편소설 『프로스트모프옐의 아이들』이었다. 그때까지 교양 있는 중산층 집안의 온전한 세계만을 소설의 주제로 삼았던 고루한 스웨덴에서는 이처럼 사실적이고 사회비판적인 청소년 문학작품이 등장한 적은 한 번도 없었다. 작품의 줄거리는 1860년의 대기근을 배경으로 삼고 있다. 프로스트모프엘의 아이들은 인구가 적고 곤궁한 삶에 시달리는 노를란드 지방에 사는 고아 7남매이다. 당시에는 형제자매가 서로 다른 농장으로 나뉘어 뿔뿔이 흩어지는 일이 다반사였는데, 이 아이들은 그것을 막기 위해서 자신들의 운명을 스스로 개척해 나간다.

라우라 피팅호프는 계몽주의적이고 사회 고발적인 경향 때문에 적대시되었던 이 소설을 발표한 뒤 1년 만에 세상을 떠났다. 이 소설은 나중에 세계 여러 나라 말로 번역되었고 영화로도 만들어졌다. 그 사이 36세가 된 로자 피팅호프도 어머니의 뒤를 따라 소설을 쓰기 시작했다. 본업이 교사였던 로자도 청소년 문학에 전념했다. 특히 『천막 속의 실라』와 『낯선 이들의 손에서』(부제는 '풍부한 경험을 주는 스웨덴과 라플란드 방랑기'이다), 푸들 무레와 그 가족들에 관한 이야기를 쓴 책들은 인기가 높았고, 오늘날에도 중고 서점에서 간혹 찾을 수 있다. 다만 스칸디나비아권의 문학애호가들이 그녀로부터 기대하는 '입센과의 날들'이라는 작품만은 결국 써지지 않았다. 입센의 말년을 사랑스러움과 따뜻한 마음, 깊은 이해심으로 오래도록 밝게 해주었고, 그보다 43년이나 더 살았던 로자 피팅호프는 77세의 나이로 세상을 떠났다. 입센에 대한 추억도 영원히 무덤으로 가져갔다.

13

"하나도 빠짐없이 완전히 소유하기 위해"

———— ❦ ————

요제프 로트*와 이름가르트 코인

『욥』과 『라데츠키 행진곡』을 비롯한 그의 뛰어난 소설들은 오래전부터 독자들을 사로잡았다. 그러나 나치가 정권을 장악한 뒤로 그의 소설들은 벨기에나 네덜란드로 옮겨간 망명 출판사에서만 출간될 수 있었다. 유랑하는 작가 요제프 로트의 본거지는 파리였다. 그는 계속되는 성공에도 불구하고 끊임없이 경제적 궁핍에 시달려야 했는데, 이는 돈을 제대로 관리할 줄 모르는 그 자신 때문이었다.

* 요제프 로트(Joseph Roth, 1894~1939) 오스트리아의 소설가이자 평론가. 갈리시아 출생이다. 독일에서는 그의 이름을 딴 '요제프 로트' 문학상이 있을 정도로 유명한 작가이다. 저서 중 하나인 『욥-어느 평범한 남자의 이야기』는 그가 작가로서 입지를 다진 작품이며, 독일어권에서 꾸준히 읽히고 있다.

그 밖에도 그는 또 다른 문제들을 헤쳐 나가야만 했다. 과도한 음주벽으로 이제 겨우 40세에 접어든 그의 몸은 망가지기 시작했고, 성생활도 원만하지 못했다. 아내가 정신분열증이라는 진단을 받고 요양원으로 들어간 뒤로 그는 더 이상 아내를 돌보지 않았다. 그런데 얼마 전부터 6세 연하의 매혹적인 젊은 여성과 새로운 관계를 맺게 되면서 아직 이혼하지 않은 남편으로서 갖는 죄책감은 더욱 커졌다. 로트의 새 애인은 쿠바 출신의 흑인 아버지와 함부르크 출신의 위그노파 어머니 사이에서 태어난 혼혈 여성인 안드레아 망가벨이었다. 그녀는 아프리카의 한 족장의 아들과 결혼했다가 두 아이를 낳은 뒤 이혼했고, 혼자 힘으로 아이들을 키우면서 베를린에 있는 한 예술 잡지의 편집자가 되었다. 그녀는 애인 요제프 로트를 따라 파리로 옮겨와 동거를 시작했고, 이제 그녀와 그녀의 두 아이를 부양하는 책임은 그의 몫이 되었다.

안드레아 벨은 자신이 새로운 반려자에게 '푹 빠져' 있다고 강조하고, 그의 '다감함'과 '성적인 매력'을 최고의 말로 극찬했지만 로트에게 끊임없이 질투의 빌미를 제공했던 것으로 보인다. 로트는 그녀에게 춤(그의 눈에 '음탕함의 화신'으로 보이는)과 수영복 착용("노출은 불행을 불러들일 뿐이다"), 심지어는 미용실에 가는 것("미용실은 유곽이야!")까지 금지시켰다. 그러나 언제나 자유를 추구하는 안드레아 벨을 가장 괴롭히는 것은 애인이 그를 가정생활의 의무로 억압하려하고 '가축으로 만들려고' 하는 것이었다. 따라서 두 사람의 이별은 피할 수 없었다. 이제 다시 혼자가 된 그에게는 안드레아 벨의 자리

를 대신할 준비가 된 여자만 있으면 충분했고, 그녀는 1936년 7월
에 요제프 로트 앞에 나타났다. 이것이 그의 마지막 사랑이었고, 그
녀의 이름은 이름가르트 코인*이었다.

　암스테르담의 망명 출판사 알레르 드 랑에는 '진보에 대한 미신'
이라는 주제로 로트를 위한 강연회를 기획했다. 41세의 로트는 7월
9일에 여행길에 올랐고, 망명 동료인 헤르만 케스텐과 슈테판 츠바
이크의 제안에 따라 벨기에의 해변 휴양지인 오스트엔데에 도착했
다. 에른스트 톨러와 에곤 에르빈 키시도 이 그룹에 합류했다. 키시
는 당시 아내 기젤라와 함께 근처 브레데네 해안에 머물고 있었다.
　이 다섯 명은 낮 동안은 각자 자신들의 책상에 앉아 집필에 몰두
했고, 느지막한 오후 무렵이 되면 카페 플로레나 시내의 다른 술집
에서 만났다. 모임에서 형편이 가장 좋았던 슈테판 츠바이크는 요
제프 로트에게 고급 레스토랑에서 저녁을 사주었고, 그의 여러 가
지 소원들을 기꺼이 들어주었다. 가령 로트에게 새로운 바지를 맞
춰 주기 위해서 오스트엔데에서 가장 비싼 양복점 중 한 곳으로 데
려가기도 했다. 그는 자부심이 대단한 재단사에게 자신을 굽혀가면
서까지 로트가 원하는 오스트리아의 옛 소위 제복 스타일(아래로 내려
갈수록 폭이 점점 좁아지는 바지)의 옷을 만들어주게 하려고 턱없이 비싼

---

* 이름가르트 코인(Irmgard Keun,1905~1982) 독일의 여성작가. 나치 치하의 억압
과 폭력을 두려움 없이 고발하였다. 국내외에서 작품성을 인정받았지만 전후에 잊혀
졌다가 80년대 이후부터야 본격적인 연구가 시작되었다.

비용을 지불해야 했다. 그러나 이런 츠바이크도 로트에게 술을 멀리하고 해변을 산책하자고 열심히 설득했지만 별다른 성과를 거두지는 못했다. 로트는 자신을 돌봐주는 츠바이크를 안심시키려고 간혹 우유를 주문하기도 했지만 그와 헤어지기가 무섭게 좋아하는 술을 마셨다. 그러면서 혼잣말로 "유대인에게는 카페가 제격이지"라고 말했다.

오스트엔데에 모인 로트의 그룹에서 독일에서 새로 온 이름가르트 코인에게 가장 먼저 관심을 보인 사람은 활달한 성격의 헤르만 케스텐이었다. 그는 나중에 이렇게 회고했다. "나는 호텔 로비에서 어여쁜 젊은 아가씨를 발견했다. 금발머리에 파란 눈을 가졌고, 하얀 블라우스를 입고 사랑스럽게 미소 짓고 있었다. 당장이라도 춤을 추러 가자고 하고 싶은 아가씨였다." 그녀 역시 상대방을 마음에 들어했고, 케스텐을 '더없이 친절하고, 재미있고, 영리하고, 자연스러운' 사람이라고 생각했다.

두 사람은 카페 플로레에서 다시 만나기로 약속했다. 케스텐으로부터 새로 온 여성에 대한 소식을 들은 키시도 당시 31세(그녀는 연극배우들처럼 다섯 살 정도는 어려 보이게 하고 다녔다)였던 그녀를 만났고, 슈테판 츠바이크와 함께 자신들의 단골 석으로 향하던 요제프 로트에게 그녀를 소개한 사람도 바로 그였다. 로트는 평상시처럼 기분 좋게 취해서 약간 비틀거렸고 재킷에는 담배연기가 잔뜩 배어 있었지만, 그녀는 전혀 아랑곳하지 않았다. 그녀의 첫 번째 반응은 동정심이었다. "나는 너무나 큰 슬픔에 빠져 잠시 후면 죽을지도 모르는 사람이 내 앞에 서 있다는 느낌을 받았다. 그의 파랗고 둥근 눈은 절망에 가득 차 멍하니 앞만 바라보았고, 그의 목소리는 고통의 무게에 짓눌린 듯했다."

그러나 며칠도 지나지 않아 상황은 완전히 달라졌다. "나는 악마 로트에게 굴복당했어요!" 이름가르트 코인이 미국에 있는 약혼자 아르놀트 슈트라우스에게 보내는 편지에서 쓴 말이다. "그는 우리가 생각할 수 있는 사람들 중에 가장 점잖고 가장 매력적인 사람이에요." 그러나 그녀는 약혼자를 놀라게 하지 않으려고 자신과 요제프 로트가 성적으로도 서로 끌리는 사이이고, 자신이 며칠 뒤에 벌써 그가 묵고 있는 호텔방으로 들어가 함께 지내고 있다는 사실은 말하지 않았다.

베를린 출신의 상인의 딸로 태어난 이름가르트 샤를로테 코인은 아주 당찬 여성이었다. 그녀는 잠시 속기 타자수로 생활하다가 그만두고 쾰른에서 연극 학교를 다녔고, 함부르크, 쾰른, 그라이프스발트에서 여러 가지 단역을 맡아 연극 무대에 올랐다. 24세가 되던 1929년부터 글을 쓰기 시작해 데뷔 소설 『길기, 우리 중의 하나』가 대성공을 거두었다. 출간된 지 불과 몇 개월 만에 6쇄를 찍을 정도로 잘 팔렸고, 비평가 쿠르트 투홀스키로부터 열광적인 찬사를 들었으며, 시대 비판적인 이 소재는 브리기테 헬름 주연의 영화로도 제작되었다. 천진무구한 당돌함과 꾸밈없는 위트가 이 여성 작가의 강점이었는데, 거기에 감상적이지 않은 시적인 정취가 절묘하게 혼합되어 있었다.

이름가르트 코인의 두 번째 소설 『인조견을 입은 소녀』도 대성공작이 되었다. 곧 여러 나라 말로 번역되었고 신문과 잡지에 소설이 실렸다. 그러나 나치가 권력을 장악한 뒤 문화 활동에 개입하기 시작하면서 모든 상황은 갑자기 돌변했다. 이 신인 여성 작가의 반항적인 어조를 마음에 들어하지 않았던 그들은 그녀를 제국 저술원으로 받아들이는 것을 거부했다. 이것은 이름가르트 코인이 작품을 계속 발표하고 싶다면 고국 독일을 떠나야 한다는 것을 의미했다. 이와 때를 맞춰 암스테르담의 망명 출판사 알레르 드 랑에가 그녀에게 호의적인 제안을 했고, 이름가르트 코인은 1936년 5월 4일에 서쪽으로 향하는 기차에 올랐다.

이름가르트 코인이 하필이면 오스트엔데를 찾은 데는 특별한 이유가 없었다. 어쩌면 그녀를 매혹시키는 바다가 가까이에 있다는 사실 때문이었는지도 모른다. 어렸을 때 부모님과 함께 방문했을 때부터 이곳 플랑드르 휴양지를 각별히 좋아했던 그녀였다. 또 네덜란드보다는 벨기에에서 사는 것이 더 저렴하기도 했다. 게다가 생각이 비슷한 동료 작가들을 만나게 되면서 오스트엔데가 매력적으로 다가온 것이다. 케스텐에서 키시에 이르기까지 모든 동료들이 즉시 다음 작품을 진행하라고 그녀를 재촉하고 격려했다.

요제프 로트와 이름가르트 코인이 서로에게 호감을 갖게 된 것은 처음에는 공통된 직업 때문이었다. 두 사람이 오스트엔데의 단골 술집에서 만나 원고를 다듬는 모습은 자주 목격되었다. 그는 당시 소설『어느 살인자의 고백』을 인쇄에 넘기기 위해 마무리 작업을 진행하는 한편으로『카푸친 수도사의 무덤』첫 장을 쓰고 있었고, 그녀는『자정이 지나고』라는 함축성 있는 제목으로 나치 독일에 대한 신랄한 비판을 담은 작품을 준비하고 있었다. 출판사와도 이미 계약을 맺었고, 독일어로 발행되는 가장 중요한 망명자 신문인〈파리 일간〉지에 발표하는 것도 확보한 상태였다.

두 사람 중에서 생산력이 보다 왕성했던 로트는 애인이 집중적으로 작업에 임할 수 있도록 격려와 자극을 아끼지 않았다. 이름가르트 코인은 훗날 자신의 삶을 되돌아보면서 당시의 새로운 상황을 순수한 '글쓰기 올림피아드' 라는 말로 표현했다. 나이 차이가 열한 살이나 났지만, 두 사람은 좋아하는 기호품도 똑같았다. 둘 다 술을 좋아했고 줄담배를 피웠다.

이름가르트 코인이 볼 때 오스트엔데 시절의 유일한 훼방꾼은 슈테판 츠바이크였다. 그는 거의 선교사 같은 열성으로 자신이 존경하는 동료 작가의 육체적인 붕괴를 막으려고 안간힘을 썼고, 경솔하게 살아가는 이름가르트 코인 대신에 '여장부처럼 건강한 여인'이 요제프 로트 곁에 있는 모습을 보고 싶어했다. 그러다 보니 이름가르트 코인도 자선가를 자처하는 슈테판 츠바이크와는 점차 거리를 두었다. "선량함과 인간애로 넘치는 지극히 부드럽고 섬세한 남자. 나는 그는 물론이고 그의 작품에 대해서도 아무것도 할 수가 없다." 그녀는 요제프 로트의 작품도 읽지 않았다. 그보다는 그가 하는 말에 매혹당하는 것을 더 좋아했다. 그녀는 신과 세계에 대한 그의 견해를 열정적으로 받아들였고, '자신의 영혼에 뿌리를 내리게' 했으며, 마치 '복음'을 듣는 것처럼 열심히 귀를 기울였다.

두 사람 다 돈을 관리하는 데는 서툴렀던 탓에 가장 필요한 물건들이 떨어지는 경우가 왕왕 발생했고, 그럴 때면 수중에 있는 몇 가지 물건을 전당포에 맡기고 돈을 빌려야만 했다. 10월에 벨기에 체류 기간이 끝나자 두 사람은 파리로 이주했다. 침대칸은 일반 승차권보다 비쌌지만 대신 밤중에 귀찮은 신분증 검사를 받지 않아도 된다는 장점이 있었다. 짐은 거의 없었고 단지 로트의 '무기 수집품' 정도가 그나마 무게가 나가는 것이었다. 그 누구보다 망명자의 기벽에 사로잡혀 있던 로트는 언제라도 자신을 방어할 목적으로 구두 수선공들이 사용하는 뾰족한 칼 몇 개와 위험이 닥쳤을 때 상대방을 때려눕힐 수 있는 쇠공 하나를 가지고 다녔다.

그들은 파리에서도 호텔에 묵었다. 두 사람의 하루는 프랑스 최

요제프 로트 ————————————————

대 일간지였던 〈파리 수아르〉지에 실리는 별자리 운세를 함께 읽는
것으로 시작되었다. 요제프 로트나 이름가르트 코인이나 미신을 잘
믿었다. 그러나 정치적인 문제에서는 의견이 달랐다. 열렬한 전통
주의자였던 로트가 국가사회주의에서 벗어나는 유일한 길을 옛 오
스트리아 왕정의 복구에서 보았다면, 이름가르트 코인은 좌파들의
저항 정신에 동조했다. 로트가 자신의 유대인 뿌리에 대해 향수병
으로 치장된 애정을 표현했다면, 코인은 관심을 갖고 관찰하는 역
할로 한정했다. 그녀는 유대인이 아니었지만 유대인의 전통적인 관
습과 정갈한 유대식 식사의 비밀을 기꺼이 배우고 싶어했다. 그러
나 가톨릭 교육을 받고 자란 그녀와 달리 세례를 받은 적이 없었던
요제프 로트가 자신의 죽음을 이야기할 때마다 기독교식 장례를 치
르고 싶다고 말하는 것은 받아들이기 힘들어 했다.

요제프 로트와 이름가르트 코인

두 사람의 사적인 관계도 뒤죽박죽이었다. 둘은 각각 이미 결혼한 상태였지만 각자의 배우자와는 떨어져서 살고 있었다. 요제프 로트의 아내 프리틀은 오스트리아 정신병원에서 치료를 받고 있었고(1940년에 나치에 의해 살해당했다), 1932년에 극장 감독이자 작가인 요하네스 트랄로브와 결혼한 이름가르트 코인은 23세 연상인 남편이 새 권력자들에게 아부하면서 안티파시스트적인 아내에게 '그의 이름을 사용하는 것을 금지시키자' 1937년 5월 말에 이혼했다. 이 관계를 끝장내는 것은 그녀에게는 아주 쉬운 일이었다. 이미 수년 전부터 서로 소원한 상태로 살아왔기 때문이다. 그러나 베를린 출신의 의사 아르놀트 슈트라우스와는 관계를 끝내는 것이 어려웠다. 유대인이었던 그는 1935년에 미국으로 떠나, 그곳에서 '끝없이 사랑하는 여인'이 그를 뒤따라와 그와 결혼해주기만을 초조하게 기다리고 있었다. 이름가르트 코인이 이미 그에게 싫증을 느낀 지 오래되고 요제프 로트와 함께 살기로 결정한 뒤에도 유럽과 미국을 오가는 열정적인 편지 교환은 계속되었다. 아르놀트 슈트라우스는 자신의 영원한 신부에게 돈을 보내 생활을 후원했는데, 그녀는 그 돈을 고마워하면서 받는 것에 그치지 않고 계속 보내줄 것을 노골적으로 요구했다.

요제프 로트와 이름가르트 코인은 1년 반 동안 주로 파리에 거주하면서 여러 나라를 함께 여행했다. 로트가 펜클럽의 초청으로 폴란드 여러 도시에서 순회강연을 할 때도, 친지들을 만나기 위해 렘베르크를 방문할 때도, 슈테판 츠바이크를 보려고 잘츠부르크를 방문하고 빈을 여행할 때도 두 사람은 함께 움직였다. 에곤 에르빈 키시는 빈에 살고 있던 동생 파울에게 이 괴팍한 한 쌍의 방문을 경고하는 편지를 보냈다. "네가 그들을 만나게 된다면 나도 무척 기뻐할 거야. 하지만 그 자리에서 술을 마시지는 마라. 그 둘은 밑 빠진 독에 물을 붓는 것처럼 마셔대거든."

한번은 두 사람이 묵은 브리스톨 호텔에서 작은 소동이 벌어졌는데, 요제프 로트의 잘못이 아니라 그의 동료인 안톤 쿠 때문에 일어난 일이었다. 당시 호텔의 2인실이 모두 찼던 탓에 요제프 로트와 이름가르트 코인은 각각 1인실에 묵어야만 했다. 로트가 애증을 느끼던 동료였던 천재적인 식객 안톤 쿠는 이 기회를 이용해 공짜로 호텔에 묵을 생각을 했다. 로트가 그를 몰래 자기 방으로 들어오게 한 뒤 자신은 이름가르트 코인의 방에 묵기로 한 것이다. 안톤 쿠가 평상시 습관처럼 벌거벗은 채 복도를 돌아다니지만 않았어도 이 속임수는 발각되지 않았을 것이다. 그러나 뻔뻔스런 손님을 본 객실 청소부 중 한 사람이 호텔 관리인에게 즉시 그 사실을 보고했고, 사건은 예상했던 대로 종결되었다. 그 자리에서 바로 호텔에서 쫓겨난 것이다. 성격이 까다롭지 않았던 이름가르트 코인은 본래 어떤 일에서든 재미를 찾을 줄 아는 여성이었다. 그러나 빈에 머무는 동안 요제프 로트가 자신이 오스트리아 사람이라는 사실을 기분 나쁠 정도로 강조하고, 베를린 태생인 그녀의 말과 말투에 대한 혐오감을 노골적으로 드러내고, 그녀를 계속 '프로이센 여자'라고 놀리자 그녀는 심한 불쾌감을 느꼈다. 그 밖에도 로트가 그녀를 끊임없이

요제프 로트와 이름가르트 코인

자기 곁에만 두려고 하고 잠시도 눈에서 떼어놓지 않으려고 하면서 갈등이 불거지기 시작했다.

두 사람은 1938년 초에 다시 프랑스로 돌아와 호텔 파리 디나르에 묵었는데, 이때부터 병적으로 질투가 심한 로트와 독립성을 주장하는 이름가르트 코인 사이의 갈등은 점점 더 첨예해졌다. 이름가르트 코인은 로트가 끊임없이 내뱉는 "숙녀라면 그런 짓은 하지 않아!"라는 말을 더 이상 견딜 수가 없었다. 그녀는 우체국에 소포를 보내러 가서도 안 되고 택시운전사와 이야기를 하는 것도 금지당했다. 심지어는 로트가 불안해하는 동안은 밖에 나갈 수도 없다. 두 사람이 잠자리에 들 때면 그는 그녀의 머리를 꼭 붙잡았고, 다음날 아침이면 그녀의 머리카락을 손가락으로 움켜쥔 채 깨어났다. 이름가르트 코인은 훗날 그의 곁에서 보냈던 자신의 '포로 생활'을 이렇게 기록했다. "그는 한 인간을 하나도 빠짐없이 완전히 소유하기 위해서 그를 구성하는 부분들로 해체한 뒤 다시 짜 맞추려고 노력했다. 그는 사람들을 지배하려 했고, 자신의 최면술적인 힘을 그들에게 시험하려고 했다. 그러나 자신의 목표를 달성한 뒤에는 그들에 대한 관심을 잃었다."

이름가르트 코인은 이런 위험에 빠지는 것을 원치 않았다. 그 사이 32세가 된 그녀는 밤중에 몰래 빠져나와 프랑스 해군 장교와 함께 니스로 도망쳤다. 그녀가 얼마 전부터 쓰기 시작한 소설 『직행 열차 3등석』은 무엇보다 요제프 로트와의 경험을 문학적으로 정리하고 형상화하려는 시도였다. 이름가르트 코인은 로트와 결별한 지 16개

월 만에 그가 죽었다는 소식을 들었고, 그녀 나름의 방식으로 과거의
애인에게 이별을 고했다. 파리 근교 티에 공동묘지에서 열린 장례식에
참석하는 대신에 한 번도 써 본 적이 없는 서정시 한 편을 쓴 것이다.

> 눈물이 나를 시들게 해요. 당신이 죽었으니까요.
> 부서진 무덤들이 별처럼 느껴지는군요.
> 도달할 수 없는 먼 곳의 무덤에서
> 물이 흘러요. 크나큰 번민의 강물이 흘러요.

그 후 이름가르트 코인은 어려운 시기를 맞았다. 몸은 병들고 끊
임없이 돈에 쪼들리면서 살아야 했고, 무엇보다 어디로 가야 할지
몰랐다. 독일군이 프랑스를 침략하자 그녀는 자취를 감추었다. 그
녀가 자살했다는 보도가 나왔지만 그것은 〈데일리 텔레그라프〉지의
오보로 밝혀졌다. 그러다가 그녀는 마침내 자신의 생가가 있는 쾰
른으로 돌아갔다. 전쟁이 끝난 뒤에도 계속 창작에 열중했지만 예
전처럼 성공을 거두지는 못했다. 그러나 무엇보다 그녀를 괴롭히는
것은 음주벽으로 망가진 건강 상태였다. 1977년에 예기치 않게 이
름가르트 코인이 재발견되어 태동하는 여성해방운동의 우상으로
떠받들어졌지만, 그녀는 이미 죽음을 앞둔 몸이었다. 그로부터 5년
뒤인 1982년 5월 5일, 77세의 이름가르트 코인은 폐암으로 눈을 감
았다. 그녀가 이별의 시에서 불렀던 요제프 로트가 죽은 지 43년 뒤
였다.

친구여, 슬픔이 내 손을 마비시켜요.

내 어찌 운하의 검은 피로 화환을 만들 수 있겠어요?

친구여, 고통이 내 목을 메이게 하는군요.

어디 있나요, 친구여? 난 당신을 다시 만나야 해요.

14

지옥 같은 사랑

———— ✣ ————

리하르트 게르스틀*과 마틸데 쉰베르크

'1900년경의 빈'은 회화에서도 유례없는 상징 중 하나였다. 에곤 실레와 구스타프 클림트, 콜로 모저, 코코슈카가 이 시기에 활동한 대표적인 화가들이었다. 이들의 이름을 거론할 때 거의 언제나 빠지는 화가가 바로 리하르트 게르스틀이었다. 그렇다면 그 이유는 대체 무엇일까? 그것은 그림의 질적 수준과는 전혀 상관이 없다. 오스트리아의 초기 표현주의 화가인 그의 나체화와 초상화, 풍경화는 세계적인 수준의 작품들이었고, 미술 비평가들은 그를 반 고흐와

* 리하르트 게르스틀(Richard Gerstl, 1883~1908) 오스트리아의 표현주의 화가로서 생전에는 결코 긍정적인 평가를 받지 못했지만 사후에 다시 재조명되어 유명세를 탔다. 그의 마지막 작품인 〈웃는 자화상〉은 현재 사람들이 가장 많이 기억하는 그림이다.

에드바르드 뭉크, 로비스 코린트, 막스 리버만에 견줄 만한 화가로 평가했다. 혹시 리하르트 게르스틀의 인기를 가로막은 것이 그가 남긴 작품의 수가 이례적으로 적다는 이유 때문이었을까? 그의 창작 시기는 1904~1908년까지 겨우 4년 동안이었고, 전시회와 관련된 기록은 더 빈약하다. 리하르트 게르스틀의 작품들 중에서 생전에 공개적으로 전시된 그림은 단 한 점도 없었다. 그가 죽은 지 23년이 지나서야 마침내 그의 작품에 대한 관심이 일깨워지기 시작했다. 화상 오토 니렌슈타인이 1931년 빈의 '노이에 갤러리'에서 개최한 전시회는 미술사 연보에 선풍적인 인기를 끈 일대 사건으로 기록되었다. 비평가들은 그의 작품에 대해 극찬을 아끼지 않았다. 〈노이에 빈 저널〉지는 "세상의 그 어떤 화가도 살아생전에 이 오스트리아인처럼 그리지 못했다!"고 평가했고, 〈오스트리아 국민일보〉는 이렇게 덧붙였다. "아무도 알지 못하던 위대한 화가였던 한 인간이 침몰을 이기고 떠올랐다."

이제 사람들은 그의 존재를 알게 되었다. 그러나 이렇게 타오른 불꽃은 순식간에 꺼져버리는 짚불에 지나지 않았다. 국가사회주의의 암흑의 시기가 그 불을 다시 꺼버렸고, 유대계였던 리하르트 게르스틀의 작품은 '퇴폐 미술'로 낙인찍혔으며, 그의 이름은 다시금 사라졌다.

그렇다면 리하르트 게르스틀이 빈의 새로운 박물관 구역에서 칭찬이 자자한 레오폴드 미술관의 인기 스타 중 한 사람이 된 오늘날에는 상황이 어떨까? 해당 예술가를 배척하거나 만남을 금기시하게

리하르트 게르스틀 _____

만들었던 사생활이 전혀 문제시되지 않는 현실에서는? 살아생전에
사회적 물의를 일으킨 대가로 빛을 보지 못했던 이 화가의 작품들
이 무분별하게 스캔들만 뒤쫓는 우리 시대에는 그만큼 더 활발한
관심을 불러일으킬 수 있을까?

　게르스틀 가족은 빈의 알저그룬트 구역에 있는 누스도르퍼 거리
에 살았다. 몇 집 건너가 프란츠 슈베르트가 태어난 곳이다. 아버지
가 주식 거래로 부자가 되었기 때문에 세 아들은 경제적인 걱정 없
이 살 수 있었다.
　1883년 9월 14일에 막내로 태어난 리하르트는 김나지움을 다닐
때 벌써 '아울라' 미술 학교의 한 과정을 다녔고, 15세에 조형예술

아카데미의 일반 미술 학교에 입학했다. 그러나 몹시 보수적이었던 그리펜케를 교수는 자유분방하고 다루기 힘든 이 학생에게는 속수무책이었고, 그에게 호통을 쳤다. "자네가 그린 그림은 정말이지 아무런 의미도 없는 것이네!" 리하르트 게르스틀도 이 학교보다는 헝가리 지벤뷔르겐에 있던 예술인 공동체 '나기바냐'의 미술 학교가 훨씬 마음에 들었다. 그는 여기서 두 해 여름을 보냈다.

게르스틀은 1906년 초에 빈에 있던 레플러 교수의 '특수 회화 학교'에 들어갔는데, 이 교수와도 사이가 좋지 않았다. 그는 진지한 예술가의 길을 걷는 사람이 어떻게 황제의 집권을 기념하기 위한 축제 행렬 기획이라는 통속적인 일에 동참할 수 있느냐며 스승을 비난했다. 제자의 재능에 깊은 인상을 받은 레플러 교수는 명망 있는 미트케 화랑에서 개최되는 공동 전시회에 그의 작품을 전시할 생각이었지만 소용이 없었다.

자신의 독창적인 재능을 굳게 확신했던 고집불통 게르스틀은 전시회 출품에 반대했다. 이 전시회에는 당시 이미 명성을 얻고 있던 구스타프 클림트의 여러 그림도 함께 출품되었는데, 20세 연상의 클림트를 철저하게 거부했던 게르스틀이 자신의 작품 전시를 철회한 것이다.

그는 공공연한 충돌도 꺼리지 않았다. 한번은 그가 빈 미술사 박물관에서 캔버스와 팔레트를 들고 전시된 그림들 중 하나를 모사하고 있는데, 낯선 사람이 그의 어깨 너머로 그림을 보면서 악평을 쏟아낸 것이다. 그러자 게르스틀이 그에게 화를 내면서 소리쳤다. "방해하지 마세요. 당신이 이 그림에 대해서 대체 뭘 안다는 겁니까?"

이에 낯선 남자가 다시 말했다.

"실례합니다만, 난 이 박물관의 관장이오. 마음만 먹으면 언제든지 이 박물관에서 그림을 그리지 못하게 할 수도 있소이다!"

게르스틀도 물러서지 않고 대답했다.

"당신은 내게 아무것도 금지시킬 수 없습니다. 난 궁정 최고 관리국의 허가를 받았단 말입니다."

그러자 관장은 즉시 자신의 뜻을 굽혔고, 게르스틀은 방해받지 않고 계속 그림을 그릴 수 있었다.

앞에서 살펴본 여러 일화에서 알 수 있듯이 리하르트 게르스틀은 꽤나 까다로운 남자였다. 최소한 젊은 코코슈카에 버금가는 도발적인 예술가였고 빡빡머리에 죄수복 스타일의 옷을 입고 다니는 것을 좋아했다. 깡마른 체구에 키가 컸던 그는 양극단을 오고갔는데, 어떤 때는 멋쟁이 신사처럼 입고 다니다가 어떤 때는 형편없는 차림으로 돌아다녔다. 또 위장 장애와 지나치게 예민한 신경 때문에 고통을 겪었고 친구도 거의 없었다. 심지어는 자신의 주변에 계속 있었던 유일한 동급생 빅토르 함머에게까지 항상 존칭을 썼을 정도였다.

이런 이유에서 게르스틀은 그만큼 더 집중적으로 자신의 내면생활로 빠져들었다. 그는 철학과 언어 연구에 몰입했고 독학으로 스페인어와 이탈리아어를 배웠다. 음악에 대한 관심이 지대해서 한때는 잠시 음악 비평가가 되겠다는 생각까지 했었다. 그가 우상으로 떠받들던 작가는 베데킨트, 입센, 바이닝거 등이었고, 특히 프로이트를 좋아해서 직전에 출간된 그의 『꿈의 해석』도 단숨에 읽어 치웠다. 중요한 고전 음악가들의 연주회에 빠짐없이 참석했고, 일주일에 세 번까지 오페라 극장을 방문했다. 한번은 길에서 만난 구스타프 말러에게 말을 걸어 초상화를 그리게 해달라고 부탁했다가 그에게 호통까지 들어야 했다. 그러나 게르스틀은 빈의 궁정 오페라 극장에서 쫓겨난 말러에게 서부 기차역에서 감동적인 고별식을 마련해준 열혈 숭배자들 중 한 사람이었다.

반면에 빈 음악계의 또 다른 거장과는 친분을 맺는 행운을 누릴 수 있었다. 게르스틀이 그 누구보다 높이 평가하는 아르놀트 쇤베르크*는 아홉 살 연하인 이 화가의 모델이 되었을 뿐 아니라 그에게서 회화의 기본 개념들을 배우기까지 했다. 무엇보다 게르스틀을 자신의 모임에 받아들였는데, 훗날 명성을 떨치게 될 알반 베르크, 안톤 폰 베버른, 알렉산더 쳄린스키, 에곤 벨레스 등이 이 모임의 일원이었다.

게르스틀은 1906년 5월에 쇤베르크를 만났고, 그 해에 그의 대표적인 쇤베르크 초상화가 탄생했다. 쇤베르크의 가족을 그린 유화도 있는데, 처음에는 그의 아내 마틸데만 그렸고 나중에는 1902년과 1906년에 태어난 아이들과 부부를 함께 그린 그림도 그려졌다.

게르스틀이 자신을 묘사한 17개의 자화상 다음으로 자주 등장한

* 아르놀트 쇤베르크(Arnold Schönberg,1874~1951) 서양 고전음악 작곡가. 음렬을 사용한 12음기법과 무조음악을 정립한 최초의 작곡가임.

모티프가 마틸데 쇤베르크의 초상화였는데, 거기에는 특별하고도 지극히 미묘한 이유가 있었다. 게르스틀이 6세 연상의 유부녀에게 푹 빠져 있었던 것이다.

쇤베르크와 각별히 친한 작곡가 알렉산더 폰 쳄린스키의 누이였던 마틸데는 운명의 해인 1906년에 극도로 긴장한 몇 주를 보냈다. 9월에 태어난 아들 게오르크로의 임신 과정이 순탄치 못한 데다 남편 쇤베르크가 몹시 예민한 상태였기 때문이다. 당시 쇤베르크는 작곡가와 지휘자, 교수로서의 복합적인 의무를 동시에 수행하느라고 안간힘을 써야 했고, 그로 인해 가정에도 소홀했다. 이런 상황에서 자기 대신 아내를 떠맡아 그녀를 다양한 음악 행사에 데려가주는 젊은 화가가 곁에 있다는 사실이 쇤베르크에게도 환영할 만한 일이었다. 어쨌든 사람을 몹시 꺼리는 고집불통에 여성들이 좋아하는 타입도 아니었던 게르스틀은 쇤베르크의 전적인 신뢰를 만끽했고, 리히텐슈타인 거리 68-70번지에 있던 쇤베르크의 집을 마음껏 드나들었다. 이런 상황이었으니 쇤베르크가 자신의 가족과 함께 여름휴가를 보내자고 그를 초대한 것도 자연스러운 일이 아니었을까?

쇤베르크 가족은 트라운제 근처에 숙소를 정했다. 트라운키르헨에 있는 소위 페라-뮐레에 속하는 자그마한 집 두 채 중 한 곳에는 쇤베르크의 가족이 묵었고, 다른 곳에는 여행에 동행한 쇤베르크의 제자들이 묵었다.

1907년 여름, 이곳 잘츠카머구트 휴양지에서 마틸데 쇤베르크와 초대 손님인 리하르트 게르스틀 사이에 내밀한 관계가 싹트기 시작했고, 그것을 처음으로 눈치 챈 사람은 쇤베르크의 딸 게르트루트 였다. 이제 막 6세가 된 게르트루트는 두 사람이 끌어안고 키스하는 광경을 목격한 뒤 그 사실을 아버지에게 알렸다. 그러자 쇤베르크 는 즉시 행동에 나섰다. 빈으로 돌아간 뒤 아내에게 게르스틀의 화 실에 가는 것을 금지시켰고, 게르스틀에게도 문제를 좋은 쪽으로 해결하려는 노력이 엿보이는 편지를 보냈다. 그의 노력은 게르스틀 에게 호소하는 말에서 절정을 이룬다. "우리 둘 같은 사이가 여자 문제로 갈라선다는 것은 있을 수 없는 일이네."

그러나 마틸데 쇤베르크와 게르스틀의 만남은 계속되었고, 1908 년 7월 중순에 여름 휴양지로 함께 여행을 떠났을 때는 둘의 관계가 더 깊어졌다. 아내의 외도에 상심한 쇤베르크는 깊은 우울증에 빠 져 유서까지 쓸 지경에 이르렀다. 그는 유서를 쓰게 된 이유를 이렇 게 설명했다. "난 눈물을 흘렸고 좌절한 사람처럼 행동했다. 결심을 했다가 다시 던져버렸고, 자살을 생각했으며, 광란에 빠져 다른 여 자에게 나를 내맡기기도 했다. 한마디로 나는 완전히 찢겨졌다."

바로 그 직후에 소동이 벌어졌다. 쇤베르크가 아내와 게르스틀이 은밀하게 만나는 현장을 급습하자 이에 놀란 두 사람이 부랴부랴 트 라운키르헨을 떠난 것이다. 쇤베르크는 즉시 그문덴으로 쫓아가 바 람난 아내를 데려오기 위해서 지방 경찰까지 출동시켰다. 그는 한밤 중에 집안에서 벌어진 소동으로 잠에서 깬 어린 딸을 엄마가 곧 돌 아온다는 말로 안심시키려고 애썼다. 그러나 7세짜리 어린 딸은 울

음을 터뜨리면서 중얼거렸다. "아니야, 엄마는 이제 안 올 거야."

그 사이 파국에 관한 소식을 들은 쇤베르크의 제자 안톤 폰 베버른도 행동에 나섰다. 그는 그동안 빈에 도착한 마틸데가 게르스틀이 급하게 구한 리히텐슈타인 거리 20번지의 화실에 숨어 지낸다는 사실을 알아냈고, 마틸데를 찾아가 대화로 그녀의 마음을 돌리려고 노력했다. 아이들을 생각해서라도 가정으로 돌아가라는 그의 호소는 성공을 거두었다. 마틸데 쇤베르크는 며칠 후 애인과 헤어져 집으로 돌아갔고 그를 화실에 홀로 남겨두었다.

그렇지 않아도 우울증적 기질이 강했던 리하르트 게르스틀에게는 지옥 같았을 두 달이 흘렀다. 그가 열정적으로 사랑했던 여인이 그와의 만남을 일체 중단했을 뿐만 아니라 근래에 그와 교제했던 모든 사람이 그를 냉담하게 거부한 것이다. 이런 일이 일어난 사실에 곤혹스러워하면서 기만당한 아르놀트 쇤베르크에게 말 없는 연대감을 보이던 그들은 간통을 저지른 리하르트 게르스틀을 멀리했다. 결국

리하르트 게르스틀과 마틸데 쇤베르크

리하르트 게르스틀은 누구에게도 관심을 받지 못하는 사람이 되었고, 그 어느 때보다 고립된 상태로 지내야 했다. 9월 14일에 25번째 생일을 맞이했지만 누구 하나 축하 카드를 보내지 않았다.

그렇게 11월 4일이 왔다. 빈 음악협회 대강당에서 작곡가들의 관현악 연주회가 열리기로 한 날로, 쇤베르크의 제자들 작품이 초연될 예정이었다. 베버른은 자신의 작품 1번 〈파사칼리아〉를 지휘했고, 알반 베르크는 〈하나의 주제에 대한 12개의 변주곡과 피날레〉를 발표했으며, 카를 호르비츠와 하인리히 얄로베츠, 빅토르 크뤼거의 최신 작품도 연주 목록에 올랐다. 또한 제자들의 발전에 매우 중요한 이 저녁 연주회를 성사시키기 위해서 모든 노력을 아끼지 않았던 쇤베르크 자신의 작품도 연주될 계획이었다. 신음악 작곡가를 대변하는 쇤베르크와 관련된 연주회에서는 으레 관객들의 거부와 폭력 상태가 야기되곤 했는데, 이번에는 그런 사태를 막기 위해서 개인적으로 초대를 받은 사람만 연주회에 참가할 수 있도록 했다. 그러나 리하르트 게르스틀의 이름은 그 초대 목록에 없었다.

물론 게르스틀이 설령 초대를 받았다고 해도 지난 몇 주간 처해 있던 상황을 고려할 때 그가 음악협회 연주회장을 찾아가 객석에 앉아 있었을지도 의문스럽다. 그러나 결정적인 것은 그의 모든 친구들이 지난 몇 주 전부터 고대하고 있었고, 평상시였다면 그 역시 결코 빠지지 않았을 행사에서 그가 배제되었다는 사실이었다. 그래서 리하르트 게르스틀이 바로 이 연주회 다음날 밤에 자신의 짧은 생애를 마감했다는 사실은 결코 우연이 아닐 것이다.

그의 충격적인 자살을 재구성해보면 여러 가지 의문점이 남는다. 리하르트 게르스틀은 정말로 자신의 모든 자화상을 그렸던 거울 앞에서 커다란 칼로 심장을 찌른 뒤 뱀을 목에 걸었을까? 아니면 또 다른 소문처럼 자신의 남성을 잘라버렸을까?

당국의 조사는 철저한 보안 속에서 진행되었고, 가장 필요한 내용만 밖으로 유출시켰다. 스캔들을 두려워하는 게르스틀의 가족이 차단한 것이다. 자살 다음날로 교부된 당국의 심신 미약 판정으로 게르스틀은 자살에도 불구하고 기독교 장례를 치를 수 있었다. 그의 시신은 지베링 공동묘지에 안치되었다.

아르놀트 쇤베르크도 이 일에 개입했다. 그는 게르스틀이 사랑하던 형 알로이스에게 보낸 편지에서 언론의 모든 탐문 조사에서 자신과 아내의 이름을 거론하지 말아 달라고 호소했고, 자살 동기를 전적으로 직업적인 '모욕감과 실패'로 돌려 달라고 부탁했다. 게르스틀보다 두 살 많은 형 알로이스가 받은 두 번째 편지는 충격적인 사건이 벌어지고 5일 뒤에 도착했고, 발신인은 마틸데 쇤베르크였다. 31세의 마틸데는 자신을 변명하려고 애썼다. "제 말을 믿어주세요. 리하르트는 우리 두 사람 중에서 더 쉬운 길을 택한 거예요. 이런 경우에는 살아야만 한다는 것이 지독하게 어려운 일이에요."

실제로 마틸데가 1923년 가을에 겨우 46세의 나이로 죽기까지 그녀에게 남아 있던 15년은 병약함과 우울증으로 이어진 시기였다. 마틸데 쇤베르크는 남편의 사교 생활과 거리를 두었고, 모든 새로운 친분 관계를 기피했으며, 말수도 적어지고 소극적으로 변했다.

알로이스 게르스틀에게 보낸 편지에서 자신의 무죄를 주장하고 자신의 '고통과 계속되는 괴로움'을 한탄했던 쇤베르크는 몇몇 작품에서 이 주제를 다루는 것으로 사건을 극복하려고 노력했다. 올림바단조 4중주곡("모든 것이 끝났다!")의 제2악장에 등장하는 아우구스틴 모티프, 캄캄한 숲을 헤매면서 애인을 찾다가 그의 시신과 마주치는 여인의 이야기를 그린 모노드라마 〈기대〉, 세 주인공 '남자'와 '여자'와 '주인'이 숙명적인 삼각관계로 얽혀 들어가는 음악극 〈행복한 손〉이 그러한 작품들이다.

15

"당신의 말 한마디 한마디에 감사하고, 이해하고, 느낍니다"

────── ❧ ──────

아르투어 슈니츨러*와 수잔네 클라우저

수잔네 클라우저는 빈에서 태어났다. 2개 국어를 하면서 성장했고, 간혹 파리에서 생활할 때도 많았다. 1928년 가을에 그녀는 다시 고향 빈에 머물고 있었다. 금융업자 빌헬름 리터 폰 아들러의 딸인 그녀는 막 서른 살이 되었고, 부유한 시민 계층의 안락한 결혼 생활을 영위하고 있었다. 두 아이 중 큰아들인 후베르트가 학교에 들어가면서 그녀도 이제는 자신을 위해 좀 더 많은 시간을 가질 수 있게 되었다.

* 아르투어 슈니츨러(Arthur Schnitzler, 1862~1931) 오스트리아의 소설가이자 극작가. '젊은 빈'파의 대표적 작가로 세기말적인 애욕의 세계를 정신분석의 수법을 써가면서 묘사해 나갔다. 작품으로는 희곡『초록 앵무새』, 장편소설『테레제, 어떤 여자의 일생』 등이 있다.

아르투어 슈니츨러의 희곡 『사랑놀이』가 출제예상 작품 중 하나로 나왔던 프랑스어 시험을 치른 이후 그녀는 이 작가에 대한 관심을 멈추지 않았다. 남편에게도 슈니츨러에 관한 이야기를 매우 열정적으로 해서 남편이 첫아이를 낳은 기념으로 새로 출간된 9권짜리 슈니츨러 전집을 선물할 정도였다. 클라우저는 이 전집을 첫 행에서 마지막 행까지 읽었고, 작품에 나오는 등장인물들의 이름을 모두 외웠을 뿐 아니라 대화 전체를 줄줄이 암기할 수 있었다. 독일어와 프랑스어를 똑같이 모국어처럼 구사하던 그녀에게 부족한 것은 자신이 사랑하는 작가를 프랑스어로 읽는 것이었다. 섬세한 감정 묘사가 빼어난 슈니츨러의 작품은 '프랑스적 경향'이 아니었던가?

어떤 작품은 번역되어 있었지만 많은 작품들이 아직 번역되지 않은 상태였다. 가령 『엘제 양』 같은 작품이 그랬다. 슈니츨러의 작품을 자신이 번역해보겠다는 생각은 수잔네 클라우저를 흥분시켰다. 그녀가 자신의 희망을 한 여자 친구에게 털어놓자 이 친구는 작가에게 편지를 보내라고 권유했다. 최악의 경우 그녀의 편지가 쓰레기통으로 들어갈 수도 있었겠지만 그런 일은 일어나지 않았다. 이틀 뒤 그녀는 슈니츨러로부터 답장을 받았다. 그는 전화번호를 알려주면서 자신과 만날 약속 날짜를 정하기 위해서 전화해도 좋다고 썼다. 그녀는 편지에서도 불안해하는 기색을 역력히 드러냈던 것처럼 어쩌면 학창시절의 꿈을 이루기에 너무 늦은 것은 아닐까 생각했다.

전화기를 들기 전부터 그녀의 온몸에 전율이 흘렀다. 이제 위대한 작가와 만날 수 있는 기회가 생겼는데, 그 앞에 대체 어떤 모습으로 나타나야 한단 말인가? 텅 빈 손으로? 그럴 수는 없었다. 결국 그녀는 잠시도 기다릴 수 없는 약속 날짜를 2주 뒤로 연기하기로 결심했고, 그 시간을 이용해 본보기로 보여줄 번역에 열중했다. 그녀는 이 시험을 위해서 슈니츨러의 단편집 중에서 가장 짧은 작품인 『꽃』을 선택했다. 편지지에 연필로 직접 프랑스어 번역을 써내려갔는데, 양면을 꽉 채워서 여덟 장 분량이었다.

이렇게 준비를 갖춘 뒤 수잔네 클라우저는 슈니츨러의 아담한 주택을 방문할 약속 날짜를 정했다. 슈니츨러는 18년 전부터 슈테른 바르테 거리 71번지에 있는 집에서 살고 있었다. 당시 빈에서 소수에 불과한 자가용 소유자 중 한 사람이었던 여자 친구 엘자 폰 굿만이 그녀를 동행했고, 그녀가 일을 마칠 때까지 슈니츨러의 집 앞에서 기다렸다. 이 일이 어떻게 흘러가는지 꼭 알고 싶었던 것이다. 수잔네 클라우저는 몇 년 전처럼 사람 앞에 나서는 것에 대한 공포증은 더이상 없었지만, 정원을 지나 슈니츨러가 기다리고 있을 2층 작업실까지 올라가는 몇 걸음이 그녀에게는 거의 고통이나 다름없었다. 그러나 이제 그녀는 그처럼 존경하던 거장과 마주서 있었다. 당시 슈니츨러의 나이는 66세였다. 키는 중간 정도에 얼굴이 긴 편이었고, 파란색 눈에 머리가 허옇게 셌고 수염도 흰색이었다. 그는 조끼에 손가락 두 개를 넣은 채 자신보다 36세 아래인 수잔네 클라우저를 똑바로 서서 맞이했고, 예리한 시선으로 유심히 그녀를 관찰했다.

"제 작품을 번역하시고 싶다고요? 아주 기쁜 일입니다. 지금까지는 무슨 일을 하셨습니까?"

특별한 것은 없었다. 그저 그녀의 주변에 있는 사람들이 하는 것과 비슷한 일들이었다. 좋은 집안에서 태어나 신분에 맞는 교육을 받은 뒤 결혼했고, 두 아이의 엄마로서 집안 살림을 관리하며, 브리지게임을 즐기고 책읽기를 무척 좋아했다. 특히 슈니츨러의 작품을 좋아했다. 그녀는 자신이 가져온 번역본을 그에게 보일 수가 없었다. 편지지 8장에 휘갈겨 쓴 글씨는 오직 그녀 자신만이 읽을 수 있었다.

슈니츨러는 혹시 그 내용을 읽어줄 수 있는지 물었고, 그녀는 기꺼이 그러겠다고 대답했다. 그는 그녀에게 안락의자를 내주고는 맞은편에 얼굴을 마주보고 앉아 그녀가 읽어주는 내용을 주의 깊게 들었다. 번역은 그의 마음에 들었던 것으로 보인다. 대화의 '사업적인' 부분이 먼저 매듭지어졌다. 아직 번역되지 않은 모든 작품을 프랑스어로 번역하고 그에게 그 내용을 미리 검증받을 것을 그녀에게 허락한 것이다. 그런 다음 주제가 바뀌어 대화가 자연스럽게 사적인 부분으로 넘어갔다. 수잔네는 얼마 전에 아버지를 잃은 뒤 여전히 슬픔에 잠겨 있었다. 아버지에 대한 사랑이 각별했기 때문이다. 슈니츨러는 거기에 깊은 동감을 표현했다. 그 역시 입장만 바뀌었지 똑같은 상황에 처해 있었던 것이다. 3개월 전에 사랑하는 딸 릴리의 사건이 벌어졌고, 그는 이 세상 누구보다도 사랑하던 딸을 잃었다. 이제 겨우 19세였던 릴리가 아무것도 아닌 일로 베네치아에서 자살한 것이다. 남편과 사소한 일로 말다툼을 하던 그녀는 벽에 걸려 있던 총을 욕실로 가져가 방아쇠를 당겼다. 이탈리아 장교 출신인 남편 아르놀도 카펠리니가 제1차 세계대전에 참전했을 때 군대에서 사용하다가 집으로 가져온 옛 오스트리아제 총이었다. 릴리는 단지 남편을 놀래게 해주고 싶었을 뿐 총알이 장전된 상태고 안전장치까지 풀려 있으리라고는 꿈에도 생각하지 못했던 것이다. 총알이 릴리의 몸속으로 파고들어 갔는데 잔뜩 녹이 슨 총알이었던 탓에 패혈증을 야기했고, 이것이 결국은 그녀를 죽음으로 내몰았다. 릴리의 장례식에 참석하기 위해 베네치아를 방문했던 아르투어 슈니츨러는 그 충격에서 벗어나지 못했고, 그 후로 완전히 노인이 되어버렸다.

마음의 고통을 터놓고 이야기하는 것이 두 사람에게는 큰 위안이 되었다. 슈니츨러는 본인의 의도와는 상관없이 어이없는 죽음에 이르게 된 외동딸을 잃은 고통을, 수잔네 클라우저는 사랑하는 아버지를 잃은 슬픔을 함께 나누었다. 이처럼 두 사람 사이의 최초의 끈은 여기서 벌써 맺어진 것이었을까? 그는 마음 깊숙한 곳에서는 이미 오래 전부터 고독한 남자가 아니었던가? 7년 전 아내 올가 슈니츨러와 이혼한 뒤로 그녀가 모든 수단을 동원해 추진했던 재결합을 고집스럽게 반대하던 그였다. 유일한 혈육인 아들 하인리히마저도 연극 무대에서 일하게 되면서 멀리 베를린에 가 있었다. 일찍이 혼자가 된 여류작가 클라라 폴라첵이 5년 전부터 그의 공공연한 파트너로 여겨지고 있었지만, 그는 그녀의 끊임없는 구애에 응하지 않

았다. 굴욕과 무시를 당한다고 느끼는 그녀의 비난도 노작가의 신
경을 거슬렀다. 그에게 다시 한번 새로운 깊은 관계에서 오는 행복
을 맛볼 기회가 주어진다면, 그는 그 어느 때보다 그것을 받아들이
기에 좋은 상태에 있었다.

첫 만남에서 그의 작품을 프랑스어로 번역해도 좋다는 전권을 서
면으로 위임받은 수잔네 클라우저는 며칠 뒤부터 바로 번역 작업에
착수했다. 게다가 파리에 있는 그녀의 지인들은 슈니츨러의 작품을
프랑스에 집중적으로 보급할 수 있게 해주는 편집진과 출판사까지
연결시켜 주었다. 당시 생의 마지막 시기를 보내고 있던 슈니츨러
는 이미 모든 성공의 영광을 체험한 뒤였고, 엘리자베트 베르크너
가 출연한 영화 〈엘제 양〉과 말년의 희곡 『여름 공기의 유희 속에

서』, 『연못으로 가는 길』, 그리고 단편소설 『어둠 속으로의 도피』로 다시 주목을 받고 있었다. 이 시기에 수잔네 클라우저는 전권을 위임받은 지 얼마 지나지도 않아 자신이 프랑스어로 번역한 슈니츨러의 단편소설이 실린 잡지로 그를 깜짝 놀라게 했다. 그녀는 그 대가로 받은 1천 프랑 전액을 그에게 주려고 했지만, 아마추어만이 무보수로 일한다는 슈니츨러의 설득 끝에 그와 돈을 나누겠다고 했다.

작가와 번역가 사이인 두 사람의 만남은 점점 잦아졌다. 이제 그녀는 새로운 작품을 번역해 그에게 감수를 받으려는 목적으로만 그를 방문하지 않았다. 그러나 만사에 매우 조심스러웠다. 아르투어 슈니츨러는 항상 클라라를 주의해야 했고, 수잔네 클라우저는 결혼한 지 얼마 되지 않은 유부녀였다. 공간적으로 떨어져 있던 시기에 서로 교환했던 편지는 모두 정중하게 예의를 갖춘 존칭으로 써졌다. 두 사람의 관계가 시작된 처음 몇 달 동안 '존경하고 친애하는 부인에게'로 시작된 호칭은 나중에도 기껏해야 '사랑하는 수잔네 부인'이나 '사랑하고 친애하는 수잔네'로 조심스럽게 바뀌었을 뿐이다. 그러나 이 편지를 제대로 이해할 줄 아는 사람이라면, 슈니츨러가 하는 말이 무슨 뜻인지를 알 수 있다. "당신의 말 한마디 한마디에 감사하고, 이해하고, 느낍니다. 하지만 나는 혼자입니다. 아니 그렇지 않습니다. 당신의 손에 키스합니다. 수잔네 부인." 그는 편지에서 자신을 파리에 있는 그녀의 집(자신의 생가와 비슷한)으로 이끌었던 '아주 생생한 꿈'에 대해 이야기했고, 바로 직전에 그녀와 나누었던 장거리 도시 간의 전화 통화("바로 가까이 있는 것 같은 이 놀라운 착각")를 묘사했다. 또한 그녀가 한 신문 기사에서 그에 대한 존경심을 표하겠다고 하자 어떤 식으로든 그것을 공표하지 말라고 당부했다("나는 개인적으로 듣는 것이 더 좋습니다!"). 그는 이미 오래전부터 단순한 사업상의 왕래를 넘어선 그녀와의 편지 교환에서 모든 단어 하나하나를 신중하게 골라서 선택했고("나는 유치하고, 빈약하고, 불완전하다고 생각하는 편지 세 통을 당신에게 보내지 않았습니다!"), 그녀와의 재회를 잠시도 기다릴 수 없음을 고백했다("겨우 3주가 지났을 뿐인데 그것이 마치 영원처럼 느껴집니다!"). 또 편지의 시작 부분 중 한 곳에서 그녀를 분명하게 '유일하게 중요한 사람'의 수준으로 끌어올렸고, '내 모든 생각은 오직 당신에 대한 것'이라는 사실을 반복해서 확인시켜 주었다.

슈니츨러가 남긴 마지막 3년 동안의 일기에는 그보다 더 분명한 표현들이 등장한다. 1928년 11월 14일에 처음으로 기록한 내용에는 새로 알게 된 사람의 이름(클라우저가 아닌 클라우스너로 잘못 적었다)이 나오고, 그녀를 그저 '아주 매력적인' 여인으로 묘사했다. 그런데 불과 몇 개월 뒤부터는 주로 오전에 슈니츨러의 집에서 이루어진 그녀의 방문을 거론하면서 '상당히 개인적인 것'과 '종교에 관한 문제', '아름다운 시간들', '고갈되지 않는 대화'라는 표현이 등장한다. 그러다가 1929년 11월 30일에 이르러 슈니츨러는 마침내 수잔네 클라우저에 대한 자신의 마음을 일기에 털어놓았다. "불과 몇 주 만에 삶의 중심이 바뀔 수 있다는 것이 참으로 놀라울 뿐이다."

그녀가 친지의 병으로 급히 파리를 방문해야 했을 때는 마치 슈니츨러의 집이 그녀의 정기적인 거주지인 것처럼 신분증과 돈을 슈테른바르테 거리로 보냈고, 그녀 자신이 작은 수술을 받아야 했을 때는 슈니츨러가 급히 뤼틀렌 요양원의 병상으로 그녀를 방문했다. 테레지아눔 거리에 있는 그녀의 집을 방문하는 일도 더러 있었고, 하루에 다섯 번이나 전화 통화를 하는 것도 더는 드문 일이 아니었다. 그녀는 슈니츨러에게 자신의 소녀 시절에 대해 이야기했고, 그 당시에 쓴 일기장을 보여주기도 했다. 심지어 한번은 자신의 두 아이를 그에게 데려오기도 했고(슈니츨러의 가정부가 아이들에게 따뜻한 코코아를 내주었다), 그의 집에서 둘만의 오붓한 저녁식사를 할 때는 자정이 다 되어서도 집으로 돌아가지 않았다.

다시 빈으로 돌아온 그녀가 파리에서 가져온 최신 소식을 전해줄 때면, 그는 "그 모든 것들은 그녀가 여기 있다는 사실에 비하면 지극히 하찮은 것이었다"고 느꼈다. 두 사람은 쇤부룬 성과 프라터 공원으로 산책을 나갔고 시내에서 함께 쇼핑을 했다. 극장과 영화관을 방문했고, 오페라 공연이 끝난 뒤에는 자허 호텔에서 저녁을 먹었다. 1931년 초 수잔네 클라우저가 건강상의 문제를 하소연했을 때, 두 사람은 함께 키싱겐으로 요양하러 가거나 '요양을 위한 여름 휴가'를 떠나기로 계획했다. 그러나 그 일은 성사되지 못했고, 성사될 수도 없었다. 점차 숨기기 어려워진 두 사람의 관계에 대한 소문이 점점 더 커졌기 때문이다.

일기장에는 벌써 수잔네가 병석에 누워 있을 때 그의 잦은 방문으로 불쾌감을 느낀 시어머니의 비난과 아내에게 기만당한 것을 알면

결투를 신청하게 될 '남편과의 불화'에 대한 이야기가 나온다. 또한 그녀가 소홀해졌다고 느끼는 아이들에 관한 내용도 읽을 수 있다.

빈에는 슈니츨러가 이 새로운 관계에서 느끼는 행복과 고통을 터놓고 이야기할 수 있는 상대가 거의 없었다. 그래서 잠시 베를린에 머무는 동안에는 친밀한 사이인 도라 미하엘리스에게 모든 것을 이야기할 수 있는 것이 더욱 기쁜 일이었다. 다시 빈으로 돌아온 슈니츨러에게는 '곤혹스런 하인들의 수다'를 막는 전략을 개발하는 것이 문제였다. 그러다가 은행의 고위직에 있던 수잔네의 남편이 1~2년 계획으로 파리로 옮겨야 할 일이 생겼는데, 수잔네가 아이들과 함께 빈에 남기로 하면서 상황은 돌이킬 수 없는 극한으로 치달았다. 그녀는 이것이 결혼 생활의 끝을 의미한다는 점을 분명히 알고 있었다.

그러는 사이에 '부차적인 전선'에서 먼저 사건이 터졌다. 비록 습관적으로나마 여전히 아르투어 슈니츨러와 결속되어 있던 클라라 폴라첵이 제메링 고개로 함께 소풍을 갔다가 경쟁자가 있다는 사실을 눈치 챈 것이다. 휴지통에서 수잔네가 보낸 편지봉투를 발견한 것인데, 처음에는 아무리 해도 도저히 제압할 수 없었던 슈니츨러의 이혼한 아내 올가에게 질투의 화살을 돌렸다. 그러다가 차례로 다른 경쟁자들에게 의심의 눈길을 보내던 그녀도 결국에는 '내가 아직 가지고 있는 얼마 안 되는 것을 훔쳤거나 훔치려 하는' 사람의 정체를 알게 되었다. 클라라 폴라첵은 그 자리에서 당장 집으로 돌아갔고, 슈니츨러는 그날의 일을 일기에 적었다. "그녀는 수잔네에게 끝없는 모욕을 가했다. 가장 좁은 의미에서의 성적인 행위는 전혀 없었다고 말해도 지금까지는 자신의 소유였던 것을 그녀가 빼앗았다는 것이다." 그러면서 그는 이 상황과 관련된 자신의 입장을 덧붙였다. "일이 계속 이런 식으로 흘러가서는 곤란하다는 것만은 분명하다. 그녀가 질투의 빌미를 갖게 되는 것도 마찬가지다." 4주 후에 다시 만났을 때 두 사람 사이의 대화가 또다시 극적으로 치닫게 되자, 클라라 폴라첵은 결국 이성을 잃고 자살을 시도했다.

평소 좀 더 건강하게 생활하려는 노력을 일체 하지 않았고, 차와 커피, 담배 등의 기호식품도 자제할 마음이 없었던 슈니츨러는 이 무렵 자신이 앞으로 살 날이 몇 주밖에 남지 않았다는 사실을 전혀 예감하지 못했다. 그는 1931년 9월 5일에 이렇게 썼다. "내 상태가 아주 좋지는 않지만, 우리는 그것이 다시 한번 그저 지나가는 것이기를 바란다. 어디로 가는지 알 수만 있다면."

슈니츨러가 자신의 마지막 사랑에 헌사한 일기장의 마지막 내용은 체념과 습관적인 행동 사이를 오가는 모습을 보여준다. 초기의 기록에서 그는 그녀가 자신에게 고백한 '잊을 수 없는 것'들과 그에게 생기를 불어넣는 그녀의 전화, 그녀와 함께 여행을 떠나는 꿈들, 그녀에게 작별 인사를 하면서 건네준 정원의 장미꽃, 그녀의 33번째 생일을 축하하기 위해 테라스에 마련한 둘만의 저녁식사에 열광했다. 그러나 이제는 그녀가 처해 있는 '가정생활과 결혼 생활을 더이상은 견디기 힘든 매우 무기력한 상태'에 대한 언급만 있을 뿐이다. 10월 11일에는 그녀와 전화했다는 사실만 기록되었고("매일 그랬던 것처럼 세 번에서 다섯 번"), 19일에는 "수잔네가 11시에 와서 1시까지 있었다"고만 적혀 있다.

그것으로 슈니츨러가 기록한 수잔네 클라우저에 대한 내용은 중단되었다. 그녀와의 마지막 만남을 일기에 기록하기 전에 죽음이 먼저 닥친 것이다. 그날은 1931년 10월 20일로 놀랍도록 청명하고 아름다운 가을날이었다. 슈니츨러는 프라터 공원으로 산책을 나갔다. 생기발랄한 이 젊은 여인이 그의 삶 속으로 들어온 지 정확히 3년이 흘렀다. 이날도 그는 그녀와 함께 보내고 싶었고, 그녀에게 전화를 해서 약속을 정했다. 두 사람은 택시를 탔고, 걷는 시간은 평소보다 짧았다. 슈니츨러가 금방 피로를 느꼈기 때문에 두 사람은 공원 벤치에 앉아 쉬었다. 늦가을에 접어든 나무들은 벌써 벌거숭이가 된 채 햇빛을 받고 있었다.

수잔네 클라우저는 그의 얼굴이 주름투성이고, 그가 늙은 남자라는 사실을 처음으로 깨달았다.

다음날 10시경 그의 하녀가 그녀에게 전화해 소식을 전해주었다. "선생님께서 막 당신에게 전화를 하려고 하시다가 쓰러져서 의식을 잃었어요." 그러면서 그녀는 의사가 와 있고, 환자의 의식이 돌아오면 의사 선생님이 전화할 거라고 말했다.

그러나 아르투어 슈니츨러는 더이상 의식을 찾지 못하고 오후 6시 30분에 숨을 거두었다. 슈니츨러의 비서에게 연락을 받고 달려온 클라라 폴라첵이 그의 곁에서 잠시도 물러나지 않았고, 그가 마지막 숨을 거둘 때까지 그의 머리를 손으로 잡고 있었다. 밤에도 그녀는 망자 곁에서 지새웠다. 수잔네 클라우저는 다음날 아침이 되어서야 이미 차가워진 이마에 키스할 기회를 얻을 수 있었다.

그 후 정확히 50년 뒤에 세상을 떠날 때까지 수잔네 클라우저는 자신의 힘이 닿는 한 슈니츨러의 명성과 사후의 명성을 높이기 위해 줄기차게 노력했다. 그것은 그녀에게도 유익한 일이었다. 슈니츨러가 죽기 몇 개월 전에 자신의 고마움을 전하는 '작은 표시'로서 프랑스어로 출간된 작품의 모든 저작권 수입을 수잔네 클라우저에게 준다는 유언을 남겼기 때문이다.

슈니츨러가 죽은 직후 남편과 이혼한 수잔네 클라우저는 독자적인 삶을 개척했고, 도미니크 오클레레라는 필명으로 시사평론가, 집필가, 소설가, 번역가(가령 빈에서 망명한 헤르타 파울리의 작품)로 이름을 얻었다. 1955년에는 파리 〈피가로〉지의 통신원이 되어 옛 고향으로 돌아가 오스트리아의 조약 체결 기사를 보도했고, 진짜 러시아 황제의 딸인가 하는 문제로 논란이 분분했던 안나 앤더슨을 만난 뒤에는 『아나스타샤, 당신은 누구인가?』를 써서 그 '미지의 여인'의 감동적인 운명을 풀어놓았다. 또한 소설 『수녀라는 이름의 소녀』를 통해 미국 시장까지 정복했다.

수잔네 클라우저는 자신의 저작 활동과 병행해서 슈니츨러의 전작을 프랑스어로 완성하기 위해 심혈을 기울였다. 그 결과 『엘제 양』, 『베르타 카를란 부인』, 『테레제. 한 여인의 삶에 대한 연대기』를 차례로 번역했다. 슈니츨러가 사후 50주년에 즈음해 프랑스에서도 새로운 전성기를 맞이하게 된 것은 일차적으로는 수잔네 클라우저의 그러한 노력 덕분이었다. 이는 그녀의 번역에서 드러나는 '독단' 을 비난하는 소리에도 불구하고 변하지 않는 사실이다.

다만 그녀는 아르투어 슈니츨러와의 관계에 대해 자신의 사적인 견해를 피력하는 문제에서는 지극히 말을 아꼈고 완고했다. 세상을 떠나기 1년 전에도 필자에게 보낸 편지에서 '내 젊은 시절의 굉장한 체험', 자신과 슈니츨러를 결합시킨 '내적인 이해'를 언급하면서 '결코 빛이 바래지 않고 오히려 미화된 추억'은 자신만의 가장 고유한 재산이고, "그것은 오직 나만의 것입니다"라고 썼다.

그러나 단 한 번 예외를 둔 적이 있었는데, 파리 주재 오스트리아 문화협회가 아르투어 슈니츨러 탄생 100주년 기념식에서 그녀에게 강연을 부탁했을 때였다. 그녀는 연설을 마무리할 때 자신이 번역한 슈니츨러의 단편 『꽃』을 변형시켜 인용하면서 처음으로 '사랑'이라는 말을 언급했다. 1928년 어느 가을날, 모든 것을 시작하게 해준 바로 그 작품이었다.

16

"그대, 너무도 사랑스런 여인이여!"

—— 🎀 ——

요제프 바인헤버*와 게르다 야노타

"그의 태양과 나의 목성은 나란히 놓여 있어요!"

그녀가 한 첫마디였다. 필자가 점성술에 대해 좀 더 잘 알고 있었다면, 게르다 슈타틀러 야노타가 한 말이 무슨 뜻인지 단박에 알아들었을 것이다. 그 말은 처음부터 서로의 짝으로 정해진 두 사람, 다시 말하면 완전하고 궁극적인 조화를 뜻한다. 물론 그처럼 이상적인 위상이 실현되는 것을 방해하고 좌절시키는 불행한 상황에 직면

* 요제프 바인헤버(Josef Weinheber,1892~1945) 오스트리아의 서정시인. 자서전적 장편소설 『고아원』, 시집 『귀족과 몰락』 등으로 많은 문학상을 받았고 시인으로서 독자적인 경지를 개척하였다. 그 밖에 주요 작품으로는 처녀시집 『고독한 사람』, 빈의 방언으로 쓴 『빈의 언어로』 등이 있다.

할 수도 있다. 그러나 분명한 것은 그것이 두 남녀의 파트너 관계에서 최고의 전제 조건이라는 점이다.

게르다 야노타는 필자가 별자리를 믿기를 바랐을 것이다. 그랬다면 요제프 바인헤버와 그녀가 어째서 서로에게 정해진 사람인지를 설명하느라고 많은 말을 할 필요도 없었을 것이다. 비록 두 사람의 관계가 결국은 잦은 숨바꼭질 놀이와 체념이 뒤섞인 아주 복잡한 관계로 발전했지만 말이다. 그러나 열성적인 점성술사였던 그녀에게는 어쨌든 한 치의 의심도 없었다. 그녀의 일생일대의 사랑이었던 요제프 바인헤버가 불행한 결혼에 연루되지 않고 매 걸음마다 그를 따르는 반려자와 함께 있었다면, 즉 게르다 슈타틀러의 곁에 있었다면, 말년에 그토록 깊은 절망에 빠져 결국 자살했던 그는 행복하게 살았을 것이다. 그와 함께 그녀 또한 행복했을 것이다.

필자는 그로스페르트홀츠 요양원의 아담한 커피숍에서 86세의 게르다 슈타틀러와 마주 앉았다. 그녀는 체코 국경과 인접한 이 곳 진흙욕장에서 요양차 3주간 머무르고 있었다. 필자는 그녀를 만나기 전에 사진을 몇 장 들고 있었는데, 날카로운 얼굴선과 긴장감이 도는 태도, 생기 있는 얼굴색에서 한눈에 그녀를 알아보았다. 원래 그녀가 이런 진흙 목욕과 온천욕, 마사지를 받아야 할 만큼 심각한 이유는 전혀 없었다. 다만 그녀가 고령인 점을 감안해 기력을 재충전을 할 수 있도록 주치의가 요양을 권장한 것이고, 그녀는 그의 충고를 따른 것이다.

필자는 그녀가 살아온 이야기, 다시 말하면 시인 요제프 바인헤

버에 대한 열정적인 사랑을 본인의 입으로 직접 듣고 싶어서 찾아
갔다. 다행히 끈질긴 질문으로 그녀를 성가시게 하거나 괴롭힐 수
도 있다는 걱정은 기우였다. 오히려 그녀와 함께한 몇 시간 동안 필
자가 보인 관심이 그녀가 제대로 누리지 못했던 지극히 짧은 행복
의 순간을 되돌려주었다는 인상을 받았다. 게르다 야노타와 요제프
바인헤버가 알고 지낸 8년이라는 세월을 두 사람이 구체적으로 함
께 지낸 시간으로 한정할 때, 그 시간은 불과 몇 개월에서 어쩌면
몇 주로 줄어들기 때문이다. 하지만 사람의 감정을 초시계를 동원
해 측정할 수 있는 걸까? 그녀 자신은 아마 그런 식으로 계산할 생
각 따위는 결코 해본 적이 없었을 것이다. 그래서 필자 역시 이 두
사람이 실제로 함께 보낸 시간이 며칠인지, 몇 달인지 하는 질문은
그만두었다.

때는 1937년 가을, 요제프 바인헤버의 나이 45세 때였다. 그와
그의 두 번째 아내 헤트비히는 7개월 전에 빈을 떠나 키르히슈테텐
숲 가장자리에 있는 시골집으로 이사했다. 예전에 유원지 음식점이
었던 곳을 1년 전에 모차르트 상을 수상하면서 받은 상금으로 경매
에서 구입한 뒤 상당한 비용을 들여 개조한 집으로, 지금까지 도시
인이었던 바인헤버의 새로운 거주지가 되었다. 그는 농부들 속에
묻혀 살면서 자신의 집을 손수 가꾸고, 나무와 덤불을 심고, 꽃과
채소를 키우고, 염소와 닭과 돼지를 치는 일들이 어떤 행복을 주게
될지 상상도 하지 못했다. 그는 우물을 파고 새로운 울타리를 설치
했고, 정원 입구와 집 샛길에 돌을 놓았다. 그러다 보니 자신의 본

업인 집필 활동도 게을리 할 수밖에 없었다. 너무 많은 일을 하다가 지치고 힘들어지는 날이면 마을의 술집으로 가서 농부들과 술을 마셨고, 류트를 연주하면서 농부들의 노래를 함께 불렀다.

10년 전에 결혼한 아내 헤트비히와의 관계는 가정의 행복을 기대할 수 없다는 사실이 확인된 이후로 더욱더 냉랭해졌다. 두 사람 사이에는 그토록 갈망하던 아이가 생기지 않았던 것이다. 두 사람은 그런 현실에 적응했다. 헤트비히는 충실한 동반자였고 돈을 관리하는 능력도 그보다 훨씬 뛰어났다. 그리고 돈은 충분했다. 3년 전에 바인헤버의 시집 『고귀와 몰락』이 출간되었고, 2년 전에는 베스트셀러 『빈의 언어』가 출간된 것이다. 또한 바인헤버가 여기저기 초청을 받아 참석하는 낭독회에서 받는 사례금도 상당한 금액이었다.

1937년 11월, 바인헤버는 린츠에 도착했다. 협회 건물의 강의실은 만원이었고, 청중들 중에는 지금까지 발표된 바인헤버의 전 작품을 모두 읽은 22세의 독문학과 여대생 게르다 야노타도 있었다. 한 친구가 그녀에게 이 행사가 개최된다는 사실을 알려주고 그녀를 데려온 것이다. 게르다는 낭독회가 끝나고 바인헤버와 함께 '장미의 집' 무도장에서 술을 마시는 자리에 합류하게 된 사실을 기쁘고 자랑스럽게 생각했다. 그녀는 학교에서 처음 춤을 배우던 시절부터 이곳을 알고 있었다. 이론 수업이 끝나면 학교에서 배운 것을 여기서 실행에 옮겼고, 때로는 부모들의 감독을 받으면서 젊은 신사들의 손에 이끌려 춤을 추기도 했던 것이다. 이날도 마찬가지였다. 다만 한 가지 예외가 있다면 바인헤버가 춤을 출 줄 모르는 사람이었다는 것이다. 대신에 그는 뛰어난 재담가이자 열정적인 술꾼이었다. 게르다는 그의 옆에 앉으라는 요청을 받았다. 두 사람은 즉시 서로에게 호감을 느꼈고, 함께 술을 마셨다. 늦은 시간에 모임이 끝나자 그녀는 린츠 광장에 있는 호텔까지 그를 배웅했다.

게르다는 독문학과 예술사를 전공하기 위해 인스부르크 대학에 입학해 1학기를 다니고 있었다. 그녀가 김나지움을 졸업한 뒤 3년이나 지나서 학업을 시작하게 된 것은 그녀의 노동력을 절실하게 필요로 하는 부모님의 사업 때문이었다. 그녀의 아버지는 린츠 근교 우르파르에서 오래된 소규모 술 공장을 운영했는데, 게르다가 공장의 회계장부를 관리해야 했던 것이다. 아버지가 이제야 드디어 그녀를 놓아주자 그녀는 2학기 동안 다른 대학의 수업을 청강하기 위해서 튀빙겐으로 옮겼다. 게르다는 장차 학문을 연구하면서 살고 싶어했고, 그녀의 부모는 교사가 되기를 원했다.

이듬해에도 바인헤버의 낭독회 일정이 알려졌고, 게르다의 가슴은 다시 두근거리기 시작했다. 독일 순회강연에 나선 바인헤버는 먼저 슈투트가르트를 방문했다. 게르다 야노타는 여자 친구 하나와 기차를 타고 와 행사에 참석했다. 강연이 끝나고 작가 사인회가 열렸고, 몇 개월 전 린츠에서 만난 이후 바인헤버를 열렬히 숭배하게 된 게르다는 그 앞에 모습을 드러냈다. 그녀는 행사 이후에 이어진 파티에도 참석해 그와 나란히 앉았다. 바인헤버는 자신의 숙소로 게르다를 초대했지만 호텔 측의 엄격한 규율 때문에 그녀를 객실로

데려가지는 못했다. 23세라는 나이 차이 때문에 두 사람의 만남은
문 앞에서 끝날 수밖에 없었고, 다음날 아침식사 약속을 하는 것으
로 만족해야 했다. 그러나 이 자리에서도 두 사람은 단 둘이 만나지
못했다. 예의범절 때문이었는지, 아니면 자신의 대학교수에게 깊은
인상을 심어주려는 의도였는지 게르다는 튀빙겐 대학 독문학과 교
수인 클룩크혼(바인헤버는 그에게 자신의 숭배자인 게르다를 젊은 친척이라고 말
했다)을 대동한 채 나타났다. 게르다는 바인헤버의 다음 강연 장소인
울름까지 기차를 타고 함께 갔는데, 두 사람은 이 기차 안에서 비로

소 더 가까워졌고 기차가 터널을 지날 때 첫 키스를 했다.

하지만 장차 어떻게 해야 한단 말인가? 게르다는 자신이 그토록 숭배하는 우상과 살고 싶다는 꿈이 도저히 극복할 수 없는 장애물에 부딪혀야 한다는 사실을 분명히 알고 있었다. 그래서 그 없이 지내야 하는 시간에 적응해야만 했다. 그의 가정생활을 속속들이 알게 된 후로는 바인헤버와 공개적으로 편지를 주고받는 것조차 바랄 수 없었다. 서로 주소를 주고받기는 했지만 그의 아내가 철저하게 감시하고 있었던 것이다. 그래서 바인헤버가 두 사람의 관계를 어느 정도 털어 놓은 양어머니 집으로 편지를 보내거나 다른 친구들의 이름으로 편지를 보내야 했다. 어디로 보내건 그 편지들은 모두 그리움과 체념, 희망과 인내를 구하는 애절한 부탁이 담긴 연애편지들이었다.

두 사람이 다시 만나기까지 또다시 거의 1년이 지났다. 게르다는 그 사이 본 대학으로 옮겼고, 고향 린츠로 돌아가는 길에 잘츠부르크에 잠시 머물고 있었다. 이번에도 게르다는 청중들 중 하나로 낭독회에 참석했다. 그날 바인헤버는 그녀를 위해서 호텔에 방을 잡아주었는데, 그 방은 자신이 묵는 방이었다.

사랑하는 두 사람은 이제 목표가 분명해졌다. 둘이 함께 살거나 가정을 이루는 것이 불가능하다면 최소한 규칙적인 만남을 이어가고 싶었다. 비록 비밀리에 만나야 하는 상황일지라도. 두 사람이 만나기에 적합한 곳은 빈이었다. 게르다는 여기서 학업을 계속하기로 했고, 일 때문에 빈을 자주 방문해야 했던 바인헤버도 여기서는 이따금 아내의 감시망에서 벗어날 수 있었던 것이다. 두 사람이 처음 함께 살았던 집은 주인이 아주 엄격했다면, 리히텐슈타인 거리에 구한 집의 주인은 바인헤버처럼 유명한 사람이 자기 집에 산다는 것을 자랑으로 여기는 보다 관대한 여성이었다. 1941년 초에 임신한 게르다가 12월 5일에 아들을 낳았을 때도 마음씨 착한 집주인은 온갖 도움을 아끼지 않았다.

그러나 이제 한 아이의 엄마가 된 딸을 둔 부모는 조금도 기쁘지 않았다. 결혼도 하지 않고 아이를 낳는 것이 얼마나 수치스런 일이란 말인가! 그럼에도 불구하고 게르다의 부모는 슈테판 성당에서 열린 세례식에 참석했다. 아이는 바인헤버의 할아버지 이름에 따라 크리스티안으로 불리게 되었다. 오랫동안 갈망하던 후손을 얻은 기쁨으로 충만한 바인헤버는 자신이 아버지임을 스스로 밝혔고, 아이에 대한 양육비 부담 의무도 충실히 이행했다. 바인헤버의 아내만이 게르다가 다른 사람에게서 낳은 아이를 바인헤버의 자식으로 만들려 한다고 비방하면서 혈액 검사를 고집했다. 몹시 격분해서 이혼에 대한 언급조차 거부하던 바인헤버의 아내는 남편에게서 어떤 식으로든 다시는 게르다를 만나지 않겠다는 약속까지 받아냈다. 바인헤버에게 보내온 게르다의 편지 중 하나를 가로챘다가 남편을 추궁한 끝에 모든 일이 이미 오래전부터 진행되고 있었다는 사실을 뒤늦게 알게 된 것이다.

아이는 린츠에 있는 외가에 맡겨져 자랐고 게르다는 빈에서 학업을 계속했다. 그런데 남동생이 전쟁에서 중상을 입고 귀향하는 바람에 부모의 공장에서 일할 수 없게 되자 게르다는 다시 학업을 중

단하고 일을 도와야 했다. 그녀는 1944년에야 바인헤버와 친분이 있던 요제프 나들러 교수 밑에서 '에밀 슈트라우스의 드라마' 라는 제목으로 논문을 제출해 박사학위를 받았다.

게르다 야노타는 사랑하는 사람과 아이와 함께 꾸려가는 행복한 가정생활에 대한 꿈을 머릿속에서 지워야만 했다. 그녀는 두 사람의 관계가 시작될 무렵 바인헤버가 냅킨 위에 연필로 그려 보인 집을 단 한 번, 그것도 그의 아내가 병으로 입원해 있을 때 몰래 보았을 뿐이다.

그러나 그보다 더 괴로운 일은 아버지와 아들이 만날 기회가 거의 없었다는 것이다. 바인헤버가 어린 크리스티안을 품에 안아본 것은 딱 세 번뿐이었다. 바인헤버의 아내가 남편을 잠시도 놓아주지 않았다는 측면도 있지만, 전쟁의 상황이 점차 극적으로 전개되면서 오스트리아 내에서 여행하는 것이 점점 더 어려워졌기 때문이다. 1백 킬로미터 이상 떨어진 지역을 여행하려면 뚜렷한 목적을 명기한 여행 허가서가 있어야 했다. 그래서 서로 연락을 주고받는 것은 편지로만 가능했다. 그러나 그것도 비밀리에 이루어져야 했기 때문에 여간 힘든 일이 아니었다. 서로를 '페피' 와 '게르델' 이라고 부르는 두 사람의 편지가 바인헤버의 아내의 손에 들어가는 일이 없어야 했기 때문이다(그의 아내는 남편을 특별한 애정 없이 그저 '바인헤버' 라고 불렀다).

게르다 야노타는 연인 바인헤버로부터 최종적으로 120여 통의 편지와 엽서, 전보를 받았다. 그녀는 그 무엇보다 귀중한 이 편지들과 간혹 바인헤버가 편지에 동봉한 시들, 그리고 그녀 자신이 수년 동안 수집한 신문 기사 등을 소중하게 간직했고, 전쟁 동안과 전후의 모든 혼란스런 상황에도 불구하고 그것을 끝까지 잘 보관하고 있었다. 반면에 그녀 자신이 쓴 편지들은 하나도 남지 않았다.

바인헤버가 애인에게 몰래 보내는 편지에는 두 사람의 복합적인 관계가 반영되어 있다. 그의 편지에서는 '그녀를 더이상 볼 수 없는' 괴로움과 '나의 잠결까지 파고드는' 게르다의 '슬픈 목소리', 그에게서 한 발자국도 떨어지지 않으려는 아내의 의심스런 눈초리 때문에 우체국에 보관되어 있는 편지를 찾으러 가지 못하는 고통을 읽을 수 있다. 또한 아내와의 '심각한 갈등'과 지난 몇 개월 동안 간직한 '그대에게 다가가 그대의 시선을 느끼고 손을 만지고 싶은' 채워지지 않는 갈망을 읽을 수 있다.

바인헤버의 48번째 생일 이틀 전인 1940년 3월 7일자 편지에서는 다음과 같은 내용을 읽을 수 있다.

"이제 그대가 떠난 뒤에야 그대가 단 한 순간이라도 나를 보기 위해서 그토록 힘들고 번거로운 여행까지 마다하지 않은 것이 얼마나 큰 희생이었는가를 비로소 알게 되었소. 진심으로 고맙소. 기막히게 맛있는 흑맥주도 다시 한번 고맙구려. 그렇게도 많은 돈을 쓰다니, 그대 너무도 사랑스런 여인이여. 당신은 떠났지만 방안이 온통 당신으로 가득 차 있소. 내가 바라보는 곳마다 당신의 사랑스런 얼굴이 보인다오. 난 당신의 사랑 속에서 너무나 행복하오! 모든 선량한 천사들이 당신을 보호할 것이오, 사랑하는 이여!"

5개월 후 호프가슈타인에서 보낸 편지에서는 이렇게 썼다.

"이 지긋지긋한 숨바꼭질이 언제나 끝난단 말이오? 그것 때문에 너무 괴롭구려. 나는 온 세상에 대고 그대를, 용기 있는 당신을 사랑한다고 고백하고 싶소."

그리고 같은 편지에서 이렇게 고백했다.

"건강하고, 반듯하고, 몸매가 좋은 당신에게서 아이를 얻을 수 있다면 얼마나 행복하겠소!"

때로는 비판을 하거나 조심스럽게 훈계하는 내용이 언급되기도 한다. 가령 하루 빨리 학업을 마치라고 게르다를 독촉할 때나 자신이 경제적으로 곤란한 상황에 빠져 일시적으로 양육비를 줄여야 했을 때, 또는 아직도 직업 활동을 하지 않는 그녀에게 아이의 생활비를 보태라고 할 때가 그런 경우였다.

아내가 마지막 순간에 혼자 빈으로 가는 것을 허락하지 않아서, 또는 점점 더 빈번해진 공습(1944년 9월 15일 무렵)에 두려움을 느껴서 이미 정해 놓은 약속을 지킬 수 없을 때면 바인헤버는 언제나 안타까운 마음을 토로했다. 또 게르다와 어린 아들 '기기'에게 크리스마스에 자신이 정원에서 직접 키운 사과를 보내지 못하는 것을 무척 괴로워했다. 12월 중순부터는 우체국에서 소포를 더이상 받지 않았고, 새해가 시작된 뒤에는 그 사이 저장해놓은 과일들이 얼어서 보낼 수 없었기 때문이다.

그 사이 29세가 된 게르다가 키르히슈테텐에서 받은 마지막 편지는 바인헤버가 자신의 53번째 생일인 1945년 3월 9일에 보낸 것이

Innersdorf, 7. III. 40

Liebe Gerda!

Jetzt, wo Du fort bist, erfahre ich erst, was
Du für ein großes Opfer gebracht hast, daß
Du, um nur noch einen Augenblick zu
sehen, die beschwerliche und unständliche
Fahrt zu mir nicht gescheut hast. Ich danke
Dir innig, danke Dir auch nochmals für die
schönen, schönen Kärntnerbecher. Erhasd Ich
da ein großes Unkosten gesteiget, Du liebes,
liebes Mädel. Du bist fort, aber das Zimmer
ist voll von Dir. Dein liebes, inniges Gesicht ist
überall, wohin ich schaue. Überall ist mir Dein

Besuch

Der Blick durchs Fenster: Ein Rohziegelbau.
Im oder Hof unten ein mulziger Schnee.
Ein Tag wie jeder: Der Himmel bleibt grau.
Ein Tag wie jeder: Das Herz tut weh.

Immer allein, und nie zu Hause.
Und niemand kommt heut, mir gibt die ein.
Da tritt du mit dem leuchtenden Strauß
— o jetzt nicht weinen! — zur Tür herein.

Verzeih mir die kleine Impression. Ich bin so glück-
lich in Deiner Liebe. Innig danke ich Dir! Alle
guten Engel sollen Dich schützen, siehst! Wie
schön sind Deine Blumen! Das ganze Zimmer
leuchtet davon. Innig küßt Dich

Dein
Wirtleber

었다. 편지는 평상시와 달리 8쪽에 이르렀고 자상하면서도 침울하게 끝을 맺는다.

"나는 항상 당신과 기기를 생각한다오. 희망을 말하지는 않겠소. 그러기에는 시절이 너무 단호하니 말이오. 하지만 신께서 당신과 우리 아들을 지켜줄 것이오!"

게르다 야노타는 요제프 바인헤버의 죽음을 신문을 통해 알았다. 나치 체제와의 불행한 연루 때문이었는지 세상사에 대한 일반적인 절망 때문이었는지 바인헤버는 1945년 4월 8일 키르히슈테텐의 자택에서 모르핀 과다 복용으로 자살했다. 게르다는 그의 유산 협정 문제로 관청으로부터 소환을 받아 키르히슈테텐을 방문했고, 그때 비로소 집 뒤편의 정원에 안치된 그의 무덤을 찾을 수 있었다. 아직까지 정기적인 기차 운행이 정상화되지 않았던 관계로 키르히슈테텐으로 가기 위해 하룻밤을 묵었던 노일링바흐에서 두 시간을 걸어야 했다. 여관 주인은 그녀에게 방문을 꼭 닫은 뒤 방안에서 자물쇠를 잠그라고 충고했다. 당시 러시아 군인들이 저지르는 온갖 폭행에 대해 흉흉한 소문들이 퍼져 있었기 때문이다.

게르다 야노타와 헤트비히 바인헤버와의 첫 만남도 결코 유쾌하지는 않았다. 자살을 하기 전 바인헤버는 자신의 아들 크리스티안을 단독 상속인으로 정한다는 유서를 남겼지만, 아내인 헤트비히에게는 현재 살고 있는 집에 평생 거주할 수 있는 권리와 저작권 수익에 대한 권리를 허락했다. 1958년에 헤트비히 바인헤버가 세상을 떠나자 그녀의 친척들에 의해 유산 상속을 둘러싼 소송이 다시 제기되었다(거의 20년 동안 진행되었다). 결국 그 사이 36세가 된 크리스티안 야노타는 1978년이 되어서야 니더외스터라이히 주지사인 지그프리트 루트비히의 발의에 따라 아버지의 이름을 사용하고 키르히슈테텐으로 이사할 수 있는 권리를 인정받았다.

그는 황폐해진 토지와 집을 구하고 그 중 일부를 바인헤버 기념관으로 꾸미기 위해 아버지가 남긴 유작들을 오스트리아 국립 도서관에 양도했다. 아주 어렸을 때 아버지를 만난 탓에 아버지에 대한 기억이 전혀 없었던 크리스티안 야노타 바인헤버는 원래 보험 외판원이었지만, 이제 깊은 애정을 담아 설립한 바인헤버 박물관의 관리자 역할도 떠맡았다. 이 박물관은 곧 각지의 방문객들을 조용한 키르히슈테텐으로 유혹하는 장소가 되었다. 그는 린츠에서 찾아오는 어머니 게르다 야노타를 위해서도 언제나 방을 비워 두었다. 그녀는 그토록 많은 희생과 굴욕, 체념에도 불구하고 사랑했던 사람과 생각 속에서나마 함께 있기 위해서 며칠씩 이곳을 찾곤 했다.

게르다 야노타는 전쟁이 끝나고 4년 뒤에 린츠 김나지움 교사인 안톤 슈타틀러와 결혼했지만 변한 것은 아무것도 없었다. 게르다는 1951년에 쌍둥이를 낳았고, 사랑하는 사람과의 사이에서 태어난 첫 아들과 마찬가지로 헌신적인 사랑으로 두 아이를 키웠다. 그러나 두 사람의 결혼은 그다지 행복하지 않았다. 서로 어울리지 않는 사람들이었던 것이다. 게르다는 요제프 바인헤버를 떠올릴 수 있는 모든 것을 의식적으로 멀리했고, 그의 사진 대신 그가 직접 그려서 그녀에게 선물한 베네치아 수채화 하나만 벽에 걸어 두었다. 그러나 안톤 슈타틀러는 아내의 진짜 속마음이 무엇인지, 바인헤버가 죽은 지 몇 년이 지났지만 아내가 여전히 그를 사랑하고 있다는 사실을 너무나 잘 알았다.

남자들의 일손이 부족할 때면 박사학위를 받은 젊은 여성인 게르다라도 언제든 도움의 손길을 보내야 했던 주류 공장 야노타는 아버지가 세상을 떠나면서 가동이 중단되었다. 나중에는 우르파르에 있는 집까지 철거되자 슈타틀러 가족은 다른 지역으로 이사했다. 게르다 야노타는 남편이 죽은 뒤 다시 고향 린츠로 돌아가 프라인베르크에 정착했고, 이제 누구의 방해도 받지 않는 상태에서 자신의 모든 것이었던 바인헤버에 대한 추억에만 묻혀 살 수 있었다. 바인헤버가 남긴 수많은 작품들 중에서 자신이 가장 좋아하는 시들을 읽거나 그가 젊은 시절에 쓴 소설 『고아원』을 읽을 때마다 게르다는 곳곳에서 자신과 바인헤버 사이의 깊은 일체감을 맛보았다. 그래도 행여 아주 조금이라도 의구심이 일 때는 태양과 목성이 정확한 위치에 나란히 놓여 있다는 두 사람의 별점을 생각하는 것이면 충분했다.

17

환영받지 못한 결혼

———— ❧ ————

프레드 애스테어*와 로빈 스미스

그는 6세 꼬마였을 때 한 살 위인 누이 아델과 함께 처음으로 무대에 올라 27년간 파트너로 춤을 추었고, 말년에 이르기까지 누이와 좋은 관계를 유지했다. 그가 1980년 성탄절에 곧 재혼할 생각이라고 털어놓자 아델은 그를 완전히 제정신이 아니라고 여겼다. 81세의 세계적인 할리우드 스타 프레드 애스테어는 자신보다 43세나 어린 승마 기수인 로빈 스미스와 결혼할 계획을 품고 있었다. 애스테어가 첫 번째 결혼에서 낳은 딸로 미래의 신부와 나이가 같았던 에

---

* 프레드 애스테어(Fred Astaire,1899~1987) 미국의 무용가이며 가수 겸 배우. 브로드웨이에서 뮤지컬코미디로 명성을 얻었으며 많은 뮤지컬 영화에 주연을 하여 품위 있는 춤과 독특한 분위기로 영화 무용의 새 경지를 개척하였다.

바도 도저히 상상할 수 없는 일을 막기 위해서 아일랜드에서 급히 미국으로 날아왔다. 로스앤젤레스에 있던 그의 친구들도 한데 모여 늙은 고집쟁이의 이성을 되찾게 하려고 갖가지 계획을 세웠다. 그러나 모든 시도는 수포로 돌아갔고, 1980년 6월 24일에 두 사람이 실제로 결혼식을 올리자 할리우드의 영화계는 경악을 금치 못했다. 지금까지 배우로 살아오는 동안 사생활과 관련된 문제로 한 번도 스캔들을 일으킨 적이 없었던 남자가 갑자기 재산이나 노리고 접근한 손녀뻘인 여자에게 걸려든 어리석은 늙은이로 기사에 오르내리게 된 것이다.

특히 황색 신문들이 앞을 다투어 보도에 열을 올렸다. 거의 매일 온갖 기괴한 연애 사건들을 다루는 데 익숙한 이 신문들도 그동안 프레드 애스테어에 대해서만큼은 속수무책이었다. 이들은 눈에 띄지 않는 조용한 삶과 착실함의 대명사인 그를 무너뜨리기 위해 82년이나 기다려야 했던 것이다. 한때는 끊임없이 가십거리만을 쫓는 기자들이 수년 동안 아주 사소한 기삿거리도 제공하지 않는 미국 최고의 뮤지컬 스타를 원망했던 시기도 있지 않았던가?

그런데 바로 얼마 전에 발표된 충격적인 결혼 소식에 덧붙여 젊었을 때의 연애 생활에서 있었을 자극적인 스토리까지 기사화하려는 생각에 급히 과거의 기록들을 뒤적이던 신문들은 곧 실망하지 않을 수 없었다. 편집국에서 찾아낸 자료들은 빈약하기 그지없었다. 프레드 애스테어의 경우 정말로 단 한 번의 관계를 보도한 내용밖에 없었던 것이다. 9세 연하인 롱아일랜드 출신의 필리스 포터와 결혼한다는 소식이었다. 영화 산업과 할리우드의 사교 생활과 일정한 거리를 두었던 그의 아내는 그에게 두 아이를 선사했다. 1936년에 아들 프레드 주니어를 낳았고, 1942년에는 딸 에바를 낳았다. 그녀는 6개월 간 암으로 투병하다가 1964년에 46세로 세상을 떠났다.

프레드 애스테어의 사생활에서 건져낸 이러한 자료들은 미국의 황색 언론이 볼 때는 지나치게 빈약한 것이었다. 그래서 한번은 자신들이 꾸며낸 이야기까지 동원해 그토록 충실한 남편이었던 그에게 9편의 영화에서 파트너로 열연한 진저 로저스와 열애를 한다고 뒤집어씌운 적도 있었다. 양쪽 모두 격분해서 기사에 반박하자, 이번에는 정반대로 돌변해 영화 관람객들에게 언제나 완전히 조화로운 모습을 선보였던 이 이상적인 쌍만큼 서로를 끔찍하게 미워했던 경우는 없었다는 날조된 기사를 내보냈다.

결국 프레드 애스테어의 전 생애를 통틀어 몇 가지 사실 외에는 특별히 보도할 만한 내용이 없었던 것이다. 그는 오스트리아 태생이었고, 엘자스에서 태어난 어머니의 주도로 어렸을 때부터 무대에 올라 할리우드 스타로 일약 성공을 거두었다. 나중에 성격극으로 방향을 바꾸었다가 마지막에는 거의 자극적일 만큼 가십거리가 없는 조용한 사생활로 물러났다.

그런데 이제 와서 이런 일이 생기다니! 26년 동안 홀아비로 살았던 81세의 노인이 나이 차이가 무려 40세 이상이나 나는 젊은 여성과 재혼을 한다니!

프레드 애스테어와 로빈 스미스

"어떻게 하면 그가 이성을 찾을 수 있게 해줄까?"
프레드 애스테어

그는 여전히 매일 사무실에 들러 우편물을 살펴보고, 영화 출연 제의를 검사하고, 팬들의 사인 요청을 들어주는 일에 익숙해 있었지만, 때로는 이런저런 여가를 즐기기도 했다. 새벽 4시에 잠이 깨더 이상 잠들 수 없을 때는 낱말 맞추기를 풀었고, 저녁에는 텔레비전 앞에서 시간을 보냈다. 그가 특히 좋아하는 프로그램은 게임쇼와 연속극이었다. 프레드 애스테어가 많은 사람이 모이는 파티를 무척 싫어한다는 소문이 퍼진 뒤로는 파티에 초대를 받는 일도 드물었고, 로버트 와그너, 나탈리 우드, 트위기, 그레고리 펙과 베로니크 펙 부부 같은 가까운 친구들만 가끔 만나서 식사를 하는 정도였다. 가장 좋아하는 운동은 수영이었는데, 수영은 자신의 집에 마련된 수영장에서 즐겼다. 그는 호화 저택들이 즐비한 베벌리힐스의 1층짜리 방갈로식 저택에 살았고, 가정부 조 코우디가 별다른 욕심이 없는 그의 살림을 맡고 있었다. 이 무렵 그의 활동을 기념하는 다양한 행사들이 열리기 시작했다. 한쪽에서는 영예로운 상을 받았고, 다른 쪽에서는 기념 무대에 올랐다. 텔레비전 쇼를 위해 〈산타 클로스 옷을 입은 남자〉의 출연 제의를 받았을 때도 출연료보다는 그 작품을 보면서 즐거워할 자신의 손자들을 생각했다.

여전히 그를 유혹하는 또 한 가지는 승마였다. 프레드 애스테어는 산타 아니타 경마장에서 열리는 유명한 더비를 구경하는 것을 좋아했고, 어떤 때는 내기에 참가할 때도 있었다. 캘리포니아에서 가장 뛰어난 경주마들 중 하나를 소유한 알프레드 밴더빌트는 수년 전부터 그와 친구였다. 밴더빌트의 기수들 중에서 그 무렵 최고의 기수는 매력적인 젊은 여성이었는데, 이는 남성들이 지배적인 이 직업에서는 매우 이례적인 일이었다. 이 여성 기수인 로빈 스미스가 후원자인 알프레드 밴더빌트와 팔짱을 끼고 나타나는 모습이 자주 목격되자 당시 갓 이혼한 몸이었던 그와 아직 결혼 전이었던 20대 후반의 로빈 스미스 사이에 염문설이 퍼졌고, 곧 결혼이 임박하다는 소문이 나돌았다.

그러나 시간이 지나면서 로빈 스미스와 그녀의 후원자 사이는 점점 소원해졌다. 젊은 여성의 몸으로 '세계 최고의 승마 기수'가 되겠다고 공언하던 야심에 찬 로빈 스미스가 '익사이팅 디버스' 같은 스타 경주마를 타고 승리를 질주하면서 고액의 연봉을 받던 시절은 지나간 것이다. 그로 인해 로빈 스미스는 이제 새로운 후원자를 물색해야 하는 처지였다.

그녀의 옛 후원자였던 밴더빌트 덕분에 알게 된 사람들 중에는 할리우드 스타 프레드 애스테어도 있었다. 두 사람은 1973년 새해 첫날 열린 경마 대회에서 처음으로 만났다. 그로부터 5년이 지난 지금 그때까지는 경마장에서 이루어진 간헐적인 만남으로 국한되었던 느슨한 관계를 보다 심화시킬 순간이 온 듯했다. 로스앤젤레스의 부유층 주거지 중 한 곳인 아르카디아에 살았던 로빈 스미스는 자신의 호화 아파트에서 프레드 애스테어에게 전화를 걸었다. 전화를 받은 프레드 애스테어는 깜짝 놀랐다. 지금까지 경주마들의 다양한 품종이나 위험 부담이 큰 내기 판돈에 대해 몇 마디 말을 나눈 것이 고작이었던 로빈 스미스가 자신을 저녁식사에 초대하자 그의 놀라움은 한층 더했다. 그녀는 두 사람이 메뉴를 고를 음식점을 선택하는 일조차 그에게 맡기지 않았다. 프레드 애스테어는 훗날 한 인터뷰에서 이렇게 밝혔다. "솔직히 말하자면 처음에는 아주 충격을 받았습니다. 어떤 숙녀로부터 식사를 대접받는다는 것이 제게는 완전히 새로운 일이었으니까요. 원래 그때까지는 언제나 정반대였지요. 하지만 전 그녀의 초대에 응했습니다."

만남의 과정 역시 이례적이었다. 흔히 예상할 수 있는 태도와는 사뭇 다르게 로빈 스미스는 세계적으로 유명한 이 배우의 비위를 맞추는 대신에 그의 영화를 한 번도 보지 않았다고 솔직히 고백했다. 자신은 뮤지컬에는 별로 관심이 없고 그보다는 카우보이 영화를 더 좋아한다고 말했다.

상대를 당황스럽게 하는 이런 솔직함이 프레드 애스테어가 그녀에게 깊은 인상을 받게 된 이유였을까? 어쨌든 두 사람은 이날 이후로 점점 더 자주 만났다. 그녀가 기수로 활동하는 날이 드물어지고, 그 역시 영화 촬영장에서 보내는 일이 거의 없어지면서 두 사람은 충분한 여가 시간을 갖게 되었다. 어느 날 프레드 애스테어는 그녀가 밴더빌트와 지낼 때 구입한 낡은 폴크스바겐 자동차에 오르게 되었고, 그 순간 그의 첫 번째 선물도 정해졌다. 로빈 스미스에게 새 자동차를 사주기로 한 것이다.

그로부터 1년 뒤, 81번째 생일을 두 달 앞두고 프레드 애스테어는 그를 알고 있다고 믿는 사람들이 도저히 불가능하다고 여기던 일을 감행했다. 베벌리힐스의 자택에서 ABC 방송국 간판 앵커인 바바라 월터스와 텔레비전 심층 인터뷰를 갖기로 했으며, 인터뷰 과정에서 재혼하겠다는 계획을 공표한 것이다. 그는 망설이지 않고 결혼 상대의 이름을 밝혔고, 그녀의 아름다움을 칭찬했다. 어쩔 수 없이 두 사람 사이의 엄청난 나이 차이가 화제에 오르자 그는 모든 간섭에 퉁명스럽게 대답하면서 불쾌감을 토로했다. "도대체 내가 할 일을 지시할 사람이 어디 있습니까? 나는 1954년에 아내를 잃었습니다. 그것은 더이상 끔찍할 수 없는 대재앙이었습니다. 그때부터 내 삶은 멈추었습니다. 그 이후로 이어진 지난 26년은 없는 것이나 다름없습니다. 나는 지금 마치 50세인 것 같은 기분입니다."

프레드 애스테어와 로빈 스미스

1980년 6월 24일 프레드 애스테어와 로빈 캐롤라인 스미스는 결혼식을 올렸다. 이 순간부터 샌 이시드로 거리 1155번지의 집은 공식적으로 두 사람의 집이 되었다.

이제는 일반 대중들도 당연히 이 여인이 누구인지 알고 싶어했다. 지금까지 경마계에만 알려져 있던 그녀가 프레드 애스테어처럼 극단적으로 사람을 꺼리는 것으로 알려진 남자를 사로잡는 솜씨를 발휘했으니 말이다. 그녀를 가리키는 핵심적인 말은 한마디로 '자수성가한 여성 Selfmade-Woman'이다. 프레드 애스테어에게 깊은 인상을 준 것은 그녀의 매력적인 외모 외에도 가난한 집에서 태어나 자수성가한 탁월한 추진력이었다.

그녀의 어머니 콘스탄스는 세 번의 결혼을 실패한 뒤 배에서 일을 하던 빌리 스미스를 만나 네 번째로 결혼했다. 1942년 8월 14일 샌프란시스코에서 태어난 로빈은 그녀의 네 번째 아이였다. 여러 친척집을 전전해야 했던 그녀는 훗날 자신을 멋진 유년 시절, 또는 차라리 멋진 어른의 삶을 선택해야 할 기로에서 자발적으로 후자를 결정하게 될 '팔려 간 아이'로 칭했다.

그녀는 원래 영화에 끌렸다. 그런데 직업을 구하려고 찾아간 콜롬비아 스튜디오에서 한 음료 회사의 광고에 딱 한 번 출연한 뒤 더 이상 기회를 얻지 못하자 경마에서 자신의 행운을 시험하기로 결심했다. 어렸을 때 천식 때문에 말을 무서워하고 멀리했던 그녀는 20세가 되면서 자신의 신체적 결함을 극복하는 데 성공했고, 철저한 훈련을 통해 기수들의 최대 몸무게로 규정된 52킬로그램에 도달할 수 있었다. 하루도 쉬지 않고 매일 안장에 올라 새벽부터 훈련에 임했으며, 저녁 9시면 잠자리에 들었다. 사생활은 전혀 없었다. 그 결과 로빈 스미스는 1969년에 처음으로 공식 경마 시합에 출전했고, 4년 뒤에는 하루에 연거푸 세 번의 승리를 쟁취한 최초의 여성 기수가 되었다.

그러나 이제 애스테어 부인이 되었고 기수로서의 생활은 모두 지나갔다. 이후 승마는 그녀의 취미에 불과했다. 그 대신 남편을 설득해 그가 영화배우로서 제2의 전성기를 누릴 수 있게 하는 데 심혈을 기울였다. 실제로 프레드 애스테어는 1981년에 한때 댄스 스타였던 그의 완전히 새로운 면모를 보여주는 영화에 출연했다. 평범한 수준에 그다지 성공을 거두지 못한 공포 영화 〈고스트 스토리〉에 성격 배우로 출연한 것이다. 이 영화는 그가 카메라 앞에서 비교적 큰 역할을 맡았던 마지막 작품이었다. 〈키다리 아저씨〉, 〈실크 스타킹〉, 〈화니 페이스〉 같은 걸작을 기억하는 관객들은 오직 그의 명성에 기대 만들어진 저급한 B급 영화로 인해 자신들의 기억이 흐려지는 것을 원치 않았다.

프레드 애스테어가 남편으로서 시작한 새로운 삶은 첫 번째 아내 필리스 포터와 결혼했던 1935~1954년의 상황을 반복하는 것이었다. 그는 사생활에 대해서는 일체 외부에 알리지 않았다. 그러나 딱 한 번 예외가 있었다. 연예 신문들이 애스테어의 두 번째 결혼이 파국을 맞았다는 소문을 퍼뜨리면서 로빈이 이혼할 때 요구했다는 합

의금(5백만 달러) 액수까지 거론하자, 평소 언론을 기피하던 애스테어는 〈피플〉지와의 인터뷰를 통해 즉각 반박하기로 결정했다. 그런데 자신을 굳게 결속시키는 아내의 여러 가지 좋은 성품을 헤아리던 그는 "성미가 불같다"는 말을 내뱉었고, 그로써 애스테어의 가정에서 주도권을 쥔 사람이 누구인지가 분명히 밝혀졌다.

1987년 6월 12일, 88세가 된 애스테어는 폐렴이 의심스런 상태에서 로스앤젤레스 센트리 시티 병원으로 실려 갔다. 그로부터 열흘 뒤 죽음이 그를 찾아왔다. 여섯 시간 뒤 기자회견을 요청한 그의 미망인은 눈물을 흘리면서 더듬거리는 목소리로 프레드 애스테어가 평소 바라던 대로 그녀의 품에 안겨 죽음을 맞이했다고 알렸다.

그런데 로빈 스미스가 그의 유산을 다루는 태도도 그가 바라던 것이었는지는 전혀 별개의 문제였다. 전문지와 일반 대중들에게도 널리 알려지게 된 그녀의 경매 활동과 방해 작업, 일련의 소송들은 다른 어떤 미망인들의 자의적인 행동을 훨씬 뛰어넘는 것이었다. 그녀는 프레드 애스테어가 출연한 영화 장면을 사용하는 대가로 미국의 상황을 고려해도 엄청난 액수인 1분당 15만 달러를 요구했다. '프레드 애스테어 댄스 스튜디오'가 댄스 비디오를 제작해 판매하는 권리를 인정하지 않으려 했고, 그녀의 도움을 받으면서 프레드 애스테어의 전기를 쓰기로 했던 데이비드 쉽맨에게 변호사를 보내 남편의 전기를 자신이 직접 쓰겠다며 그 문제에서 손을 떼라고 통보했다.

애스테어의 사진을 원하는 〈포보스〉지와도 분쟁을 일으켰고, 영화사 MGM의 역사를 기록한 기념 다큐멘터리를 준비하던 터너 사에도 단 1센티미터의 필름 자료도 내주지 않았다. 심지어는 케네디센터에서 개최된 진저 로저스의 공로를 기념하는 행사에서도 그녀가 한때 이상적인 쌍을 이루었던 파트너와 출연한 영화 장면은 소개될 수 없었다. 그런데 그토록 엄격하게 유작을 보호하던 로빈 스미스가 엄청난 금액을 제시하자 몇 년 전에 죽은 남편을 가전제품 광고에 출연시키는 저속한 행동에는 선뜻 동의했다. 현재의 발전된 촬영 기술은 죽은 프레드 애스테어가 진공청소기와 춤을 추는 것까지 가능하게 했다.

로빈 스미스는 언론의 잦은 공격을 받았고, 애스테어의 옛 동료들까지 격분해서 거기에 동조하는 경우가 많았다. 그러나 그녀는 그 모든 것에 철저하게 냉담한 반응을 보였다. 3백만 달러짜리 호화 저택의 요새에 둘러싸여 지내면서 언론의 모든 인터뷰를 단호하게 거부했고, 기껏해야 새로운 취미인 비행에 빠져 개인 비행기에 오를 때만 일반에 모습을 드러냈다. 아버지의 재혼 소식을 접한 프레드 애스테어의 딸 에바가 '새로운 상황'을 완전히 무시하기로 결심한 날부터 로빈 스미스는 사랑받지 못하는 사람으로 살아가는 법을 배운 것이다.

18

추한 패배자

———— 🌿 ————

나폴레옹 보나파르트와 파니 베르트랑

나폴레옹이 1815년 10월 18일 대서양의 세인트헬레나 섬으로 향하는 범선 '노섬벌랜드' 호의 갑판에 올랐을 때, 그의 나이는 겨우 46세였다. 그러나 한때 유럽의 가장 강력한 통치자였던 그는 모든 전선에서 패배자였다. 영국과 그 동맹국은 그를 전쟁포로로 간주해 세인트헬레나 섬으로 유배를 보냈다. 심지어 황제의 직위를 박탈한 뒤 그를 무시하면서 '보나파르트 장군' 이라고 불렀다.

　나폴레옹은 도주의 가능성이 전혀 없는 머나먼 섬으로 보내졌는데, 이는 그가 또다시 세계 질서를 어지럽히려는 유혹에 빠지지 않도록 하기 위한 조처였다. 가장 가까운 육지까지의 거리가 1,800킬로미터였고, 프랑스까지는 무려 8천 킬로미터나 떨어진 곳이었다.

남대서양에 위치한 산이 많은 이 열대 섬은 희망봉으로 가는 도중에 있는 기항지로 2천 명의 원주민과 1,350명의 영국 군인들이 살고 있었다. 이 섬에 새로 도착한 사람들 사이에서는 '열대 시베리아'라는 유행어가 퍼졌다. 시베리아는 추위가 맹위를 떨친다면 이곳은 찌는 듯한 무더위가 기승을 부렸다.

그러나 그보다 더 고약한 것은 이동의 자유가 엄격하게 제한되어 있었다는 점이다. 125명의 감시병이 나폴레옹의 일거수일투족을 철저하게 감시하고 있었기 때문이다. 나폴레옹을 제압한 사람들은 그를 바다 한가운데에 있는 황량한 바위섬으로 유배를 보내 세상으로부터 완전히 고립되게 하는 대신 영국에서 그저 이름 없는 한 개인으로 살도록 했어야 하지 않았을까? 한때는 황제의 몸이었던 나폴레옹이 자신에게 가해진 몹시 부당한 처사에 깊은 상처를 받았다는 것은 당연했다. 그래서 처음에는 건강 상태가 매우 좋았음에도 불구하고 익숙하지 않은 기후와 고통스러울 정도로 무료한 일상에 괴로워하던 나폴레옹은 점점 기력을 잃게 되었고, 5년 반 동안의 유배 생활이 채 끝나기도 전에 폐인으로 변했다.

세인트헬레나에서 보낸 처음 몇 주는 그런대로 견딜 만했다. 동인도 무역회사를 위해 일하던 상인 윌리엄 밸컴이 정박지에서 멀지 않은 곳에 위치한 자신의 별장을 이 '유명한 손님'에게 내준 것이다. 나폴레옹은 이 사람과 친분을 나누었고, 벳시라고 불리던 그의 14세짜리 말괄량이 딸에게 아버지 같은 사랑을 느끼기도 했다. 얼마 후 밸컴 가족이 섬을 떠나게 되자 나폴레옹은 자신을 그토록 즐겹게 해주었던 어린 소녀에게 작별 선물로 사탕 한 상자를 주었다. 그런데 이 선물 상자를 몰수당했다는 사실은 나폴레옹이 얼마나 철저한 감시 속에 처해 있는가를 보여주는 단적인 예였다. 이 사탕이 바깥세상으로 보내는 암호화된 비밀 정보일 수도 있고, 어쩌면 탈출에 필요한 지시사항이 채워져 있을 지도 모른다는 것이었다.

그 직후 나폴레옹은 원래의 거처인 롱우드로 배치되었고, 이후로는 파리에 있는 낙담한 나폴레옹 추종자들에게 도달할 수 있는 비밀 정보가 새어나갈 구멍은 완전히 사라졌다. 롱우드는 섬의 반대편 끝에 자리잡은 감옥으로 사용되는 농장이었고, 550미터 높이의 황량한 고원 지대에 위치하고 있어서 감금의 조건으로는 더할 나위 없이 좋은 곳이었다.

물론 영국인들은 자신들의 포로를 감옥에 가둬 고통스럽게 하지는 않았다. 나폴레옹은 서재와 살롱, 주방, 침실, 욕실이 있는 저택에서 생활했고, 복도에는 당구대까지 준비되어 있었으며, 집 앞에 있는 정원을 직접 관리하면서 꽃을 심고 연못을 가꿀 수도 있었다. 그러나 그것도 아직은 그가 침실에만 갇혀 지내지 않고 밖으로 나가고 싶은 마음이 있었던 유배 생활의 초기에나 해당하는 일이었다. 나중에 그는 침실 밖으로 나오는 일이 거의 없었다.

나폴레옹이 머물던 침실은 대략 15제곱미터 크기였고 벽에는 면으로 된 갈색 천이 둘러쳐져 있었다. 방에 딸린 두 개의 작은 창문에는 일반적으로 사용되는 블라인드 대신 하얀색 아마포로 만든 커

———————— 세인트헬레나 섬에서 포로 생활을 하던 나폴레옹

틈만 달려 있어서 감시병들이 자유롭게 방안을 볼 수 있었다. 가구
로는 접이용 야전침대, 낡은 소파, 싸구려 옷장, 기우뚱거리는 책
장, 등나무의자 몇 개, 비스듬한 벽난로가 있었다. 유일하게 사치스
러운 물건이라면 은으로 만든 세숫대야와 항아리가 딸린 세면대였
다. 나폴레옹이 가져온 추억이 담긴 물건으로는 젊은 시절의 나폴
레옹을 묘사한 4~5점의 초상화가 있었는데, 그 중 하나는 그의 어
머니가 수놓은 것이었다. 그 밖에 아들의 대리석 흉상과 황비였던
조세핀의 세밀화와 마리 루이즈의 초상화, 마지막으로 프리드리히
대왕이 가지고 있다가 포츠담에 있을 때 가져가도록 했던 오래된
자명종도 있었다.

나폴레옹의 하루 일과는 정해진 틀에 따라 이루어졌다. 새벽 6시에 일어나 잠옷을 입은 채로 커피부터 한 잔 마셨고, 세안을 한 뒤에는 시종들이 오 데 콜롱 향수로 그의 얼굴을 문질러 주었다. 오전 10시에 벌써 점심식사를 했고, 식사가 끝나면 세 시간 동안은 자신의 회고록을 받아 적게 했다. 적어도 한 시간 동안 느긋하게 목욕을 즐기고 나면, 이곳에 함께 있는 친구들을 만나 환담을 나누거나 그의 안전을 책임지는 허드슨 로우 총독의 허락을 받고 방문객을 영접했다. 나폴레옹은 개인교사를 두어 영어를 배우려고도 했지만 몇 개월 뒤에 포기했다. 다섯 단계로 이루어진 저녁식사는 격식을 갖춰 진행되었으며, 그 후에는 자신이 가장 좋아하는 코르네유, 라신, 몰리에르의 희곡을 격정적으로 낭독했다. 나폴레옹은 밤 11시 경에 침실로 들어갔다. 침실 벽은 언제나 연두색 곰팡이 층으로 뒤덮여 있어 축축했지만, 몰래 방안으로 기어들어 오는 쥐들을 제외하고는 잠을 자는 데 특별히 방해가 될 만한 것은 없었다. 쥐들을 완전히 근절시키는 것은 불가능했다. 또 나무가 부족한 섬에서는 추운 계절에 땔감이 부족했기 때문에 나폴레옹의 방에 불을 충분히 때기가 어려웠다. 그래서 어느 날인가는 땔감으로 쓰기 위해 가구의 일부를 자르게 한 적도 있었다.

나폴레옹이 세인트헬레나 섬에 유배되어 있던 상황을 일반적인 죄수들의 생활 조건과 비교한다면, 영국인들이 그에게 승인한 수행원들은 거의 '궁정 국가'라고 부를 수 있을 정도였다. 베르트랑 장군과 몽톨롱 장군 내외, 고르고드 장군, 시종장 드 라 카스와 그의 아들, 그리고 12명의 시종들이 나폴레옹을 수행했다. 이들은 나폴레옹이 기거하는 저택에서 조금씩 떨어진 집에 나누어 살면서 그의 유배 생활에서 생기는 어려움을 조금이라도 덜어주기 위해 언제든 만발의 준비를 다했다.

특히 앙리 그라티엥 드 베르트랑 백작은 충직한 신하들 중에서도 가장 충직한 인물이었고, 그의 충성심은 군인으로서의 복종을 훨씬 뛰어넘는 것이었다. 그는 자신의 우상에 대한 경의를 표하기 위해 장남의 이름을 나폴레옹으로 지었다. 나폴레옹과 함께 아우스터리츠 전투와 바그람 전투에 참가했던 베르트랑 백작은 자신의 황제를 위해서라면 기꺼이 목숨까지 바칠 수 있었다. 그는 처음에는 부관으로, 나중에는 사단장으로 나폴레옹을 섬겼으며, 1814년에 퇴위를 당한 나폴레옹이 엘바 섬으로 유배를 당했을 때도 그를 수행했다.

그러나 이제 점점 커지는 외로움 속에서 고통스런 나날을 보내야 세인트헬레나 섬에서는 베르트랑의 목숨이 아니라 그의 아내가 문제였다. 아직 50세도 안 된 나폴레옹이 사랑하는 아내도 없이 혼자 지내야 했기 때문이다.

이런 문제에 대해서도 나폴레옹이 자신의 속마음을 터놓고 이야기할 수 있는 유일한 사람이 베르트랑 백작이었다. 나폴레옹은 베르트랑과 만나 사적인 이야기를 나누는 자리에서 옛날을 그리워하면서 자신이 한때 사랑했던 여인들을 일일이 헤아렸다. 그 중에서 그에게 진심으로 다가왔던 여인은 7명이었다. 그는 성과 사랑, 결혼에 대해

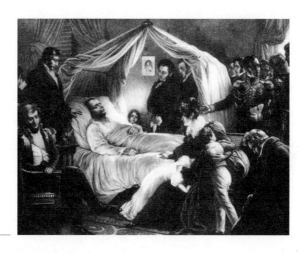

나폴레옹이 죽기 직전에 이루어진 화해
파니 베르트랑

서도 자신의 솔직한 견해를 털어놓았다. 가령 일부일처제는 결코 자연스러운 것이 아니라 사회적인 인습의 결과일 뿐이라고 말했다.

베르트랑은 홀린 듯이 주군의 목소리에 귀를 기울였다. 자신의 우상에게 맹목적인 충성을 바치는 그가 주군의 말에 기쁘게 동의하지 않을 것은 아무것도 없었다. 그렇기에 나폴레옹도 아무런 위험 부담 없이 베르트랑에게 아내를 자신에게 잠시 빌려줄 수 있는지 직접적으로 물었다. 베르트랑은 나폴레옹이 이미 다른 사람을 통해 똑같은 일을 시도했다는 사실을 모르고 있었다. 나폴레옹은 자신의 주치의인 앙통마르시 박사를 중매인으로 끌어들이려 했지만 거절을 당했다. 베르트랑 백작부인이 의사의 도움이 필요할 때 그녀를 진료했던 앙통마르시 박사는 그런 음모에는 절대로 끼어들려고 하지 않았던 것이다. 나폴레옹은 고집스럽게 거부하던 이 남자를 평생 용서할 수 없었고, 심지어는 그 자신이 아름다운 베르트랑 백작부인에게 눈독을 들이고 있는 게 아니냐며 그를 의심할 정도였다.

나폴레옹은 결국 베르트랑에게 직접 말하기로 작정했다. 물론 일을 더 쉽게 처리하기 위해 직접적인 방법을 선택할 수도 있었을 것이다. 그렇지 않아도 바람기가 있다고 소문이 난 베르트랑 백작부인을 제3자의 개입 없이 만나서 우아한 모험을 즐기려 할 수도 있었을 것이다. 그러나 그렇게 하기에는 그녀의 남편을 존중하는 마음이 너무 컸다. 베르트랑 백작을 속이는 것은 자신의 명예를 더럽히는 일이었다. 나폴레옹은 솔직하게 행동하고 싶었기 때문에 자신이 원하는 것을 거침없이 털어놓았다. 어떤 상황에서든 자신의 충직한 가신을 의지할 수 있었던 나폴레옹은 이번에도 그의 맹목적인 복종을 얻을 수 있었다. 베르트랑은 자신이 주군에게 진 빚을 알고 있었다.

가까운 친구들에게는 파니라고 불렸고, 숭배자들로부터는 '위대한 파니'라고 불리던 프랑수아 엘리자베트 베르트랑 백작부인은 남편보다는 12세, 나폴레옹보다는 16세 아래였다. 그녀는 높은 귀족 가문에서 태어난 미녀였다. 아버지 아서 딜롱 장군은 아일랜드의 유력한 귀족 가문에서 태어나 프랑스 왕가에 충성을 바쳤고, 어머니는 크리올인이었다. 베르트랑 백작과의 사이에서 세 자녀를 둔 파니 베르트랑은 남편을 자기 마음대로 요리했다. 언제나 최신 유행하는 연회복 차림으로 기세등등하게 돌아다닐 때면, 자신의 원래 자리는 공작이나 영주의 옆이 제격인데 그보다 훨씬 처지는 사람과 결혼했다는 인상을 주었다. 그러나 그녀가 이처럼 사치스런 생활을 할 수 있었던 것은 나폴레옹이 아직 튈르리 궁전에 거주하던 시기에 베르트랑 가족에게 상당한 재산을 하사한 덕분이었다.

지금의 유배 생활이 그녀를 몹시 불쾌하게 하는 것은 당연했다. 남편이 나폴레옹을 수행해 엘바 섬으로 갔을 때도 그녀는 적잖은 어려움을 겪었다. 그래서 세인트헬레나 섬으로 가기 위해 '노섬벌랜드' 호의 갑판에 올랐을 때는 남편의 계획을 방해하기 위해서 갑판 입구에서 바다로 뛰어내리려고까지 했다. 다행히 그 광경을 주시하고 있던 선원 하나가 급히 경보를 울린 덕분에 베르트랑 백작은 마지막 순간에 아내의 절망적인 행동을 막을 수 있었다. 파니 베르트랑은 멀리 남대서양에 있는 섬으로 가는 것이 피할 수 없는 일이라면, 최소한 거기에 도착해서는 따로 살고 싶어했다. 롱우드에서 나폴레옹과 한 지붕 아래 사는 대신 1.5킬로미터 정도 떨어진 곳에 위치한 별도의 저택에서 전적으로 자신의 취향에 맞게 집을 가꾸면서 살겠다고 고집한 것이다. 그녀는 옛 식민지 소유의 저택 주변에 나무를 심고 화단을 가꾸었으며, 프랑스에서부터 그녀가 가장 좋아하는 꽃으로 알려진 동백꽃으로 정문 입구를 장식했다.

나폴레옹은 파니 베르트랑의 배타적인 성향을 존중했다. 그녀는 나폴레옹에게는 뛰어난 대화 상대였다. 그래서 나폴레옹도 다른 측근들의 부인들을 대할 때와는 달리 그녀를 만나면 늘 모자를 벗었다. 두 사람은 함께 식사를 할 때와 사교 게임을 즐길 때, 오후에 승마를 할 때 만났고, 두 사람 중 누군가 몸이 좋지 않을 때면 서로를 방문했다. 그래서 파니 베르트랑이 병석에 누워 있을 때는 나폴레옹도 서둘러 병문안을 갔다.

파니 베르트랑을 애첩으로 두고 싶은 욕구가 커질수록 단순한 성적인 만족에 대한 욕구는 기회가 충분히 있었음에도 점점 더 줄어들었다. 그러나 파니 베르트랑은 나폴레옹의 그런 욕구를 알려고도 하지 않았다. 적어도 지금의 상황에서는. 예전 같았으면 그녀도 아마 나폴레옹의 열망을 들어주었을 것이다. 그러나 말년의 나폴레옹은 점점 악화되는 위장질환과 간장질환에 시달렸고, 살이 찌면서 항상 불쾌감을 안고 사는 남자였다. 또 담배 한 모금의 맛조차 제대로 느끼지 못했고, 턱없이 비약된 과대망상 증세가 나타나기 시작한 상태였다. 자신의 총애를 갈구하는 나폴레옹에게 너무 심한 모욕감을 주지 않으려고 애쓰던 파니 베르트랑은 갖은 꾀를 다 동원해 그에게서 빠져나갔다. 그럼에도 불구하고 그가 그녀의 부드러우면서도 분명한 거절에 대해 엄청난 증오를 폭발시키는 것까지 막을 수는 없었다. 그러나 파니 베르트랑은 이런 상황에서도 현명하게 자신을 절제할 줄 알았고, 그것을 나폴레옹의 불행한 심적 상태로 돌리면서 절망에 빠진 사람의 정당방위로 봐주었다.

이 새로운 상황을 어떻게든 해결해야 하는 베르트랑 백작의 입장은 훨씬 더 어려웠다. 나폴레옹이 자신의 충직한 신하를 불러 그에게 고래고래 소리를 칠 때면 베르트랑 백작은 어찌할 바를 모르고 그저 듣고 있을 수밖에 없었다. "자네는 자네 부인이 어떤 사람인지 알기나 하나? 사방에서 소문이 끊이질 않네. 자네 집에 드나드는 모든 영국군 장교들과 잠자리를 한다고 말일세! 그럴 바에야 왜 자네 부인을 매춘부로 만들지 않았나?"

어느 날 파니 베르트랑은 남편에게 잠시 세인트헬레나 섬을 떠나겠다는 계획을 말했다. 그녀의 말처럼 정말로 아이들에 대한 걱정 때문이었을까, 아니면 나폴레옹의 거친 언동으로 인해 받은 지속적인 모욕감 때문이었을까? 어쨌든 그녀가 세인트헬레나 섬을 떠나려는 공식적인 이유는 자녀들에게 제대로 된 교육을 시키려면 프랑스 학교에 들어가야 한다는 것이었다. 이 문제만 해결되면 자신은 즉시 섬으로 돌아오겠다고 다짐했다.

베르트랑 백작은 아내의 계획에 동의하고 짐을 꾸리기 시작했고, 즉시 아내와 아이들이 타고 갈 다음 배편을 알아보았다. 그러나 이 계획은 마지막 순간에 철회되었다. 위암으로 판명된 나폴레옹의 병세가 급격하게 악화되었기 때문인데, 주치의 앙통마르시 박사는 나폴레옹이 기껏해야 몇 주밖에 살 수 없을 거라고 진단했다. 죽음을 앞둔 나폴레옹의 '궁정 국가' 일원은 만일의 사태에 대비해 전원 자리를 지켰다.

나폴레옹이 세상을 떠나기 하루 전인 1821년 5월 4일, 51세의 나폴레옹에게 마지막 작별 인사를 고하기 위해 그의 추종자들이 모두 임종의 자리에 모였다. 파니 베르트랑도 그에게 손을 내밀었다. 세인트헬레나 섬에 갇힌 나폴레옹과 이루어지지 못한 그의 마지막 사랑은 죽음의 순간에 서로 화해했다.

▶ 참고문헌

1. "난 영원히 불행할 겁니다……"

레오나르도 다 빈치와 프란체스코 멜치

—Silvia Alberti de Mazzeri: Leonardo da Vinci. Düsseldorf 1987

—Kenneth Clark: Leonardo da Vinci in Selbstzeugnissen und

　　Bilddokumenten. Reinbek 1969

—Sigmund Freud: Eine Kindheitserinnerung des Leonardo da

　　Vinci. Frankfurt 1976

—Wilhelm Suida: Leonardo und sein Kreis. München 1929

—Antonina Vallentin: Leonardo da Vinci. München 1951

2. "더없이 놀라운 존재"

프란츠 카프카와 도라 디아만트

—Josef Cermák: Nachrichten vom Krankenbett. In: Prager

　　deutschsprachige Literatur zur Zeit Kafkas. Wien 1991

—Dora Diamant: Mein Leben mit Franz Kafka. In: Hans-Gert

　　Koch (Hrsg.): "Als Kafka mir entgegenkam..." Berlin 1995

—Nahum N. Glatzer: Frauen in Kafkas Leben. Zürich 1987

—Ronald Hayman: Kafka. Sein Leben, seine Welt, sein Werk.

Bern/München 1983

—Gina Thomas: Kafkas Geliebte. In: Frankfurter Allgemeine

Zeitung 17.8.1999

—Werner Timm: Münitz. Franz Kafkas Begegnung mit Dora

Dymant. In: Freibeuter Nr 28, Berlin 1988

3. 죽음도 갈라놓지 못한 불멸의 사랑

아메데오 모딜리아니와 잔 에뷔테른

—Patrice Chaplin: Modiglianis letzte Geliebte. Reinbek 1992

—Jean-Paul Crespelle: Modigliani-seine Frauen, seine Freunde,

sein Werk. Hamburg/Düsseldorf 1973

—June Rose: Modigliani. Bern 1991

4. "난 아무것도 후회하지 않아요"

에디트 피아프와 테오 사라포

—Simone Berteaut: Ich hab' gelebt, Mylord.

Frankfurt/Berlin/Wien 1974

—Dietmar Grieser: Irdische Götter. München/Wien 1980

—Edith Piaf: Mein Leben. Reinbek 1966

5. "그것이 그대에게 건강하고, 일종의 건강한 사랑이라오"

하인리히 하이네와 엘리제 크리니츠

—Wolfgang Haedecke: Heinrich Heine. München 1985

—Josef Kruse: Heinrich Heine. Frankfurt 1983

—Christian Liedtke: Heinrich Heine in Selbstzeugnissen und

      Bilddokumenten. Reinbek 1997

—Corinne Pulver: Mouche. Düsseldorf 1993

—Camille Selden: L'Esprit moderne en Allemagne. Paris 1869

—Edda Ziegler: Heinrich Heine. Zürich 1993

6. "당신을 위해 기쁨에 넘쳐 활짝 피어나요……"

리하르트 바그너와 캐리 프링글

—Martin Gregor-Dellin: Richard Wagner-sein Leben, sein Werk,

      sein Jahrhundert. München/Zürich 1982

—Hans Mayer: Richard Wagner in Selbstzeugnissen und

      Bilddokumenten. Reinbek 1959

—Rolf Schneider: Ich bin ein Narr und weiß es. Berlin 2001

7. 두 번째 시도

에드거 앨런 포와 엘미라 로이스터

—William Bittner: Poe. Boston 1962

—Marie Bonaparte: Edgar Poe-eine psychoanalytische Studie.

Wien 1934

—Dietrich Kerlen: Edgar Allan Poe-Der schwarze Duft der

Schwermut. Berlin 1999

—Walter Lennig: Edgar Allan Poe in Selbstzeugnissen und

Bilddokumenten. Reinbek 1959

—G.M. Tracy: Les amours extraordinaires d'Edgar Poe. Paris

1963

8. "너희는 솜을 두른 손으로
   그를 아주 소중하게 들어야 한다!"

콘스탄체 모차르트와 니콜라우스 폰 니센

—Ludwig Berger: Die unverhoffte Lebensreise der Constanze

Mozart. Tübingen 1955

—Klemens Diez: Constanze, formerly widow. Mellen 1991

—Heinz Gärtner: Constanze Mozart after the requiem. Portland

1991

—Konstanze Mozart: Briefe. Dresden 1922

—Georg Nikolaus Nissen: Biographie W.A. Mozarts. Leipzig

1828

9. "너무도 사랑스럽고 사랑스러운 모습을"

요한 볼프강 폰 괴테와 울리케 폰 레베초

—Richard Friedenthal: Goethe-sein Leben und seine Zeit.

　　München 1968

—Johann Wolfgang Goethe: Elegie von Marienbad.

　　Frankfurt/Leipzig 1991

—Franz Götting (Hrsg.): Goethes Leben und Werk in Daten und

　　Bildern. Frankfurt 1966

—Klaus Seehafer: Mein Leben ein einzig Abenteuer. Berlin 1998

10. "사랑하는 미치!"

구스타프 클림트와 마리 침머만

—Wolfgang Georg Fischer: Gustav Klimt und Emilie Flöge.

　　Wien 1987

—Gustav Klimt: Die Zeichnungen. Salzburg 1980-1989

—Christian M. Nebehay: Gustav Klimt Schreibt an eine Liebe.

　　In: Klimt-Studien Jahrgang 22/23, Nr.66/67. Salzburg 1978

—Christian M. Nebehay: Gustav Klimt-Von der Zeichnung zum

　　Bild. Wien 1992

—Susanna Partsch: Klimt-Leben und Werk. München 1990

—Susanna Partsch: Gustav Klimt, Maler der Frauen. München

　　1994

11. 말년의 진실한 반려자

렘브란트와 헨드리케 스토펠스

—Bob Haak: Rembrandt - Leben und Werk. Köln 1991

—Oskar Kloeffel: Rembrandt und Hendrickje.

　　Prag/Berlin/Leipzig 1944

—Ro Oven: Hendrickje Stoffels. Amsterdam 1961

—Christian Tümpel: Rembrandt in Selbstzeugnissen und

　　Bilddokumenten. Reinbek 1977

12. "나의 작은 요정이 내게 다가오는 꿈을 꾼다오"

헨릭 입센과 로자 피팅호프

—Robert Ferguson: Henrik Ibsen. Eine Biographie. München

　　1998

—Gerd Enno Rieger: Henrik Ibsen in Selbstzeugnissen und

　　Bilddokumenten. Reinbek 1981

13. "하나도 빠짐없이 완전히 소유하기 위해"

요제프 로트와 이름가르트 코인

—David Bronsen: Joseph Roth. Eine Biographie. Köln 1974

—Hiltrud Häntzschel: Irmgard Keun. Reinbek 2001

—Gabriele Kreis: Joseph Roth. Leben und Werk in Bildern.

　　Köln 1994

—Ingrid Marchlewitz: Irmgard Keun. Leben und Werk.

　　Würzburg 1999

—Helmut Nürnberger: Joseph Roth in Selbstzeugnissen und

　　Bilddokumenten. Reinbek 1981

14. 지옥 같은 사랑

리하르트 게르스틀과 마틸데 쇤베르크

—Otto Breicha: Gerstl und Schönberg. Salzburg 1993

—Richard Gerstl: Bilder zur Person. Salzburg 1991

—Otto Kallir: Richard Gerstl. In: Mitteilungen der

　　Österreichischen Galerie Nr. 62, Wien 1974

—Arnold Schönberg: Gesammelte Schriften. Frankfurt 1976

—Klaus A. Schröder: Richard Gerstl. Diss. Wien 1995

15. "당신의 말 한마디 한마디에 감사하고, 이해하고, 느낍니다"

아르투어 슈니츨러와 수잔네 클라우저

—Dominique Auclères: Arthur Schnitzler tel que je l'ai connu.

　　In: Journal of the International Schnitzler Research

　　Association. 1963

—Elisabeth Heresch: "Als gehörte Schnitzlers Reichtum mir." In:

　　Die Presse, Wien o.J.

—Arthur Schnitzler: Briefe. Frankfurt 1981 ff.

—Arthur Schnitzler: Tagebuch. Wien 2000

16. "그대, 너무도 사랑스런 여인이여!"

요제프 바인헤버와 게르다 야노타

—Helmut Bräundle-Falkensee: "A Flaschn Ribiselwein, i muaß

dichten!" In: Morgen Nr. 81, Wien 1992

—Dietmar Grieser: Glückliche Erben. München/Wien 1983

—Peter Mosser: Vom Gasthof auf den Dichterberg. In: Wiener

Zeitung 6.3.1992

17. 환영받지 못한 결혼

프레드 애스테어와 로빈 스미스

—Larry Billmann: Fred Astaire. A Bio-Bibliography.

Westport/London 1997

—Dietmar Grieser: Heimat bist du großer Namen.

München/Wien 2000

—Stephen Harvey: Fred Astaire. Seine Filme, sein Leben.

München 1982

—Tim Satchell: Astaire. The Biography.

London/Melbourne/Johannesburg 1987

18. 추한 패배자

나폴레옹 보나파르트와 파니 베르트랑

—Henri Gratien Bertrand: Cahiers. Paris 1950-1959

—Vincent Cronin: Napoleon und das zarte Geschlecht. Stuttgart
   1960

—Gilbert Martineau: Napoleons St. Helena. London 1968

—Jean Savant: Les amours de Napoéon. Paris 1956